## 作 者 简 介

**李桂平**　中国作家协会会员。著有《滩歌》《骑驴琐记》《保留意见》《突围中的农村》《被颠覆的村庄》《被毒害的农业》《赣江十八滩》《赣江边的中国》《天下良知》《小民家国》等。作品多次获奖。

# 赣江向北流

李桂平 著

GANJIANG
XIANG BEI LIU

百花洲文艺出版社
BAIHUAZHOU LITERATURE AND ART PRESS

**图书在版编目（CIP）数据**

赣江向北流 / 李桂平著. -- 南昌：百花洲文艺出版社，2022.9
ISBN 978-7-5500-4764-8

Ⅰ . ①赣… Ⅱ . ①李… Ⅲ . ①散文集 - 中国 - 当代 Ⅳ . ①I267

中国版本图书馆CIP数据核字（2022）第148184号

# 赣江向北流

李桂平 著

| | | |
|---|---|---|
| 出 版 人 | 章华荣 | |
| 责任编辑 | 胡青松 | |
| 书籍设计 | 黄敏俊 | |
| 制 作 | 何 丹 | |
| 出版发行 | 百花洲文艺出版社 | |
| 社 址 | 南昌市红谷滩世贸路898号博能中心一期A座20楼 | |
| 邮 编 | 330038 | |
| 经 销 | 全国新华书店 | |
| 印 刷 | 湖北金港彩印有限公司 | |
| 开 本 | 710mm × 1000mm 1/16 | 印张 17.75 |
| 版 次 | 2022年9月第1版 | |
| 印 次 | 2022年9月第1次印刷 | |
| 字 数 | 150千字 | |
| 书 号 | ISBN 978-7-5500-4764-8 | |
| 定 价 | 58.00元 | |

赣版权登字 05-2022-148
邮购联系 0791-86895108
网 址 http://www.bhzwy.com
图书若有印装错误，影响阅读，可向承印厂联系调换。

讲述赣江，传递文明信息

看见江西

# 我的赣江

## 1

生在江边，水是我一生的景。水中嬉水，塘中摸鱼，做凼抓鱼，这些技能我在很小的时候就会了。

一条鱼像是被炸蒙了，头探出水来，挣扎着想沉下去。江岸一群人看着，多是老人和少年。冬天，江风吹在脸上刺痛。我敌不住鱼的诱惑，脱去衣服下江。我触碰到鱼时候，感觉鱼很大，我试图两手去捧它，慢慢地将它引导到岸边，可它虽被炸晕，但还是本能地挣扎开。如此反复好多次，我的手僵硬了，感觉身下皮肤紧绷，嘴唇开始颤抖。岸上的人不断唤我上岸。我知道这是生的呼唤，冥冥中我决定放弃之前的努力，吃力地游上岸。

这一年我十二岁。赣江边的孩子诸如这样的经历不会少。我在八岁的时候被人救过一次，当然我也救过别人。

春天雨水多，赣江慢慢丰满，正是放排的时候，上游不断有排放下来，风浪大来不及靠岸，木排迅即被冲散。下游的人站在江堤上，看着满江的木头，一窝蜂奔下江去，收获自然不少。那时放的排都是公家的木材，风平浪静之后，公社派人来了，说是坦白从宽，如数上交。我记得当时木头或是藏楼上，用柴草遮盖，或是埋在菜园地里，公社干部搜得仔细，偶有幸存，对于平原上的人家也是了不得的收获。这似乎就是一个游戏，年年都会做下去。

在明朝，我们那一带有一个樟树排帮，专门为放排的东家服务。为首的是新干人肖伯轩，他不仅本领强，而且心肠好，在赣江上的名声很大。他百年之后，人们尊崇他为肖公，赣江上不少地方建了肖公庙祭祀他。后来由于政治需要，永乐皇帝朱棣将肖伯轩之孙肖天任御赐为水神，从此肖公庙的香火愈加旺盛。

在中国好人就是神，人们不必担心做了好事没人记住。有的时候，大好人甚至进入国家意识形态的层面，让人们顶礼膜拜。

赣中小平原一望无际。河东种稻，河西栽果，是一种被乾隆皇帝赐名"大红袍"的三湖红橘。我们常常望见河对岸那平畴万顷的橘园。"花吐园林别有香，维橙维橘蔼春芳。""春来到处发奇花，橙橘逢时吐翠华。"隔河千里，我们闻不到香，却看得见花，更知道其果珍贵。"直待秋来成果实，厥包赐贡献皇王。""记取合欢香有果，分甘共羡帝王家。"后来我知道那是张恨水谈情说爱的地方，那个世界的芳名就是北雁南归。橘红时候，是一条很长的红艳艳的江岸，似乎赣江也被冬红感染，激滟的水波上跳跃着冬红的兴奋。

我们等待着冬红下树。这个时候一艘艘满载冬红的船向我们靠岸。秋天的等待终于变成了现实。一筐筐的橘码在岸上，等待 105 国道上的汽车装运。夜色清冷，我们从篾筐中掏出冬红塞进衣兜，腆着大肚皮逃窜。在物资极匮乏的公社时代，这样的收获已是奢侈的享受。

我常常在堤上与江上的机帆船赛跑，我赢了，收获汗水和经验。我知道溯江而上的船，速度几乎等同于我的小慢跑。这似乎还是一个游戏，我没有任何目的。只是如此。旧时光留给我的不多，却永远都是我的，我没有办法失去这些。我骑在牛背上看河下桅杆和江风吹胀的风帆，我知道这个季节风是干的，晨露在阳光下一会儿消散，正如我望着水流怀想的远方。

# 2

大洋洲中学所在地是三千多年前一个王国都城，三千多年后我在这块土地上感受不到一丁点儿王气，王国都城的影子都不见了。

1980 年我进入大洋洲中学读高中，正是梦想放飞的年龄，可我没有梦想，睁开眼睛想的就是跳出大洋洲。

那时候，王国都城的秘密还在地下。在我的记忆里，没有人谈起大洋洲的历史，好像大洋洲根本没有历史。千百年来，人们在这里休养生息，日出而作，日落而息，从来没有享受过厚重历史的地域自豪。

大洋洲是一个很粗糙的地方。粗糙与粗犷不同，粗糙是一种习惯，而粗犷则是一种性情。大洋洲像是没完没了地劳作还换不来温饱，所以这地方没有情调，生长在这个地方几近悲哀。

我后来才意识到，我带出来的母语有多糙：说话带"操"，似乎不"操"则不可交流。大洋洲的起名哲学，不在乎好听，也无须寄托什么，一律的根、如、芽、欠、苟、平，信奉的是名贱好养。所以欠儿、欠苟、正如、二根、发芽、细平之类的名在我的同学中比比皆是，到高考的时候，同学们都为改名的事费尽心思，结果改名的占了六成，我的同学李欠儿改名李洪瑞，刘正如改名刘捷，张二根改名张林泰，如是云云不胜枚举，这一奇特现象让人匪夷所思。大洋洲这一地域在起名的问题上，"60后"与他们的先辈在审美标准和价值取向上发生了强烈冲突，冲突的结果似乎并未昭示这一地域新的文化气象。

大洋洲中学旁边有个村子叫牛头城，处在一块黄土坡上，名字来源于村旁巨石像牛头。村子房屋老旧，我记得好几栋是有天井的老房子，因为村子不大，人口不多，村庄外象并不动人。村子周围许多夯土堆被村民种上了庄稼，在这块土地上劳作似乎总有拾不完的瓦砾，人们能够感到此地异样，却总也说不上来，历史教科书也没有把我们这些孩子的想象打开。

也许历史过于久远和虚无，从来就没有人把中华煌煌历史与大洋洲这个小地方联系在一起。

实际上大洋洲的诡异早已露出端倪。1970年代，大洋洲公社组织社员在牛头城的东边修建中垅水库，一个社员挖出一堆"烂铁"，足有十多公斤重，社员把"烂铁"拿到永泰公社供销社卖了。不知经过怎样的环节，"烂铁"居然到了省博物馆考古队专家手上，这些人左拼右凑，"烂铁"神奇变身青铜器。经过鉴定，这批青铜器竟是商代物件。

一件平常的事，演变成了发掘牛头城遗址的理由和线索。不过，这一切进行得静悄悄，好像没有人在意，大洋洲似乎并不期待。谁知道呢，大洋洲的神经竟会如此疲惫。大洋洲泥一样的朴实和牛一样的勤劳，对无数次擦肩而过的历史机缘浑然不知，当青铜大墓惊现于世的时候，大洋洲看到了地方性格中的弱点，开始懂得好奇和探索的可贵。

对于未知的历史，坟墓里的东西最有说服力。寻找古墓与成就学者成正比，这是考古界生生不息的动力。寻找大洋洲商墓没有停止，但寻找古墓真的需要机缘巧合。1989年新干大洋洲青铜大墓发掘的时候，我已经离开大洋洲到了万安工作。得知青铜大墓发掘过程，我惊叹曾经与青铜王国擦肩而过。大洋洲是我的故乡，族谱记载我的先辈在大洋洲已经繁衍了九百年。在大洋洲中学读书时，几度寒假我都参加了加固赣江大堤的劳动，在发现青铜大墓的遗址附近取过土。

大洋洲青铜大墓位于牛头城西北，距离牛头城大约四五公里，这里是濒临赣江的平原，有遭遇洪水的危险，而牛头城东北则是延绵起伏的丘陵。人们推测，中埂水库发掘的商代文物正是出自牛头城贵族墓葬，那么牛头城西北的程家沙地是牛头城王陵？如果真是牛头城王陵，为什么仅此一处？难道还有没有发掘的王陵，或者经过几千年这座王陵被侥幸留下？

一开始，我倾向考古学界的质疑，地处赣中腹地的大洋洲怎么可能发现商代青铜大墓？是不是因为载有殷商青铜器的船只在此沉没？几千年前程家沙地未必不是赣江故道，如果这个推断可靠，学者的质疑就有了合理性。

然而，现场的考古专家们面对着发掘出来的1368件各种质地的遗物不禁深深为之震撼，礼器、乐器、陶瓷器、玉器、兵器、农具琳琅满目，简直就是一个微缩版的王国。

当人类懂得用铜和锡的合金铸造青铜器的时候，双手已经充满力量，有了让日子过得好起来的心智，从石器时代跨入青铜器时代，人类迈出的这一步很猛。

诡秘而灵动的大洋洲让人们听到来自远古的天籁，这声音刺破苍穹。

乳钉纹虎耳方鼎，形体硕大，造型雄伟，装饰华丽，四角饰羊角兽面纹，耳上铸虎形样饰，耳外侧作空槽形，深腹平底，下承四足，鼎身四壁饰以乳钉纹，极尽王权风范。

伏鸟双尾虎，体貌憨态可掬，却不失威武勇猛之风，体态蓄势待发，尽显王霸气象。虎后长着两只尾巴，违背自然常理。不知大洋洲先民为何有此新奇想法，是单纯为了设计美观还是另有神秘意图？虎背静卧一只小鸟，扬起脖颈悠然自得，与身下那只凶猛大虫形成动与静、强与弱、大与小的鲜明对比，鸟儿虽然渺小，却全然不惧猛虎之威严，宛若猛虎的驾驭者，颇有以柔克刚的哲学意味。

虎带着大洋洲的气质走进专家的视野，如果这一地域真是商代的方国，那么这个方国的名字叫什么？专家在浩瀚的史籍中寻找，却没有结果。接下来的问题自然是王国都城，通过对牛头城遗址的发掘，考古学界得出的结论是方国的都城就在牛头城。

一座大墓书了大洋洲的历史，也改写了中华民族的文明史。

然而，这只是大概，大洋洲是一个永远的谜。人们想知道远古的方国到底是一个怎样的国？它的国王是谁？它在大洋洲存在了多少年？它管辖着多大的版图？

让人诧异的是，南方方国出土的青铜文明与同时代北方殷商青铜文明可以比肩，可创造殷商青铜文明的人们被历史记录得栩栩如生，而创造南方青铜文明的所谓何人，这些人从哪里来，最后又到哪里去了，恐怕永远也不会有人知道。

方国文明没有留下今人能够破译的文字，出土的器物中青铜铭文很少，仅有一件铜手斧形器双面有刻画符号，陶瓷器上发现的刻画文字符号最多，占总字符一半以上，可惜这些字符目前无人能解。考古是从实物中寻找历史演进的证据，当实物上找不到文字的时候，考古只能依据推断，通俗一点说就是猜。

大洋洲是一个历史符号，这个符号颠覆了江南文明的进化史，昭示中国版图文明从一开始并非倾斜，只是北方作为中国政治中心，具备了文化核心地位。生活在南北版图上的人们具有同样强大的创造力，然而，创造的意义却因为人性的贪婪黯然失色。在物资出现剩余的时候，分配又出现了难题，而远古的人们缺乏调和社会矛盾的智慧，因此，暴力和战争这种简单而极端的方式便在历史的舞台上频繁上演。

大洋洲青铜大墓出土的兵器品种繁多，器类齐全，总量为 232 件，考古学界把这些兵器分成 8 类 26 种 39 式，既有长杆格斗兵器戈、矛、长条带穿刀、钺以及把手，又有短柄卫体兵器刀、剑，还有射远兵器镞以及防护装备胄，几乎包括了中国早期冷兵器的全部类型，说明三千多年前大洋洲有着强大的军备。可是，强大的方国跟谁打，打的结果如何，所有这一切都淹没在了历史的深处。

掠夺与反掠夺、暴力与反暴力、战争与反战争，世界充满血腥的屠杀，一些人死亡，一些人逃避，在没有人烟的地方重新繁衍。迁徙伴随着人们从远古走来，文化也在人们迁徙的步履中被重建和遗忘，从此地到彼地，化有形于无形，化无形于梦魇。文化的多样性存在于先秦之前，秦统一中国之后又拿起了对文化扼杀的另一把利剑。当一种文化记忆在时空中完全丧失之后，新来这块土地上的人们已经不可能享有文化的尊贵，没有人可以体会文化被连根拔起的疼痛。

大洋洲原本就是个非常美的地方，在赣江没有修筑堤坝以前，站在丘陵上的方国都城可以看到赣江如玉带，赣中最大的平原上水草肥美，良田万顷。利于耕种的地方无疑是繁衍的好地方。

大洋洲青铜大墓出土的 143 件青铜农具和手工生产工具，似乎告诉了人们隐藏在历史深处的秘密。考古界有过这样的结论：大洋洲青铜大墓出土的 51

件农具是考古学上罕见的现象。这些农具包括耒、耜、铲、镢、锛、锤、镰、铚、犁铧等。在所有农具中，我最感兴趣的是耒和耜，因为这两样刻录了中国农耕文明最早的印记，有了这两样东西，农业才可能结束象耕鸟耘的时代。其实，耒和耜是很简单的农具，作用都是起土，但它们到底是什么样的玩意儿，过去我一直没搞清楚。在大洋洲青铜博物馆，我看到了这两样东西，尽管是复制的物件，但博物馆的工作人员告诉我，这里展出的物件都是照原样做出来的。有了先进农具，商代大洋洲农业就十分发达，这也让大洋洲先民站在了世界的制高点。

大洋洲青铜博物馆静静地立在程家沙地，偌大的广场散布着青草的气息，仿佛不忍惊扰三千年前的亡灵。抚摸冰冷的青铜，我的内心一直热乎。

平原上的记忆艰辛而苦涩，一江春水或许就会湮灭大洋洲半年的辛苦。这样的记忆充斥在我青少年时期。端午时节，禾苗灌浆打包，洪水来了，半年的辛苦就没了，生计变得艰难。因为赣江，我的村庄两次搬迁，但都是近一百年的事情。宋代开基时，祖宗的房屋建在江岸，后来人口多了，村庄铺陈江岸。春夏秋冬，年复一年，洪水去了又来，但村庄形态千年不变。七十年前，江堤将村庄斩断，毁了大半个村庄，最古老的房屋陈设以及记忆消弭。二十多年前江堤加宽加高，大半个村庄毁去，新的村庄整整齐齐坐落在105国道旁。一千年的村庄形态彻底改变，人们的生活水平和形态也都在改变，而精神世界里的价值形态发生了多少变化却很少被关注。洪水肆虐的千百年，村庄的人口发生过重大改变，明朝的迁徙中，一房人口悉数迁往四川，而另一房只留下少数，其余迁往云南。如果要说保留，村庄的精神大概都随他们去了。也许就是这样，天天伴人的物件并不珍惜，离开了才会是念物。

赣江给予我的苦难和磨难已经淡了。我记住的那些童趣和快乐全留在我三十多年前的一篇习作里。在这篇《故乡的河在我梦中萦绕》的命题作文中，我有板有眼记叙我少年时的过往，我的老师陈延吼极为重视，居然推荐到杂志把它发表了。就是这篇作为我处女作的小文引领我走上文学创作之路。我感谢陈老师。他吃了太多苦，作为"右派"被打倒下放农村，平反后重返讲坛，而此时他已年过六十，如今他已作古。年轻时的过往，我只能写意般像流水经过，我只需记住奋斗和不屈的精神。

# 3

平常人一生面临的抉择并不多，而且简单平淡，往往在一念之间完成。毕业分配时我有两个选项，选择遂川多几毛钱路费，为了省这几毛钱，我选择了万安，却不知道多了一道天堑。

我离开村庄沿着赣江南下，横渡赣江前往万安。"吉州南上水环湾，十八滩头是万安"，我守在赣江的隘口，洞悉郁孤台下行人泪。

上世纪80年代万安偏僻。国道擦边而过，赣江把万安一分为二，进入万安要过赣江，进了万安，还有百嘉、蛤蟆、棉津、昆仑四渡。90年代万安水电站蓄水，棉津渡消失，县城架起了第一座赣江大桥，蛤蟆渡随即停渡，剩下昆仑、百嘉两渡。想不到，我先后在这两渡所在乡镇担任党委书记。有时候，我想去万安或许是天意。

弹前是古皂口驿站连通赣州的通道，史料记载，宋时隆祐太后被金兵追击，无奈拐进皂口河，跋山涉水经弹前进入赣州。这条道路一度成为古代文人和官员怀古的凭吊地。我下乡的过程中无数次走过这条路，皂口—皂逵—弹前，然后走新桥分水坳进入赣县境内。弹前的山多为沙化土层地貌，水土流失严重，二十多年前我脚下仍然是这种状况。我想象肩舆的太后和官员，以及那些心事重重的贬官，还有那些赶往岭南的生意人，他们是如何把这条路走实。我在规划中，拉直了弹前进入赣县的这条路，使得这条崎岖的羊肠小道变成了一条宽阔的大道。

百嘉这个渡到2018年末才停渡，过去这个渡非常繁荣。素有"走上走下，不如百嘉"的美誉，宋时因百号商埠得名。自唐以来，九贤村就有贤居寺、昂溪书堂。贤居寺原名涵山寺，始建于唐，只因名僧怀渡禅师饮过寺旁龟泉，慨叹"泉有翰墨香，后当有大贤居此"才改名"贤居寺"。宋至明，刘辰翁、闵子林、王阳明、郭简斋、解缙、罗洪先、刘玉、欧阳德到此讲学。文天祥曾在昂溪书堂传经授道，昂溪书堂之名据说也是文氏所题。清咸丰年间，万安书院尽数毁于太平天国战火，此后万安便无聚童讲学之所。张君行和王董两位乡贤发起倡议，得到乡民大力支持，时任知县欧阳建极为重视，政府和民众齐心，用了两年建起九贤祠，集九贤牌位于学舍。正门书有楹联"九君子曾临乡讲学，一都人乃仗义建祠"，门楣横书"天地正气"。遗憾的是，九贤祠只剩下一个挂面，我曾动议修复，终因诸多原因未果。

从赣中到赣南，我跨越了人们津津乐道的所谓"青铜文化区""庐陵文化区"和"客家文化区"，我从未离开过赣江。赣江养育了我，我的肉体血脉流淌赣江的意气。赣江启迪了我，我的思想灵魂烙印赣江的标识。赣江淬炼了我，我的精神气质饱含赣江的基因。我热爱赣江，热爱她孕育的山水和人民。

2013年我创作出版了《赣江十八滩》，2014年我一鼓作气创作出版了《赣江边的中国》，我在这本书中试图解开我自己的心结，先秦以前的江西到底是什么景象？很难说我是成功还是徒劳，虽然我只是架构了一个并不丰满的南中国，但是我还是很欣慰。我的笔下仍然是一条不完整的赣江，尽管迄今为止我的文学创作大都围绕赣江，但是我仍然感到我的努力十分有限，我似乎还需要创作《赣江向北流》，以此讲述赣江文明。

我执意用《我的赣江》作为本书的序言，不仅是因为我的人生从未离开过赣江，而且更为重要的是赣江在中国历史中的特殊地位。赣江向北流，流的是物质，也是人才，还有这个区间的人民献给国家的忠诚。

我的赣江，说白了就是我看赣江的视角。

赣江是江西的母亲河，赣江水系支流众多，河长大于30平方公里的干、支流共 125 条，集水面积大于 10 平方公里的河流有 2000 余条，集水面积大于 1000 平方公里的有 19 条，支流的支流无数，其中一级支流 13 条。流域面积 83500 平方公里。我写赣江，不仅是赣江两岸，还包括支流在内的广袤地区。历史是一代代人土里刨食接续繁衍的奋斗过程。赣江两岸人口版图经历怎样的亏盈变迁，而赣江两岸文化又经历怎样的吐故纳新，最终定型的无疑是赣江最炫耀的浪花。

河流是有生命的。河流的生命是远山飞瀑的气韵，是溪水奔流击石的气概，是江河与江河交媾的气度，是一泻千里的不凡气质。河流的生命是河流上的人们赋予的。人口的迁徙和繁衍必定沿着江河，江河有着远山的灵性，太阳照耀，河谷生辉，灌溉田地，哺育人民。

河流是有性格的，她的性格是河流经过的地方表现出的文化。青铜文化，庐陵文化，客家文化，甚至还有豫章文化，袁州文化，临川文化，这所有的文化源自三千年前的赣江青铜文化，落定于相互交融，具有赣江性格的赣文化。她是忠和义的传统品格，她是不屈与不挠的进取精神，她是悠然自得的恬适性情。

考古是最有说服力的证据。一个地方千年的过往虽有文字的记载，但遗漏的何止些许？先秦以前赣江流域几乎没有文字的历史，再能想象恐怕也只能借助考古的翅膀。吴城遗址、大洋洲商代大墓、赣江七星堆六朝墓群、海昏侯遗址、樟树国子山墓葬等一系列重大考古发掘，惊现赣江流域璀璨文明。

建筑是文化最好的传承。赣州有围屋，有九厅十八井民居大屋，庐陵有鄢坊的二十幢民居大院，其实袁州的祠堂式建筑富丽堂皇，东西两面的院落式厢房美观实用，除了说明锦江上曾经的富有，难道它不是性格和文化的铺陈？它顺着锦江流下来，在高安贾家变成了一座明清村落的经典范式，让人叹为观止。

罗霄山、武夷山、武功山、雩山，山脉纵横中，赣江脱颖而出，向着鄱阳湖奔去。千百年来，赣江的子孙们带着家国的忧思，乘风破浪一路向北，走向庙堂之高。

# 目录

# 赣江源记

　　赣东南与闽西北的分割线从地图上看几近直线，似乎没有犬牙交错的态势，不足以形成你中有我、我中有你的胶着。事实上，武夷山脉穿越闽西北进入赣东南，已经形成打断骨头连着筋的区间亲密。从历史渊源上考察，武夷山脉像罗盘一样吸附南迁北人由闽入赣或由赣入闽，使得这一广袤区间在历次迁徙中成长为客家摇篮。

　　发源于石城的壬田河，说是河，其实在瑞金与源出长汀的黄沙河交汇形成绵水之前还是一条溪流。绵水流经会昌，与寻乌北上的湘水汇合形成贡江。贡江西行，在会昌庄口接纳安远北上的濂江。一切似乎都在为贡江准备，源出宁都的梅江接纳源自石城的琴江，在宁都江口汇入贡江，到达于都的时候，已成浩荡西行之势。

　　似是天造地设，源出兴国宝华山西麓的平江，一直保持西南流向的姿态，流经埠头突然改向南流，直奔赣县三江口投入贡江的怀抱。在赣南的版图上，全南遥遥在南，发源于海拔 1145 米饭池嶂主峰的桃江，一路纳涧汇溪，在龙南与发源九连山的太平江汇合，出信丰，入赣县，在三江口汇入贡江。贡水带着武夷山脉的灵性，

◎ 赣州城下

囊括大半个赣南风水，成为赣江东源。

处在罗霄山脉东麓的崇义，与上犹、大余在赣南西南边陲形成掎角之势，西入三湘，南出岭南，位置显赫。章水出崇义，《山海经》记载："赣水出聂都东山，东北注江，入彭泽西。"章水神奇东流，在大余要塞舒展万千气象。自秦以来，两千多年的中国历史在南中国梅岭浓墨重彩。而另一支源出三湘汝城的上犹江长途奔袭，流经崇义、上犹，在南康三江口注入章江。客观上上犹江丰满了章江。历史上章江作为赣江上游水道，延长了自北向南通粤水上交通，为日后运河开通，维系海上丝绸

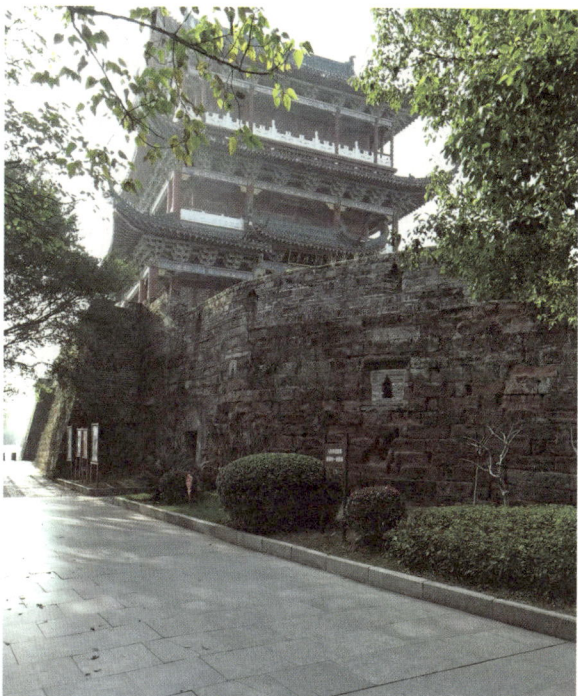

之路做了天然准备。

　　武夷峥嵘，罗霄崔嵬。赣州城下"滚滚双江日夜流"，站在八镜台上俯瞰三江，"山为翠浪涌，水作玉虹流"，一幅"夕阳渔唱起沙鸥"的壮阔图景。而赣州城已是"岚气昏城树，滩声入市楼"的山水韵味。

　　山形水势，注定赣州不凡。

1

　　很久以来，我心里就有了寻访赣江源的愿望。庚子鼠年，我得"五一"假期之便前往石城。

东邻宁化、南抵长汀的石城，因"环山多石，耸峙如城"而得名。公元953年（南唐保大十一年）建县，迄今已越千年，独特的地理位置让石城赢得"闽粤通衢"的美誉。但是石城并不靠江，失去了漕运的便利，因此在历史上并没有多么显赫。石城人引以为自豪的是宋代盐铁使陈恕，他主管国家财政十多年，国库充盈，深得宋太宗赏识，宋太宗亲自在殿柱上题写"真盐铁陈恕"，《宋史》称其为"能吏之首"。

地处石城东南部，毗邻福建宁化、长汀的横江，据说是当年红色瑞金中央银行秘密金库隐匿地，专家考证这里是赣江的源头。为了保护赣江源，石城拆分横江设立赣江源镇，而赣江源自然保护区内的上塅和三坑两村也合并为赣江源村。

我起早从赣州出发，到赣江源村的时候还不到上午十点钟。赣州的朋友安排了赣江源镇值班的人大主席小胡陪同我上石井山。立夏时节，山上的花差不多都已凋谢，而新叶刚刚退黄，特别清亮，油油的，把天映衬得格外地蓝。有一种树不同凡响。它的花挂满枝条，如柳絮一般细长，淡黄的色彩，一树树铺陈在山上，成为蜜蜂的至爱。小胡告诉我，这种树叫栲树，学名叫丝栗栲。好像这一地区栲树特别多，这个时节山上似乎只有栲树以另类的色彩吸引人们的眼球。其实，石井山上的树十分丰富，保护区给名贵的树都号了牌，沿着山道走，香樟、紫楠、薄叶润楠、灯台树、乌桕、三尖杉、山樱、拟赤杨，好多大树撞入眼帘。

2013年保护区设立之后，原来山上居住的人口悉数外迁，移民新村聚集秋水河畔。赣江源村以赖姓居多，隋朝，赖姓始祖兰公从宁都改迁石城。据说茅台系列中的赖茅就是这个村人的创造。赖姓重礼讲仁，赖氏宗祠崇恩堂的族训："重礼让，同乡共里，岂可慢侮，凡通邻里，耕则让畔，行则让路，见争则劝，见难则扶，乃称仁里。"淳朴民风孕育和谐乡里。青山虽障目，流水亦

◎ 丝栗栲

清心，人们耕种采集，喜迎八方来客。保护区经过近十年休养生息，腐叶铺地，一如原始森林的气息。

竹，满山遍野，称之为竹海一点儿也不过分。竹的繁衍最富灵性，它的姿态一直向上，老竹把浓密的叶子覆盖在山上，一棵棵尖笋便从这枯叶中长出来。竹资源过去是山民最好的经济来源，横江重纸已有千余年的生产历史，以"明如玉，质如扣"闻名于世，其纸具不易生虫，吸水性好，光滑细嫩，书写流畅，字迹不易脱落，书写效果堪比徽宣。清乾隆时期，曾经被誉为"天然国宝"，列为贡品。上山的路上还能看到明笋作坊和土纸作

◎ 造纸作坊

坊遗址，赣江源自然保护区设立后，这样的人为活动被禁止，这些作坊便成为野草丛生的故坑。

　　山道上偶见下山的人，他们从赣江源观瀑下来，调皮的孩子手上捧着一根粗大的春笋。我不时问人，还远吗？平时少运动，几十分钟的山道走下来竟大汗淋漓。而当我气喘吁吁的时

◎ 赣江源

候，已然看到落下的一挂溪流，岩石上"赣江源"几个字用红漆涂过，十分醒目。瀑布不算太高，上面还有茂盛的树木，看不透来水的方向，让我想起不知何时读过的诗"穿天透地不辞劳，到底方知出处高"。站在瀑下，潭水湛蓝，凝望山下，溪谷喧嚣。王勃《郊园即事》里的诗句"断山疑画障，悬溜泻鸣琴"

放在这儿正合适。我想这一条细流怎么可能造就江河？如果说这儿是赣江之源，那或许是赣江最东的源吧。

沿溪流西下，出石城，入瑞金。溪水先进日东水库，而后向西南穿峡谷再入陈石水库，从中潭出峡谷到壬田镇。这一段，山环水转，车在乡村公路上行驶，溪流隐没，到了壬田镇才看到水流的究竟。我想壬田河名的由来大致是因了这个地名。

在瑞金旧志中，我看到关于赣江源的表述：

> 绵水源出县东北黄竹岭，二十里至湖洋，十里至陈石山罗汉岩，十里至壬田寨，纳诸小溪之水。又三十里抵县治与贡水合，汇为深潭，名县前潭。半里至石婆庙滩，五里至罗口，有罗溪水汇之。又十里至浮桥龙滩，又二里至茶壶滩，大石横截溪心，惊涛怒浪，势甚汹涌，舟船上下稍不戒，往往覆溺。又三里至石水湾，有三坝水汇之。又五里至獭石滩，又十里至武阳围，又十里至凌田，有凌溪水汇之。又五里至茅山滩，有浮图水汇之。又十里至龙门潭，又十里至洛村，有洛村水汇之。又十里至舟坊，又五里至会昌县，与湘江合为湘江水。历雩都县达赣城，与章水汇为赣江水。

这便有了有关赣江源的公案。石城、瑞金各执一词。从地理位置上看，赣江东源处在最东的区位似乎无可争议，但是，世人又何必拘泥于一个点位？所谓源，说白了不过是表达的需要而已。

汽车进入叶坪、沙洲坝区域，我决定停下车来，再一次沐浴红色洗礼。叶坪是中华苏维埃共和国临时中央政府所在地，有"红色故都"之称。1933 年 4 月临时中央迁往沙洲坝，毛泽东带领红军战士挖井，解决当地村民饮水问题。人们把这口井亲切地称为"红井"，并在井旁立木，上书：吃水不忘挖井人，时刻想念毛主席。圣地瑞金，传说中掘地得金的地方，当年仅 24 万人，11 万

© 瑞金红井

人参军参战，5 万多人为革命捐躯。行走红都，肃然起敬。

沿沙洲坝南下，两岸低丘，河谷盆地交错。即将进入瑞金市区象湖镇的时候，黄沙河像一位远道而来的尊贵客人向着壬田河款款汇入，绵水就此形成，它把赣闽边的风情悉数兜来，向着大河奔去。

## 2

此处湘江地界会昌，古称湘水。

会昌东邻福建、南靠广东，为赣粤闽"三省通衢"。公元982年（北宋太平兴国七年）建县，适逢镇人开凿得砖12块，砖上刻有"会昌"篆字，故以"会昌"为县名。

位于城西的会昌山海拔400米，一山雄起，方圆数十公里群山起伏，岩幽林深，"万里碧云净天宇，千山木叶堕霜红"，一派旖旎风光。1934年毛泽东登临会昌山，写下了《清平乐·会昌》：

> 东方欲晓，
>
> 莫道君行早。
>
> 踏遍青山人未老，
>
> 风景这边独好。
>
> 会昌城外高峰，
>
> 颠连直接东溟。
>
> 战士指看南粤，
>
> 更加郁郁葱葱。

会昌山下，湘江、绵江交汇形成贡江。相传韩湘子游居羊角汉仙岩修炼成仙，后人便称此地为湘乡，其水亦为湘水。水过雁门堡，当地人又称雁门水。

湘水源出寻乌东北部罗塘河，这个地方地处武夷山脉南麓，东邻福建武平县东留镇，南毗福建武平县民主乡，北接会昌县筠门岭镇，是南下广东，北上赣州的重要码头，素有"小香港"之美誉。寻乌的朋友告诉我，罗珊很远，距

赣江向北流

◎ 会日山下

离县城 60 多公里，而且都是乡道，来回至少 3 个小时。我有
些犹豫。来寻乌已经走了 3 个多小时，我担心司机吃不消。还
是司机帮我下了决心，他说没问题，既然来了，看看也好。

车向着罗塘河方向的蜿蜒山路行驶，水泥马路虽然不宽，
但还是很好走。两边的山不高，很多的山面栽种了脐橙，因为
前几年赣南脐橙遭遇虫灾，新植的橙园悉数覆盖了白色透明的
薄膜。一路上新房子似乎不多见，老建筑在脱贫攻坚战中修葺
一新，新村庄掩映在青山绿海，村前的田野已经收获，裸露作

物的根茎，新的农村以一种老的内涵和新的姿态呈现，这种节约、友好型新村，让我倍感慰藉。

寻乌这个地方似乎有些特别，建县不过400多年。公元1576年（明万历四年）寻乌建县，取长宁久安之义，定名长宁县。1914年因避四川长宁县，改为寻乌。历史上寻乌一直隶属安远。人们很难想象这个毗邻福建武平、广东平远的区间，竟然成为南北两大水系的源流。寻乌河和晨光河向南发展成为东江源流，而罗塘河向北运动成为贡水源流。地理上寻乌地处低纬度地区，紧靠北回归线，东距海洋较近，海洋对寻乌气候起了很大的调节作用，亚热带季风气候特征明显，温暖湿润，雨量充沛，冬少严寒，夏无酷暑，是一个湿润生发之地。

我曾经几次造访寻乌，沿着红色寻乌的路线行走。众所周知，寻乌是主力红军下井冈后与粤军打的第一个遭遇战，伍若兰在这一次战斗中牺牲。1928年古柏领导的"寻乌暴动"染红了寻乌，红军在寻乌得到了比较好的休整。毛泽东在寻乌写下了《寻乌调查》和《反对本本主义》两篇光辉著作，为红色瑞金创建作了最好的理论准备。

这一次去寻乌原本是寻访赣江源，却意外闯入"罗塘谈判"旧址。历史上"罗塘谈判"就在罗珊乡政府大院内进行。1934年10月，潘汉年、何长工带着朱德署名的介绍信，经会昌前往敌管区罗塘乡（现更名为罗珊乡），同南路军总司令陈济棠代表杨幼敏和韩宗盛举行秘密谈判，史称"罗塘谈判"。在双方代表的协商下，成功地达成了五条协议，缓和了红军和陈济棠部队的矛盾，为红色瑞金营造了有利的外部环境。

罗珊乡总面积126平方公里，人口不过万人。作为客家人的生存之地，可供耕作的土地稀缺，人们精耕细作，心怀坚韧，慢慢繁衍。曾姓是这个乡的大姓，其繁衍和迁徙路线大概是山东到抚州，其中的一支落脚罗珊。我曾在南丰和金溪考察曾氏族居的古村落，知道这个曾氏源出孔子最得意的学生曾子，他们的血脉里流淌着儒家嫡传的基因，淡定平和，仁爱生灵。千百年来，他们处

◎ 寻乌

在深山，乐天守道，与自然和谐共处。到本世纪客家人在低海拔山上种植脐橙增加收入，改变了山多田少生活贫困的状况。

我一路关注河流，可我好像连水库都没见着，到罗珊乡所在地终于得见罗塘河。我站在桥上看瘦瘦的罗塘河，似乎有些迷惑，这就是湘江的源头？我又岂能甘心。

车继续行驶，前往武夷山脉南麓上津村铜锣丘原始森林园区，这个区间为赣闽粤交界处，群山逶迤，重峦叠嶂，项山甑、老鸦石、笔架山等大山聚集于此，其中项山甑为寻乌第一高峰，主峰海拔1529.8米。距筠门岭韩湘子修道的汉仙岩不过两公里。

◎ 罗塘河

　　蜿蜒曲折的罗塘河从天湖下流出，横穿罗珊乡，经过下津进入笃门岭。这条河并没有我先前想象的那么丰满，大雪时节的罗塘河已经很瘦，河床清澈见底，河沙细嫩绵软，但是这条河从不见干枯，不竭的水流一年四季流入贡江。这样的源流是因为大山不竭的蕴涵。

# 3

　　光从窗帘与地板的一线空隙钻进来，床上的白床单已然清晰。这个时候我醒了。我听到了窗外的鸟鸣。

鸟从夜幕降临的时候开始沉寂。它的睡眠似乎比我好，不然这近10个小时它在干什么呢？我下榻的宾馆位于三百山脚下，空气好，环境也很幽静，院落式的小宾馆因为新冠疫情下榻者寥寥。往年小满时节山水丰沛，游人如织，而这个小宾馆小桥流水，杨柳轻摇，鸟语花香，正是上山的栖息地和下山的歇脚处。

并非鸟的叫声吵醒了我。我十分确定听到了这个凌晨的第一声鸟鸣。它似乎在树上抖动羽翼，像人一样伸着懒腰，而后清清嗓子，所以这一声叫唤破碎。但被凌晨清的风和甜的露包裹的鸟，很快兴奋起来了。它的叫声开始连贯，像清泉一样在山间流动，而且很快很多的鸟被这首鸟的叫带出来，叫声跳跃起伏，像音乐在琴弦上弹出。

我似乎难得有这样的闲暇和很平和的心情听鸟的喧哗。一个时期以来，我已经厌倦了征地征房的利益博弈，我把自己半生积累的常识、情感和经验尽情挥洒，到现在似乎空壳了。我幻想着一处清幽去聆听心的跳动和脉搏的力气。于是这凌晨鸟的喧哗便开始在我心间如天使的手轻抚。它已经触动到我最有潜质的一块地方，所以我的思维在舒适的气候里孕育跨越疆域的畅想。实际上，雨声比鸟叫更早，有一会儿还很大，哗啦啦的，到鸟叫的时候还没停下来。这会儿我甚至还想着雨中的鸟早已落汤了吧，这样的生存力和创造力让人敬佩。

我担心这难寻的顺便可以寻访三百山的机会要泡汤了。好几次经过三百山都没敢停留，而这一次南方回来碰巧周末，我得这法定的闲暇自费闯进三百山。可这雨真的乱了我的行程了。毫无疑问我在听鸟中等待早晨一抹阳光。毕竟是夏天，天气变化得快。

早晨八点我如愿等来了太阳出来。山上因为昨晚的那场雨格外青翠。在游客中心我了解到有两条路上山，一条是水路，从东风湖乘船进山，另一条是山路，乘车进山。我心里是想着乘船进山的，我想体验山涧谷底行走的清冽以及高山仰止的压抑，但时间不允许我这么做，我唯一的选择就是乘车进山，凌空鸟瞰。

车在三百山旅游公路上盘旋，谷底离我越来越远，而山头却越来越多进入我的视野。三百山因山得名吗？谁数过？其实三百山因何而名并不重要，重要的是三百山确实山多，峻峭的群山在197平方公里的区域范围基本上拒绝了村庄和房舍，山头连着山头，谷底很窄，可供开垦的空间似乎很少。站在高处瞭望，九龙山脉以东重峦叠嶂，谁能数得过来。

传说魏晋时陈、胡、杨三公为地方施好，让这一带自然耕作条件差的区间老百姓生活好过一些，人们为纪念三公在东风湖一带修了三公庙。安远方言公通百，三公山自然变成了气势非凡的三百山。我比较赞成并喜欢这个说法。因为这个说法赋予了三百山难得的人文信息。先秦以来，南北通道选择了由湘入粤，先秦以后，南北通通逐渐东移，并历史地定格在由赣入粤的千里赣江上。三百山偏离了这条航道，自然错过了千年骚客，三百山因此沉寂不为人知，直到现代人们才重新认识它。

这个时候三百山游人很少。虽然疫情得到控制，但是常态化管控依然严格。对我而言，这一次进山，三百山是我的。我听到飞越重山的鸟鸣，断断续续在空谷间回响，而谷底溪流的重响一直敲打我的耳膜，我在凌空栈道上窥视天地，同时也隐隐感到了内心的恐惧，怕也是恐高了吧。

站在观瀑台上观瀑，水流穿过山涧，遇到断崖重重摔下，这一摔水流便成了飞瀑。瀑布与谷底的距离太远，我想这一条飞瀑到达谷底还需要经过几个崖面的摔打呢？如果从谷底仰望会是怎么的壮观？诗仙李白"飞流直下三千尺，疑是银河落九天"也不过如此，这便是没有经水路上山的遗憾了。但我看到飞瀑边上的岩石上雕刻的"东江源"三个字，用红漆涂过十分耀眼。

静默中的森林坦露真情，展示原始风姿，似乎有着一种拱天拱地的憨劲，根茎在岩缝中穿行，经历百年千年裸露的根茎成了这古树不可撼动的底盘，难怪这树可以无比骄傲地刺向苍穹。一棵倒伏的树，横在山涧似乎是一座桥，其枝叶的生长哪怕向下，仍然是如此葳蕤。我信奉这种根与树保持相伴而行的力

◎ 东江源

量，它显示着一种无畏的自然伟力。

　　森林让三百山蕴藏不竭的水源，使得树身和树下的植物得以在湿润的环境中孳生。科学考察三百山有 271 科 1702 种高等植物，400 余种野生动物，是名副其实的基因宝库。更为难得的是空气中负氧离子平均每立方厘米 7 万个单位，是难寻的

◎ 火山瑶池

天然氧吧。我带不走一片云彩，那就死劲吸吧，让三百山的空气浸淫我的心肺。

　　三百山六绝包括三百群峰、原始林海、源头群瀑、峡谷险滩、火山地貌、高山平湖，我没时间去领略这所有的景，但是我在凌空的栈道上摸过火山岩的流痕，看到了高山平湖的浩瀚，我唯一不能感知峡谷险滩的惊艳。事实上，我不是胆怯的人，却不知为何恐高，我曾经在赣江丰满的时候横游，却没有兴趣去漂流。

旅游车上山停靠的地方叫火山瑶池，经过栈道一路走下来还是这个地方。这个地方的寓意不仅有一个数亿年前火山喷发留下的瑶池，还有三百山现代人塑造的人文景观。

瑶池落在四面环山的盆地，因为水深呈深蓝，据说可以直接饮用。瑶池边上立着一块巨石，上面有周恩来总理的题字：一定要保护好东江源头。1963年香港水荒，为了解决香港用水，周恩来亲自批示，中央财政拿出巨资引东江水入港。1997年香港回归后，赣港联谊在东江源三百山举行了很多有益的活动，两地不少人在三百山认养了树木，栈道两旁许多的大树上挂着庆回归思源泉感恩树认养牌，牌牌上写着认养人的姓名和认养的时间，人们知道保护了树木才能涵养水源。2007年香港回归十周年之际，赣港同心共铸东江思源宝鼎，镌刻铭上于鼎上。同胞之情、感恩厚意俱在其中。

### 颂　词

三百山泉，玉液琼浆，于此迸流，龙飞凤翔。
蜿蜒交汇，遂成东江，逶迤南奔，泽被香港。
东江源区，圣水神山，赣港协力，护佑甚端。
封山弃矿，壮士断腕，生态建设，朝野共襄。
不狩不伐，水碧天蓝，裨我同胞，福祉绵长。
饮水思源，藉鼎以彰，赣港情谊，万代承传。

安远人很淳朴，他们说，"江西九十九条河，唯有一条通博罗"，话语中的自豪感不言而喻，而我听着却还有一种担当的意蕴。安远矿产丰富，可三百山偌大的区间从没有人去惊扰它。它俨然天之骄子清寂于此，泽被千里之遥的东方明珠。

◎ 港民认树

让我想不到的是，安远不仅是珠江水系东江发源地，而且是长江水系赣江发源地之一。濂江发源于与三百山遥遥相望的九龙山，自南向北经西霞山会合安远水，在会昌洛口汇入湘江。

从三百山出来，驱车前往九龙山。到了东生围，九龙山近在眼前。抬眼望去，九峰耸立，峰峦叠嶂，山脊蜿蜒，似一道屏障。相传这里是九条真龙吐珠的地方，山中盛产九龙茶，明朝中晚期，茶农们采茶之余创作了集歌舞于一体的采茶灯，并由此发展成为赣南采茶戏。据说这一戏剧样式与宋濂的开化不无关系。被明太祖朱元璋誉为"开国文臣之首"的宋濂，是明初著名文学家，史学家，主持编撰《元史》，与高启、刘基并称"明初

◎ 长征第一渡

诗文三大家"。公元 1371 年（明洪武四年），宋濂被贬为安远知县。他倡导儒雅、好洁、自信、笃学、好客，在安远影响深远。

　　九龙山下的东生围始建于清道光二十二年，落成于道光二十九年，历时八年，堪称赣南围屋的经典之作，2013 年被列为国家重点文物保护单位。东生围是一座超大型方形建筑，占地面积达 1 万平方米。正门是围屋核心建筑，也最精致，三幢大厅均为抬梁式和穿插式相结合的屋架，每根大梁下的梁托和雀替均有镂雕，精细的龙凤、花鸟、花卉等图案，外表抹金古色古香。两侧厢房窗子上雕花板，以及中厅茶堂屏风上的人物故事花板栩栩如生。围内以三幢大厅为中轴线，建成对称式的三个果合心院，由七扇大门进入，鹅卵石铺设的七条巷道在围内环绕相通，深入其中四通八达。

东生围主人陈朗庭早年仅是一个打草鞋卖的小贩，后来靠着做中医的岳父的人脉做了盐商，财富快速积累，开始谋划建围。陈朗庭注重实惠实用，中间二层矮围属于"金包银"，并无雕饰。陈朗庭是个懂得感恩的人，围屋建起来了，意外地以他岳父的名字命名了这座陈氏围屋。

离开安远，从于都折返赣州，一路上我都在想，京广大运河为什么选择大庾岭方向，而放弃三百山方向？事实上濂江通过东江未必不可。如果历史同时选择安远，那么赣南东南半壁一定是另一种风光。

## 4

我的行走是不确定的，这给我的写作造成了很多困难。时间的距离让我在记忆和逻辑的时空中反复折腾，甚至迷失。

几次行走赣南，都因为时间紧把于都放下，但是于都是贡江干流，我不能放弃于都。

谁都知道，于都是中央红军长征的主要集结地和出发地，当年中央军委、红军总部等中央机关和毛泽东、朱德、周恩来等领导人从县城东门渡口渡过贡江开始长征。但是于都的独特历史并未得到足够重视，在赣南的版图上，于都是少数几个秦汉时期立县的地方，其人口的构成有别于赣南的很多地方。

公元前201年（汉高帝六年），于都置县。始称雩都，以北有雩山而得名。1957年，因雩字生僻，改雩都为于都。建县时于都幅员辽阔，几乎包括了东南瑞金、会昌、石城、宁都、安远和寻乌诸县，因而素有"六县之母"和"闽、粤、湘三省往来之冲"之称。如此大的范围正好说明当时赣南地广人稀，但当时的人口却是实实在在的土著。古时于都曾为赣南政治、经济、文化、交通中心，郡治设在于都长达250年。这种独特的经历怎一个赣南客家了得？

位于小岭与阳田之间的雩山，山势绵远，峰连雾罩，天连日月，地接江河。登顶远眺，一眼望三江，梅江、绵江以及合流的贡江尽收眼底。清同治《雩都

赣江向北流

◎ 长征第一渡

县志》载："尽数十里之势，磅礴郁积而起，高可摩霄，荷岭诸山，横列其前如屏。是山独露其顶，苍碧之色，高倚蔚蓝，盖邑治望山也。山腰有泉。"雩山无疑是于都标志性的祖山。

雩是什么？《辞海》对"雩"字的解释是，古代求雨的祭祀，而"于"字则无此意，这与《太平寰宇记》的记载相吻合。根据史料记载，雩山祈雨特别灵验，在雩山脚下经过，我特别注意祈雨的祭坛，但是这些宗教色彩的痕迹都消失在了历史的时空。而这雩字一改，书写方便了，可文化的蕴含就没有了。

雩山，"耆老相传云，昔有人于此山下祈雨，往往感应，故日雩山"。

——《太平寰宇记·卷一〇八·虔州·雩都》

雩山"在雩都县北三十五里。高可摩宵，雩水出其下，为邑望山"。

——《大清一统志·赣州府一》

雩山山脉是江西六大山脉之一，它横亘在江西东部，南北向列于武夷山西，南起赣州市安远，北至抚州市南丰，绵延数百公里，横跨赣州、吉安、抚州三地，北麓南丰军峰山为最高点，海拔 1761 米，西麓嵌入吉泰盆地东缘永丰灵华山，海拔 1453 米。广义上讲，抚州，吉安、赣州都属于雩山文化圈范畴。雩山文化圈名人辈出，唐宋八大家中有欧阳修、王安石、曾巩三位。唐朝以来有钟绍京、杨万里、文天祥、解缙、抚州八晏、汤显祖、陆九渊、魏禧等诸多历史文化名人。可是不知道为什么这条旷世山脉影响并不大，甚至很多人都不知道。坦率讲，我对这条山脉同样认识不足，也许是因为表达的困难，以至于多次想把它放下。

两千年前偌大赣南只有三县，东大门有于都，南大门有南壄，中间有赣县，这样的设置无疑是巩固秦帝国边防，防止闽粤少数民族侵略，如果东南出现问题，赣县都可以驰援。而人口迁徙赣南自古有两条通道，一条是东路，沿着雩山山脉南迁，一条是北路，沿着章江南下。而文化的交融似乎是在一种相对平和的状态下完成，在南中国的版图上，没有史料记载文化的侵略。有文献记载，在很长的历史进程中，来自抚州的人口沿着雩山进入赣南，而来自吉安的人口则溯赣江进入赣南，这在民居建筑风格上表现得十分充分。赣州文物专家万幼楠在《赣南历史建筑历史》一书中，对赣南历史建筑分区块按着水流的方向总结出文化属性。

就整个赣南而言，北部（主要是贡江水系）地区的民居，其空间体量普遍大于和高于南部（主要是章江和桃江水系）地区的民居，尤其表现在

◎ 雪山

祠堂建筑上。赣县白鹭村鹭溪河直接注入赣江，因此，表现在民居上，无论平面布局、结构形式，还是选材用料、装饰装修，都趋向吉泰盆地的民居风格特征。南康、上犹、崇义三县常能看到一种大门上开设一大横披窗的做法，姑称之为"门头大窗"式民居，它主要流行于沿赣江—章江水陆古驿道两侧，下游到吉泰盆地赣江两岸，上游穷尽至湖南汝城、广东仁化一带。

　　寻乌南部紧靠梅州市，河流也是流入梅州的梅江，因此，这一地区整个文化习俗都近梅而远赣，表现在民居上则流行围拢屋。

　　沿着贡江西行，我的思路已经留在了雪山山口。贡江在于都有三个口，岭下纳西江，江口是狭长冲积地带，过了这个口

◎ 十里河排

进入于都盆地，河床逐渐开宽，两岸地表风化，河床逐渐变浅，河底的沙子清晰可见，太阳下泛着金光。到达水南，梅江从右岸汇入，顺江而下，经小溪口，过三门滩，贡江进入峡谷地带，两岸山势陡峭，河床收窄，这就是赫赫有名的十里河排。于都旧志记载："三门滩贡水，石伏水底，横立如门，限者三，因名"，"大石如牛伏栏，塞水路，舟自其缝出，势高水急，一箭之地，力费千钧"。诗云："鸟道从中一线悬，相联石角锁雩川。云常午暗迷樵路，火若霄明烛钓船。两晋珠藏知几颗，三唐名显已千年。逢时好出惭怀宝，每对名山自怅然。"过了这个隘口，贡江直下赣江。

沿途行走，我似乎要寻找时空的记忆。而这记忆如风轻盈，迅即而逝。自峡山大滩至瑞金山龙滩古称贡水十八滩，贡江因为峡山阻断了人口东移，或许这也是自古以来章江航运优于贡江的原因吧？当然，章江进入岭南与开凿大庾岭的张九龄是韶关人不无关系。在雩山北去的方向，我看到很多赣文化中共有的元素，于都传统村落上宝村、谢屋村，宁都传统村落杨依村、东龙村，在这些村庄里，我看到了闪烁赣鄱的共同的文化元素和文化精神。

其实我内心笃信，河流和山脉是文化的载体，如果我们细心，在一条河流上我们可以看到河魂，而在一条山脉上我们同样可以看到山魂。而这个魂正是我需要寻找的赣文化。

# 5

我想象中的章江源应在大余。我的想法其实很简单，章江水道的末端到了梅岭，章江的源头能不在大余吗？

大余是一个充满想象的地方。我曾经由北向南迁徙，寻找北人南迁的脚步，历史的痛不在我脚下，它已化作烟尘隐匿在这百里绵延的大山。尽管山高路陡，但我并无包袱，仍然可以轻松登上梅关，可是当年那些拖家带口的人们，他们并不知道翻越梅关要去往何方。在历史的长河中，这些酸楚凄迷的人们靠的是怎样的一种信念完成南迁之旅？大概杨万里的《度大庾岭》未必写尽南迁痛："梅山未到未教休，到得梅山始欲愁。知道望乡看不见，也须一步一回头。"历代文人把这条路涂满心灰，正如朱彝尊的诗《度大庾岭》又把这心灰加厚。

雄关直上岭云孤，驿路梅花岁月徂。

丞相祠堂虚寂寞，越王城阙总荒芜。

自来北至无鸿雁，从此南飞有鹧鸪。

乡国不堪重伫望，乱山落日满长途。

◎ 梅岭

    我不是来擦拭心灰的，但我需要在这厚重的心灰中去洞悉文明接续的信息。我尝试过由南向北的攀登，这一次的登临让我想起广东人张九龄，我想这梅怕也是他种下的吧？可哪一株梅才是千年不败之梅？不管是庚胜筑台的要塞，还是张九龄开凿的梅关，如今都是我的歇脚之地和遥望之所。

我没有进大余县城，顺着丫山脚下蜿蜒的章水，直奔丫山住下，准备第二天一早上山。我之所以选择丫山歇脚，是因为丫山的故事。大余的朋友告诉我，理学宗师周敦颐在丫山感悟了"无极而太极"的理学至理，留下了《太极图说》和《通书》两部理学著作。汤显祖丫山追梦，于千年古寺中探寻府衙小姐杜丽娘焚香求神的传说，成就了传世名剧《牡丹亭》。大余这两个不同朝代的父母官一个至道，一个至情，让人匪夷所思。我想什么样的土地才能给予他们如此宏大而多情的想象？奇怪的是，丫山没有给予我任何梦想，或许是旅途劳顿，丫山的这一宿，我睡到天光。

按照朋友之约，吉村镇武装部刘部长给我向导，我们早早便到了吉村。刘部长很热情，亲自驾车为我开路。我们溯章水西行，这条河有十几米宽，河水很洁净，不时看到水鸟悠然游走，却并不怕人。到了添锦潭水电站，刘部长把车停在水电站大坝上，开始给我讲述添锦潭的传说。我看到大坝内有一个较大的水库，水很深，格外地蓝。难道这里就是章水源？刘部长说水头还在上面。跟着水岸蜿蜒的水泥路继续前行，河道越来越窄，到达崇义境内河道中断，变成了一条小溪。溪水不宽，水在石头间穿行。刘部长说再往西就是崇义的聂都了。和刘部长道过别，我们继续西行，前往章水最远的源头。

聂都在群山的包围中，其偏僻似乎在我的意料中，但是聂都的地理位置在古代十分显赫，它处在梅关古驿道的方向上，东眺闽粤，南扼梅关之吭，西拊湘桂之背，史称四省咽喉，南北要冲。关于聂都地名，《崇义县志》记载："由聂姓者开都以聚民，故名聂都"。聂姓在全国人口不多，据说全国聂姓出江西，江西聂姓出新干，而新干聂姓出山西，大概与东晋时新干一位聂姓县尹有关。现在聂都各姓中，开都的聂姓人口反而不多，肯定也是与迁徙有关。只是不知道这一源迁向何方。

◎ Y山

车在沙溪洞祝圣寺生态公园停下，我们徒步前往章水发源地。关于山名，当地一说鲤鱼山，二说龙潭脑山，还有说龙华山。我想不管什么山，且登了再说。上山的路，蜿蜒陡峭，连年山水冲刷，山道几近损毁，沿着溪谷攀陡，青苔腐叶覆盖的石头很滑，几次险些人仰马翻。连着几天的行走，腿肚子胀痛，同行一人体胖，干脆找地坐下不走了。记起来时备课读过的清人刘凝的《游章水源记》，他在文中写道："凡探源者，或以道险而不往，或以往而不得其真；其锐意求其真者，又或以率意径行，以至云深不知，而终于废然而返"。向古人学习，我似乎没理由半途而返。

在茂密的森林中行走，我感到了一种被封闭的迷茫。但是我在疑神屏息的独行中想清楚了一个事，聂都原本是大余义安里，后来析出归了崇义，难怪大余人说章水源在大余。大概就是这种情结吧。

公元 1517 年（明正德十二年），王阳明平定横水、桶冈农民起义，上书朝廷："大贼既已平荡，后患所当预防。今议立县治并巡司等衙门，惩前毖后，杜渐防微，实皆地方至计"。朝廷批准了他的建议。析上犹的崇义、上堡、雁湖三里，南康的隆平、尚德二里，大余的义安里建县，并以崇义里之名置崇义县，寓意"崇尚礼义"。王阳明主政南赣共置三县（南赣不是赣南，全称为巡抚南赣汀韶等处地方提督军务，管辖的范围包括赣州、南安，广东韶州，湖南郴州，福建汀州），分别是江西崇义、福建平和、广东和平，每一个县名都蕴涵致良知者去恶从善的价值选择，以及对天下致良知的祈告。

大山里的一切，藤蔓、枯枝、古树静默，鸟和虫的声息细碎，

◎ 章江源

山谷间唯有溪流撞击石头的声音脆响。太阳热辣，汗湿衣背，我们一路无语，似乎是不敢消耗太多体力，心中的目标就是前头的隔碍。

我终于看到了山涧滚落的一挂流水，却似乎并不是我想象中的意象。它的气势远没有我想象的那样大。瀑布的高度不过丈许，下面的积水潭清澈见底。我甚至有些怀疑这就是我要寻访的章水源？折返下山，我在想，这一程辛苦仅为看这一挂流水？如果不是，我又收获什么了呢？

# 6

我在赣州行走，不经意间发现一个秘密。南唐保大年间（943年—957年）立县的地方不少。石城保大十一年，龙南保大十一年，瑞金保大十一年，而我现在要去的上犹则是保大十年。保大年间是个什么情况？

保大是南唐主李璟的年号。"菡萏香销翠叶残，西风愁起绿波间。还与韶光共憔悴，不堪看。细雨梦回鸡塞远，小楼吹彻玉笙寒。多少泪珠何限恨，倚栏干。"这首词正是出自这位皇帝之手，与后主李煜比，影响虽不及，却也是一位才华横溢的愁主。保大年间他在南京待不下去了，迁都南昌，或许是强化统治的需要，这期间江西不仅增设了很多的县，而且拆分洪州，在赣西北设立了筠州。公元755年安史之乱至此200年，这200年间人口的变化似乎已经可以看出端倪。赣南不少高山峻岭耕作条件差的地方，在保大这个时点已经迁徙进来很多人口。版图的填充何尝不是文化的取舍？

赣南是块神秘的版图，一般认为赣南是客家，人口迁徙伴随着北方战乱从未停止，具有不同于江西其他地方的文化属性。时间过去太久太久，历史的真相藏在消失的时空里，但有一个事实同样不容忽视，秦汉时期赣南的版图上已经有了于都、赣县、南墅等县的建制，于都建县时幅员辽阔，地域含现瑞金、会昌、石城、宁都、安远和寻乌诸县。素有"六县之母"和"闽、粤、湘三省往来之冲"之称。古时于都曾为赣南的政治、经济、文化、交通中心和军事要地，郡治设在于都近250年之久。这足以说明赣南的人口并非都是北人。只是我不知道，赣南文化在人口的融合中是怎样的兼容消涨的状态。

地处罗霄山脉中段的上犹，东北、西北、西南高山峻岭，海拔1000米以上的山峰14座，与湖南、崇义交界的齐云山第三峰鼎锅寨海拔1920米，只有东南部为丘陵、河谷盆地。可见这个地方过去很闭塞，然而却是北人南迁的乐土。物换星移，在现代交通网上，上犹距离赣南中心赣州很近，这一点倒让我意外。

上犹的由来大概与兽有关。文献记载大犹山状似犹蹲，山下有犹水，治所位于大犹山之南，犹水口之北，故名上犹。上犹江源出罗霄山脉东麓湖南汝城，蜿蜒曲折，一直向东，穿越赣西南，史称"九十九曲河"。全长198公里，落差615米，可谓一江清水天上来。

我下午到达上犹，原本考虑穿越上犹江，去领略苏东坡"长河流水碧潺潺，一百湾兮少一湾，造化自知太元巧，不留足数与人看。"但是我没能如愿。1955年国家在上犹江拦江筑坝，建造中国第一座水力发电站，到如今上犹江已拦坝建起了五座大电站，上犹江被重重阻隔。在上犹境内形成了罗边湖、仙人湖、清湖、陡水湖、龙潭湖等五大湖。我临时决定游湖，去欣赏这条美丽多情的江。

位于陡水乡境内的陡水湖，如今更名阳明湖，大概是用了王守仁的名号。康熙三十六年《上犹县志》记载："正德间，峯贼盘踞南安上犹。贼首谢志珊据横水，自号征南王，与桶冈贼首蓝天凤、广东贼首池大鬓（池仲容）、高快马（高仲仁）等互相声援，连结千里，荼毒列郡者数十年。官兵讨之，不克。十二年，大修战具，造吕公车，欲谋不轨"。公元1516年（明正德十一年），王阳明统率八府一州官兵平乱，兵分十一路，经上犹向横水、桶冈围攻，取得全胜。王阳明功成名就，为他的"知行合一"作了最好的注释。名字一改，人文厚重。文旅结合，让太多人可以欣赏这一方山水。

乘船进入阳明湖，青山作障，水天一色，好一派旖旎风光。"湖光山色望

◎ 阳明湖

无涯，九曲十弯处处叉"，据说湖中有 427 个水湾、50 多座岛屿。从叉处望过去，水湾蜿蜒窥不到头，如谜一样在心中留下悬念。山上的树木因为人口的迁出十分茂盛，混交林竞相生长，密不透风，把偌大的湖幽闭其中。空气特别清新，远处清雾弥漫，似人间仙境。只可惜我没有时间游遍五湖，去慢慢感受人们充分利用自然努力维护自然的壮举。

高山出平湖，百里无人家。上世纪 50 年代开始，电站库区数万人移民，走出世代繁衍的大山。客家人原本土地就少，搬迁到库外生产资源就更少，不少人改行打鱼，农旅结合，终于让这些饱受迁徙之苦的人们有了市场。捕捞、餐饮一条龙，烧菜、端菜都是自家人做，一年下来收入可观。夕阳西下，我们在阳明湖外的一条街上用餐，鱼品很多，老板说都是上犹江的鱼。我们要了鳊鱼、羊剑（学名中华倒刺鲃）、肥鸭（学名长吻鮠）等几样，味道很独特，似乎与赣江这边的风味不同。

# 7

赣州于我虽不陌生，但我从不敢说熟悉。在赣州住下，前往宋城，我想再去看看那些熟悉的建筑：郁孤台，八境台，宋城墙，甚至还有那些古炮台，古店铺、古树木。我希望这些长进我心田的物件能够告诉我一些什么。明媚的天宇下所有的物件绽放光彩，时间凝固在这一刻，我似乎可以听到文人雅士们推敲的声音，看到他们骄狂的姿态。还有市井中夹杂吆喝的提篮小卖，贩夫走卒，以及酒肆和旅店里的停留、嬉笑和争执，这些温馨和热闹的图景，又何尝不是另一幅清明上河图？

行走在赣州城墙，时不时有三三两两过往的走客，太阳沉下去了，灯光的华彩似乎比太阳还要浓烈和刺激。一千年前没有变幻的油灯鬼魅，但是已经足够了，因为城上的光影足以让三江澈滟。渔人摇橹的声响慢慢被城里的更声取代，那个时代的人们三两烧酒就着一碟花生米竟然延续到了今天。这样的乡俚文明竟然把整个宋城的烟火点亮，而这样的伟力又是何等神奇。比之文人学士们的惺惺作态还要可亲可爱。

我似乎在微醉的时候翻阅赣州府志。这几本书沉甸甸的，赣州一千多年的时空影子一般收录其中，我一直在寻找这些影子。

公元 349 年（东晋永和五年），南康郡太守高炎夯土筑城，拉开了赣州筑

◎ 宋城

城史。

公元885年（唐光启元年），卢光稠自任刺史，以王自居，这位生于斯长于斯靠造反起家的赣州王，把对家乡的热爱倾泻在赣州城池，他主政虔州倾力扩建虔州州城，建造了郁孤台，是未来宋城的奠基之作。

公元1056年（北宋嘉祐元年），孔宗翰知虔州，这位孔

◎ 郁孤台

子第 46 代孙风流倜傥，却也是极聪慧的人，为了解除江水灌城，他用铁水浇固城墙石基，用砖石改砌城墙，成为赣州宋代砖城墙的创始人。之后他又在龟角尾城墙上筑起了石楼，后称"八境台"，并创作了一幅壮丽的山水画卷《虔州八境图》。此后历时千年的不断修缮、加固，赣州城墙形成了周长 13 华里，具备护城河、墙垛、城楼、警铺、马面、炮城等设施的雄伟建筑，整个城池共有西津门、镇南门、百胜门、建春门、涌金门等 5 座城门，其中前 3 座城门还有二重或三重瓮城。清咸丰年间，又兴建了东门、小南门、大南门、西津门、八境台 5 座炮城。"铁赣州"由此而来。太平军两次攻城，中央苏区时期红军六次攻城，都没有攻破。现存保留下来的城门还有北门、西津门、建春门、涌金门 4 座，八境台和西津门炮城至今保存完好。

其实，真正让铁赣州千年不倒的高手还是北宋虔州知州刘彝。他是一位造城专家，在城内修建福沟、寿沟，整理疏通虔州城的地下排水系统，在临江水道口又修筑了 12 座水窗，彻底摆脱了江水倒灌的困境。我不是赣

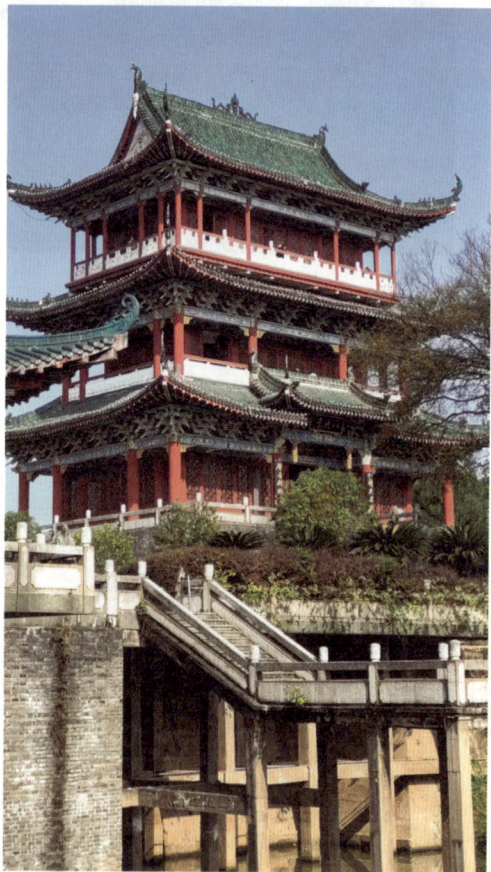

◎ 八境台

州人，但我们都应该向这些缔造文明的先人表达敬意。

在梅江上游，我意外闯入宁都麻田，这是赣州历史上最富传奇色彩的人物卢光稠的故乡。

这一次的行走，让我对这位赣州王又有了新的认识。其实，麻田就其村庄形态与赣南的村落大致并无不同，让我注目的是宗泰公祠和卢王庙。宗泰公祠祭祀的是卢光稠的曾祖卢宗泰，这个人在唐玄宗时期官至尚书，因厌倦官场，辞官南迁，辗转来到梅江岸边隐居。宗泰公祠近几年由族人集资兴建，而卢王庙无疑祭祀卢光稠，虽然历史久远，建筑也经过翻新，可庙里的楹联却让人生出无限追思。

> 德贯日月麻田黎民齐感德
> 恩施宇宙韶溪百姓皆沾恩

> 来来往往赖卢王川流不息
> 古古今今敬神像求之则灵

卢光稠身材高大，臂力过人，相貌威严，声如洪钟，颇有其祖上东汉经学家、著名将领卢植的遗风。清乾隆《宁都县志》之《人物·武略·卢光稠》记载："卢光稠，状貌雄伟，有才能，谭全播奇之。"卢光稠天资聪颖，自幼习武，喜爱骑马射箭，常用藤条、利器与坚甲操练武艺。麻田附近东元里一带就是卢光稠与表兄谭全播集众习武的地方。黄巢起义后，南方农民纷纷揭竿而起。公元 885 年（唐光启元年），卢光稠与谭全播在南康聚众起义，卢光稠被推为统帅，谭全播为副首领，起义军很快占据赣州，卢光稠自任刺史。治理虔州 26 年，细察民情，济贫恤孤，轻赋薄敛，在五代战火纷飞的年代，赣州人民得以安居乐业。人们怀念他，在他工作生活过的地方建庙祭祀。东元里卢王庙楹联对他歌功颂德。

◎ 卢王庙

◎ 宗泰山公祠

王业表彰大功大德

政绩垂世丕显丕承


功勋唐世垂史册

惠布东元沛苍生


从赣州还梓受皇封于五代

就东元立庙享民祀垂千秋


　　卢光稠是一位了不起的人物，没有他或许就不会有赣州的意味。这样的结论未必经得起推敲，但是你可以慢慢去体会。卢光稠不仅给赣州留下了一座郁孤台，更为重要的是他对赣州的影响深入到赣州人的骨髓。麻田、东元里一带流传的儿歌《敬卢王》，唱出了赣州人对他的膜拜。


嘭嘭嘭，碰碰碰，

正月挈，打神铳。

不奉佛，不拜道，

敬我祖宗卢王公。

保府县，大有功，

拯救百姓济贫穷。

受人敬，得皇封，

流芳百世受敬重。

要知王公当年事，

德字当头勤相搭。

领人马，三万八，

择石都，把营扎。

住茅寮，睡晒筐，

开荒土，种粮杂。

练武艺，把敌杀，

大小事，都雁嚓。

旗开得胜保万民，

子孙万代大兴发。


对于赣州，我曾有许多误读。赣州地大物博，可是人烟稀少，随着北人南迁，人口得以慢慢填充。南康郡是最早在赣南版图上设立的郡治，时间是公元282年（西晋太康三年），郡治不在南康，也不在赣州，而在于都。南康郡比虔州（赣州古称）早，赣州被南康郡统治长达250年。历史最后还是反过来，公元589年（隋开皇九年），虔州取代南康郡，作为赣南首府的地位得以确立。

连续在赣州行走，总感觉赣州还有一些隐秘的东西，是什么呢？我也说不清楚。赣州地广人稀，唐以后迁徙的人口不断增加，但这些人生计尚无着落，哪有心思求功名？或许这就是动荡的赣州人文逊色的原因吧？但是江西第一个进士却出自南康，公元726年（唐开元十四年），綦毋潜进士第。綦姓是偏姓，分布在山东居多。开元二十一年冬，綦毋潜送诗友储光羲辞官归隐，其后自己亦弃官南返，足迹几乎遍及江浙名山胜迹，其诗作多为描写风光之作，《全唐诗》收录他的诗26首。在绍兴写的《春泛若耶溪》成为他的代表诗作：


幽意无断绝，此去随所偶。

晚风吹行舟，花路入溪口。

际夜转西壑，隔山望南斗。

赣江向北流

潭烟飞溶溶，　林月低向后。

生事且弥漫，　愿为持竿叟。

千百年来，赣南在迁徙的苦难中完成文化的交融，最后定格赣南性格的赣文化。这样的创造，如细流成江，树木成林，伟哉！

赣州的大发展大变化，是李炳军主政赣州的这几年。放眼看，高楼、高铁、高架，赣州每一天似乎都变化着，城市的气象闪烁高质高速发展的光芒，我在比较中认识到这一方山水涵养的原生力。每每回望赣州，我内心充满一种勃发的力量。或许我还可以说，古有卢光稠，今有李炳军，幸哉！

源头丰沛，源下奔涌。赣鄱大地续写赣江文明的智慧和脚力彪炳史册。

# 赣石记

武夷山和罗霄山余脉对峙于赣州到万安的广袤区间，形成跌宕起伏延绵不断的高山地貌。穿行在山脉之间的赣江摧枯拉朽，从风声鹤唳的郁孤台下一路高歌猛进，由此落下让行船走水的人们胆寒的赣江十八滩。

从赣州到万安二百多里赣江，江底怪石嶙峋，古人趣称赣石。而这一段赣江亦被古人约数"赣石三百里"。

赣石三百里，春流十八滩。
路从青壁绝，船到半江寒。

我曾试图从杨万里提供的这幅图景寻找现场而未果。相比之下，解缙把一个情感认知上的十八滩呈现在我的面前：

白浪滩头跳雪珠，青山片片翠荣纡。
杜鹃啼得花如血，正是行人在半途。

"脚蹬石头手扒沙，当牛做马把纤拉"，一首民谣唱出了赣江十八滩古朴的风情。清初文学史上享有盛名、被老百姓尊称"施佛子"的施闰章，公元1661年（清顺治十八年）调任江西布政司参议，分守湖西道，辖临江、吉安、袁州三府，他细致描述了赣江十八滩行船中的纤夫具象：

十八滩头石齿齿，百丈青绳可怜子。

赤脚短衣半在腰，裹饭寒吞掬江水。

…………

自从伏波下南粤，蛮江多少人流血？

绳牵不断肠断绝，流水无情亦呜咽。

郁孤台下清江水，中间多少行人泪。历史浩瀚如烟，赣石之上承载的千年过往何其沉重。

赣江通过惶恐滩，江面豁然开阔。"舟过万安县，悠然心目开"，赣江从此一泻千里并无关隘。地理上赣江至此称为上游，而惶恐滩便是赣石的最后关隘和地理标识。

# 1

1985 年我初到万安，曾几次前往神往已久的惶恐滩。那时万安水电站正在紧张施工，而惶恐滩正是万安水电站大坝的位置，已经看不到江滩的影子了。我只能从诗词中去寻找和感受惶恐滩。北宋名臣赵抃在《入赣闻晓角有作》诗中生动描述夜泊惶恐滩的情状：

江南历尽佳山水，独赣潺潺三百里。

移舟夜泊惶恐滩，画角乌乌晓风起。

栖鸥宿鹭四散飞，梦魂惊入渔樵耳。

三通迤逦东方明，又是篙工遄行矣。

横波利石千万层，板绳缚颈如山登。

夷途终致险且升，自顾忠信平生凭。

赵抃是一位清吏，《宋史》把他与包拯同列一卷。这位"铁面御史"性格高洁，钟爱自然，在赣州任上常以琴鹤相伴，公务之余或抚琴逗鹤寄情山水，或邀二三知己饮酒赋诗。赵抃行云野鹤式的个人生活，造就赣州历史上难得的淳厚文化氛围。

1986 年大旱，我作为抗旱工作队成员前往武术，走的就是江边的砂石路。赣江水瘦，小蓼和大蓼诸滩石头露出了水面。我想古代赣石三百里大概就是这模样吧。

惶恐滩原名黄公滩。《明一统志》卷五十六"吉安府"：惶恐滩"在万安县治西。旧名黄公滩，后讹为惶恐滩。宋文天祥诗，惶恐滩前说惶恐，即此"。关于惶恐滩的来由，南宋王阮在诗中说："水溯安流舟不难，人心自畏石头顽。黄公误听作惶恐，玉局先生盖谓滩。"玉局先生就是苏东坡。在王阮看来，给惶恐滩改名的是苏东坡。

公元 1094 年（北宋绍圣元年），苏东坡贬谪广州英德。四月从河北定远出发，携幼子苏过、侍妾和两名佣人一行五人（有关文献说，苏东坡到浙江龙图时，张耒还派了两名士兵护送）。匪夷所思的是，途中苏东坡收到再贬广西宁远的诏书，万幸的是在广东惠州安置。八月初七，苏东坡船到黄公滩，两岸高山逶迤，一叶扁舟行进峡谷，悲凉和恐惧涌上心头。他写下了《八月初七初入赣过惶恐滩》。

七千里外二毛人，十八滩头一叶身。

山忆喜欢劳远梦，地名惶恐泣孤臣。

长风送客添帆腹，积雨浮舟减石鳞。

便合与官充水手，此生何止略知津。

其实在苏东坡之前北宋名臣赵抃就为黄公滩改了名。公元 1061 年，54 岁的赵抃去赣州赴任途中夜泊黄公滩，作诗《入赣闻晓角有作》，在这首诗中黄公滩已然是惶恐滩。到虔州就任后，他写过《虔州即事》再提惶恐滩。

君恩山重若为酬，补郡都忘乐与忧。

惶恐滩长从险绝，郁孤台迥足观游。

赣川在昔名难治，铃阁于今幸少休。

人谓阔疏予自喜，远民安堵更何求。

到底谁给黄公滩改名，已经无法考证了。过去我认定是苏东坡，虽然赵苏两人都是北宋名人，但苏东坡的诗名大。其实谁为黄公滩改名并不重要，重要的是文天祥为惶恐滩铸魂，才有了惶恐滩千古扬名。

公元 1278 年，文天祥抗元兵败被俘，回首勤王事，几度惶恐滩，组织义军三万。解押过零丁洋，文天祥怀着必死之心写下《过零丁洋》：

辛苦遭逢起一经，干戈寥落四周星。

山河破碎风飘絮，身世浮沉雨打萍。

惶恐滩头说惶恐，零丁洋里叹零丁。

人生自古谁无死？留取丹心照汗青。

正气凛然的不朽诗篇，铸就赣江上不朽的文化符号——惶恐滩。如瑞士心理学家荣格所言，一切文化都沉淀为人格，惶恐滩是人格化了的文化标识和地理标识，它影响了一代代中国人。

从惶恐滩到零丁洋，成就英雄身后名。这一路似乎很远，一如跨越古今，高扬天地正气，却又似乎近在心间方寸，只有一颗丹心。

## 2

皂口丢了，丢在遥远的山河和尘封的史籍。

好在这条小河流常被人捡拾。无疑，辛弃疾《菩萨蛮·书江西造口壁》给皂口树立了不朽的地理标识，而在人们心中成长起丰盈的文化坐标。

历史曾在这里精彩呈现。但是现在都看不到了。万安水电站蓄水发电，赣江上游的死水位 90 米，这是吴淞高程，比拦坝前自然河床抬高了 30 米。赣江两岸山矮了，水宽了深了，诗词里的破驿馆以及驿馆旁的沙滩也没了。小小的皂口河缥缥缈缈。自然形态的改变，让人们淡忘皂口。

> 皂口，系大队驻地，位于沙坪街偏北 13 公里处。廖氏从新干迁此，历 28 代。57 户，363 人。地处皂口河与赣江汇合处。皂口河发源于赣县三龙，经上、下造，沙坪流入赣江，故称造口。因造与皂同音，俗写成皂口。
>
> **——《江西省万安县地名志》**

皂口原本是赣江上一条很小的支流，因为历史的阴差阳错，却成了一条富有寓意、充满辛酸、装满愁楚、布满惊险的河流。清代乾隆元年状元金德瑛在《皂口怀古》诗中如是叙说：

惶恐滩头波浪急，金师追后行将及。

太后福薄天犹怜，虎口幸离啜其泣。

父兄幽质王国城，臣构视之无重轻。

区区老妇房何用，未必争母如齐顷。

截江猛将气如虎，兀术惊跳庙中鼓。

从兹天堑保东南，航海奇谟君莫取。

湖山锦绣宫殿开，问安迎使稠叠来。

手诏立帝德未报，愿祝慈寿倾金罍。

朝廷贬去李伯纪，前此忧辱无责矣。

志士悲吟吊鹧鸪，泪滴郁孤台下水。


公元 1176 年（淳熙三年）辛弃疾卸任江西提点刑狱，调任京西转运判官，内心充满失落和忧伤。赣州两年，平茶寇功勋卓著，本想着有这样的业绩，朝廷应该把自己送到抗金前线，没想到却等来了国家后勤的任命。郁闷中，辛弃疾写下《菩萨蛮·书江西造口壁》：


郁孤台下清江水，中间多少行人泪？

西北望长安，可怜无数山。

青山遮不住，毕竟东流去。

江晚正愁余，山深闻鹧鸪。


2020 年 6 月，我有幸陪同武汉大学两位教授寻找宋词现场。我们从万安水电站坝下乘坐游艇前往皂口，一路上青山做伴，教授们很是兴奋，不断走出船舱频频拍照。一个小时的路途，我们谈论的和寻找的都是皂口壁。船入皂口河，举目四望，皂口无壁，似乎让老师们失望。我告诉他们，辛词写作的现场并非皂口，而是郁孤台。我的理由是，其一，全词只有标题出现皂口；其二，

◎ 皂口

开头一句就是郁孤台，如果写于皂口，不符合创作的逻辑；其三，皂口多山，不属于岩石结构，并无绝壁。一年后，两位老师给我寄来了他们的合著《重返宋词现场》，他们认为，词还是在皂口写的，书写在驿馆的墙上。尽管老师们说了很多理由，但我仍然不能苟同。因为我相信诗人的政治抱负和爱国情怀高远而深沉，皂口之耻实为国耻，而自己又没有机会为蒙难的祖国昭雪，但是他必须把自己的宏愿昭告世人。这就是词人书江西皂口壁的内心隐秘。

辛弃疾带着幽怨走了。紧跟着辛弃疾的脚步，杨万里来了。

赣江向北流

公元 1180 年（南宋淳熙七年），杨万里赴任提举广东常平茶盐。正月，他携家眷从吉水出发赴广东，文献记载他的行程，宿皂口驿，过皂迳，经过分水坳，往沙地方向到达赣州。似乎走的是陆路。9 月继母去世，他又回吉水奔丧。同一条路，同一年里杨万里走过两回。

皂口是一个什么地方呢？一千年前的皂口回不去了，但我可以在杨万里的诗中看到一些大概。杨万里的《宿皂口驿》如是描述："倦投破驿歇征骖，喜见山光正蔚蓝。不奈东风无检束，乱吹花片点春衫。"在另一首《晓过皂口岭》这样写道："夜渡惊滩有底忙，晓攀绝磴更禁当。周遭碧嶂无人迹，围入青天小册方。半世功名一鸡肋，平生道路九羊肠。何时上到梅花岭，北望螺峰半点苍。"一千年前的皂口或许就是一个荒无人烟的野渡。

其实，杨万里过皂口前后写过至少八首诗，读这些诗，我有些糊涂。杨万里到底是肩舆还是乘船，或是水陆并进？诗人充满想象，让我无法考证他是乘船还是坐轿。但是诗人的乡愁却都写在了《憩分水岭望乡二首》中：

> 岭头泉眼一涓流，南入虔州北吉州。
> 只隔中间些子地，水声滴作两乡愁。

> 岭北泉流分外忙，一声一滴断人肠。
> 浪愁出却庐陵界，未入梅山总故乡。

在古人的诗中，我看到皂口驿保持到了清初。明朝郭谏臣《午过皂口驿》："肩舆度危岭，雨歇众峰青。灵籁云中散，清泉石上听。白沙迷钓渚，红叶映邮亭。遥想幽栖者，时方午梦醒。"清代施闰章《皂口》："将入双江路，云迷皂口西。昨宵愁不寐，恰有鹧鸪啼。"鹧鸪是一种灵性动物，读诗，我常被"行不得也哥哥"所感染，我在皂口一带工作多年，早出晚归是常有的事，不

◎ 良口废墟

知为什么却从未听过鹧鸪的啼鸣。

皂口河，赣江上一条不起眼的支流，它流程很短，却留下长长的历史。

# 3

良口湾子是一个天然泊口。顺江而下在湾子里停靠一宿，吃饱喝足，养足精神，第二天还可以在万良阁求神拜佛，然后信心满满过良口滩下万安。溯江而上过了良口滩，松一口气，在湾子里歇歇脚，定定神再前行。

湾子里边的镇子良口，在纤夫的号子中长大，而名声则在滩师的嘴里越传越远。打开这个镇子的记忆或许就是一部千年赣江史。可惜这水边镇子的记忆随水逝去。人们只记得民国时，镇子上繁华不尽，天主教堂、烟馆、澡堂妓院什么都有，行船走水的人们津津乐道于这个赣江边上的"小南京"。

> 良口圩镇，位于万安县南部45公里，在涧田河入赣江汇合处，距涧田7.5公里。据《万安县志》记载，清时即有"良口市"。因水上交通方便，是一个良好的港口，便取名良口，开镇设市，日日为市，250人。
>
> **——《江西省万安县地名志》**

我在万安工作三十多年，去涧田不知多少次，可就是没去过良口，连我自己都感到奇怪。后来想想，也没什么好奇怪。上世纪80年代，万安水电站移民到了关键时候，该迁走的都走了，因为航行的需要，淹没区该推倒的建筑都倒了，建在山脚下的万良阁，通往码头的良口桥，还有良口圩上数百年龄的古榕树都灰飞烟灭。电站蓄水发电后，良口废墟沉没江底，什么也看不到了。涧田河口静寂无声，没人去良口也属正常。但是我仍然不能原谅自己，当年我写《赣江十八滩》竟然遗漏了这个点，这是一个多么大的疏忽。

有一天再读孟浩然的诗《下赣石》，似乎有了新的发现，所谓落星湾不正是人们通常说的良口湾子吗？

> 赣石三百里，沿洄千嶂间。
>
> 沸声常浩浩，洊势亦潺潺。
>
> 跳沫鱼龙沸，垂藤猿狖攀。
>
> 榜人苦奔峭，而我忘险艰。

◎ 良口湾子

放溜情弥惬，登舻目自闲。

暝帆何处泊，遥指落星湾。

　　赣江在宋代诗词中并不稀罕，但在唐诗鸿卷里却是凤毛麟
角。孟浩然的这一首诗无疑弥足珍贵。寻找唐诗现场于我十分
方便。"涧田通"何燕春从小在这一块长大，良口的地形地貌
都印在他脑子里，良口街上具体到房子的朝向、进深他都了如
指掌，尤其那数百年龄的榕树，十几个小孩手牵手都围不过，

在他心里更是刻骨铭心。他陪我去良口自然合适不过。

三月，梧桐花开，梨花遍野。正是万安水库调洪时节，良口废墟全部暴露，墙脚的砖饱经水泡呈现厚重。老何领着我，一点一点指给我看，我大概可以想象曾经的小镇形态，以及舟楫过往的水边风情。顺着老何手指的方向，我看到离镇子五百米远的良口滩，以及滩与镇子间形成的天然大湾。江岸的山不算太高，树木的倩影映照江中，我能感受落日余晖中湾子里金色的温暖，我能想象郁林暝色湾子里落满的天星。

唐朝的赣江只有迁客和贬官，以及渔人和排客。贞观的繁荣没有带进赣江。公元716年（唐开元四年），张九龄奉命开凿大庾岭，到开元六年，张九龄依靠民力完成了这项名垂千古的伟大工程，首次刷新运河开通以来赣江水上交通版图。到了宋朝，淮盐南下与海盐北上构筑了赣江千年风情。辛弃疾词中"汗血盐车无人顾，千里空收骏骨"，说的就是汗血宝马不去征战，却是拉盐去了。宋代是"天下盐利皆归县官"的时代，天下的盐袋子没理由不看紧，而维系盐袋子的大小河流成了构筑行政的罗网。赣江沿线在宋代设有南安军、南康军、临江军，这样的政权结构到清朝也没被削弱，清代万安设立盐茶衙署，配备专业缉私的船只车马。历史上的江西始终都是用一船船黄灿灿的粮食、香喷喷的青茶，抵达风花扬州换取一日不可或缺的食盐。如此风情在赣江上流淌千年，而又风花雪月般地飘散。

公元712年（唐开元元年），25岁的湖北襄阳人孟浩然开始了他为期10年的南行之旅。文献记载他此行目的是广交朋友，干谒公卿名流。这样的动机今天看来几近荒唐，但是一千多年前这样的实践，锻造了一个山水田园派诗人的心性和灵光。公元716年（唐开元四年），孟浩然泛舟赣江前往南岭拜谒张九龄。这一次见面，把孟浩然与张九龄联系在了一起，以至影响到孟浩然的一生。在孟浩然患病即将辞世的那段时光里，张九龄还将孟浩然招至幕府。而更有意思的是，孟浩然从赣江折返，进入湘江，通过张九龄的关系，拜谒当时在湖南为官、后来官至宰相的张说，并为其写了一首诗《望洞庭湖赠张丞相》：

八月湖水平，涵虚混太清。

气蒸云梦泽，波撼岳阳城。

欲济无舟楫，端居耻圣明。

坐观垂钓者，空有羡鱼情。


纯粹文人传统中国从未有过。其实孟浩然也没有这么简单。正如李白、杜甫一直都在寻找机会进入官场。盛世入世是中国传统知识分子的心愿，甚至还可以说是他们的最高追求。公元 728 年（唐开元十六年），孟浩然踌躇满志，欣然赶赴长安科考。适逢春天，他写了《长安早春》坦露心扉：

关戍惟东井，城池起北辰。

咸歌太平日，共乐建寅春。

雪尽青山树，冰开黑水滨。

草迎金埒马，花伴玉楼人。

鸿渐看无数，莺歌听欲频。

何当桂枝擢，归及柳条新。


此时，孟浩然眼里满是欣欣向荣，莺歌燕舞。可他运气不好，科举落榜。但这次落榜也让他收获与主考王维交好。王维像个大哥为孟浩然画像，两人成为忘年之交。此后唐朝诗坛多了一个诗派——王孟诗派。

公元 735 年（唐开元二十三年），失意中的孟浩然欲往扬州，重新开启他的第二次江南之旅。李白知道后，约孟浩然再会江夏。十年前孟浩然与李白初交，十年不见，两个官场失意之人，他们会有怎样的见面？让人想象不到的是，两个官场失意之人登上黄鹤楼，依然是两个唐朝诗坛大腕的本色。而这一次的相逢，为唐诗再铸高峰。

> 故人西辞黄鹤楼，烟花三月下扬州。
> 孤帆远影碧空尽，唯见长江天际流。

如果说唐玄宗开创了历史上令人瞩目的开元盛世，那么人们不应该忘记重开大庾岭的张九龄。盛世给赣江带来的繁荣如奔涌的江水流进孟浩然的诗篇。顺江而下的孟浩然带着朋友相交的喜悦，全然忘却行舟险滩的恐惧，傍晚时分乘船划进良口湾子。

# 4

储潭把赣江十八滩甩在身后，身前就是赣州。回望山中巨蟒一般的赣江，远眺贺兰山上的郁孤台，抖落一身细碎，眼里的储潭已然是这山边脚下的心安之所。正如举人李之世《储潭庙》所言："到此滩声息，平沙一镜涵。人烟过白涧，江庙赛储潭。映日帆移岸，摇风火漾氃。征途殊未歇，催棹又投南。"而对于顺江而下的舟子在储潭停靠，进庙拜神祈求平安，抖擞精神再下十八滩，同样是舟子们必修的功课。

> 储潭圩因靠储山，临赣江，处江湾岸边，急转江水回旋成涡，形成深潭，冲成之物，回旋储集潭中，故名。建于北宋嘉祐年间的赣州八镜台，所见"八镜"之一的"储潭晓镜"也因赣江流经储江，潭水清澈加镜，故录。据《中国古今地名大辞典》记载，"晋制史朱伟置储君庙于此"。从此舟楫停靠，过往客商和四方信士，云集朝拜，渐成圩镇。
>
> ——《赣县志》

◎ 储君庙

　　"郁孤台下清江水，中间多少行人泪。"人们只道辛弃疾悲的是山河沦陷、人民苦难，可谁又能否定作为父母官的辛弃疾对这一段江河的悲悯？清初政治家、文学家施闰章作为江西布政司参议在赣工作六年，深知百姓疾苦，他在《牵船夫行》一诗中描述了赣江十八滩沿线人们的苦难，从另一个侧面也反映出赣石三百里的险恶。

十八滩头石齿齿，百丈青绳可怜子。

赤脚短衣半在腰，裹饭寒吞掬江水。

北来铁骑尽乘船，滩峻船从石窟穿。

鸡猪牛酒不论数，连樯动索千夫牵。

县官惧罪急如火，预点民夫向江坐。

拘留古庙等羁囚，兵来不来饥杀我。

沿江沙石多崩峭，引臂如猿争叫啸。

秋冬水涩春涨湍，渚穴蛟龙岸虎豹。

伐鼓鸣铙画船飞，阳侯起立江娥笑。

不辞辛苦为君行，梃促鞭驱半死生。

君看死者仆江侧，火伴何人敢哭声！

自从伏波下南粤，蛮江多少人流血？

绳牵不断肠断绝，流水无情亦呜咽。


　　我多次造访储潭。储潭吸引我的无疑是储君庙。门联两副估计是不同时期的楹联，其中一联："从闽粤滩赣倘过十八滩指点千帆航慈海斯德永懿，自汉晋迄今俱来廿百载庇佑万民生福履厥功尤懋。"正殿中央安放的是储君神，两边依次摆放着十八滩神，赣县范围的九滩放置在左边，分别是储滩神、鳌滩神、横弦滩神、天柱滩神、小湖滩神、铜盆滩神、阴滩神、阳滩神、会神滩神，万安范围的九滩放置在右边，分别是良口滩神、昆仑滩神、晓滩神、武朔滩神、小蓼滩神、大蓼滩神、棉津滩神、漂神滩神、惶恐滩神。每一个滩神形态各异，或慈眉善目，或威严有加，但都和蔼可亲。庙内石柱上刻有楹联："汉祀晋立千千年我原在此，陆行水航万万载安本於斯。"

　　储君是谁？从散乱的资料看，储君是王莽之乱时，率领五百兵守卫大庾岭的储老。储老是赣人，用他的姓来命名其山，他生时保境安民，死后护佑郡将。

◎ 滩神

◎ 惶恐滩神

储君的模糊出身，使得历史上引申出了许多与他有关的神秘传说。

公元 327 年（东晋咸和二年），苏峻在江苏扬州举兵造反，南康郡守朱玮奉命领兵从于都下赣江出鄱阳湖，赴江苏讨伐苏峻。队伍到达储潭宿营，准备第二天一早过十八滩。夜里朱玮入梦，冥冥之中有一位神人对他说："我是储君，奉天帝之命来镇守储潭这方水土，当地还没有人知道这事。如果你能建庙祭祀我，我会报答你的。"朱玮当即答应了储君的要求。朱玮全军果然顺利地通过了十八险滩平安到达目的地。翌年苏峻身死兵败于联军，朱玮凯旋。他没有忘记过十八滩时对储君的许诺，就在储潭岸边建起了储君庙。庙建好后，过往十八滩的船家过客，无不上岸向储君敬香求保平安。

那么，十八滩神又是谁呢？我一直在问。没有人回答我。我想这些金身菩萨不可能是无来由安放上去，他们定有来由。其实，我每一次去储潭无非就是寻找答案，但我每每都是失望而归。难道十八滩神真是人们心中的一种意念和意象吗？按照我的逻辑，应该真有其人，这些人或许就是历朝历代凿滩平险的好人，人们感念他们，在祭祀的同时，也乞求他们的保佑。可他们都是谁呢？

有人告诉我有东晋虞潭。虞潭是浙江人，他是一个将军，一生征战无数，似乎也没有在赣为官的历史，他能有机会办这样的事吗？至今我没有看到他凿滩的文献记载。在我掌握的资料中，仍然只有四个官员——唐代张九龄、路应、宋代赵抃和清代张成章。人们熟悉张九龄，但对路应、赵抃和张成章却不一定了解。但是这三个人都深深感动了我。

公元788年（唐贞元四年），虔州刺史路应"凿赣石梗险，以通舟道"。这是见诸史籍的第一次疏浚赣江十八险滩，距张九龄开凿大庾岭道72年。此前"月明渡口漳江静，云散城头赣石高"。路应的功绩彪炳史册。路应，陕西三原人，以荫入仕，德宗贞元间历任虔州、温州、庐州刺史。

公元1061年（北宋嘉祐六年），赵抃赴任虔州知州。他严而不苛，因俗设施，宽猛不同，以惠利为本，兴修水利，革奸敷和，吊恤鳏孤，资助被贬岭南的官员，建广惠寺于城西，没收废寺田地作为经费供养孤儿寡妇，停放灵柩。赵抃为政简易，体恤百姓，在赣州留下相当不错的官声。夜宿惶恐滩的经历让他刻骨铭心，知州期间，他尽其所能疏凿赣江水道，成为船家们心中的菩萨。

公元1718年（清康熙五十七年）五月，张成章以68岁的老迈之躯赴任万安知县。人们疑惑老知县能做什么呢？可就是这位可爱的老人在万安做了太多的好事。公元1721年（康熙六十年）夏末秋初，恰遇天旱，赣江干涸，惶恐滩险石突现。张成章带头捐俸，又汇集绅士客商捐款，亲赴惶恐滩，诚心斋戒，祝告天地河神，并督令全县各乡石匠不分昼夜，凿去滩中险峻怪石。惶恐滩平险结束，张老头又想将武索及大小蓼诸滩一并平险，不料天下大雨，无法继续

◎ 万安湖

赣江向北流

施工。趁此数十年不遇之大旱，铲除千百年来的险滩，张成章为万安百姓立下百世不朽之功，德泽将恩及后世。《汀州府志》称"凿惶恐以便舟行"。万安绅民为此欢呼载道，勒碑纪念，赠诗赞扬。往来舟楫，歌功颂德。

万安县名士举人陶鹤书亦作《凿惶恐滩诗》记之：

> 天生俊杰非无意，智者愚心劳者利。
> 若无经济福苍生，优游何以别利器。
> 堪羡张公治五云，心平如水政无纷。
> 道碑每出乡民口，琴韵多从月夜闻。
> 偶探郊原山水趣，目击惶恐风雷怒。
> 篙师客子两忙忙，欲进行却惊相顾。
> 我公辄起济世心，命工立备锤与铖。
> 募得五丁施猛力，昼昏凿去无岖嵚。
> 今日帆樯通上下，无复当年哀湍泻。
> 仁人用智未兼旬，力可回天忝造化。
> 行人历此笑颜开，公绩于斯实伟哉。
> 指日九重虚左待，知公原是济川才。

人们祭祀好官，自然在情理中。我一直在想，是否还有民间的凿滩者？这种可能性极大，只是没有史籍记载，或者我没有掌握罢了。但我坚信滩神有名。所以我每一次去储君庙不忘敬三炷香。因为我坚信，这种民间的信仰，就是我们民族文化致良知的坚硬品质。

## 5

迷人的万安湖包裹在层峦中。站在万安水电站坝顶，眺望远处，湖泊越来越细，山峦越来越青，山和水依稀连着了天。

万安湖一步一景，十步一传说，百步或许就有一个先前的村落。这并非戏言。如果让过去行船走水的人说，老人绘声绘色，眉宇间闪烁着动人的光彩。五云阁、密溪坑、肖公庙、韩信祠、救书阁、万良阁……还有那些埋在湖底的十八滩，哪一滩没有骇人听闻的故事？"只愁江水去无还，石打银涛倒上滩。道是此滩天下恶，古今放过几樯竿。"杨万里笔下的惶恐滩着实令人胆寒。赣石三百里"路从青壁绝，船到半江寒"，用心感悟，山涧谷地似乎回荡船夫号子，那是一种低回缱绻、劳累和疼痛、粗俗和野性交织的声音，这种家庭式号子有别于中国任何一条河流上的号子，因为行走在赣江十八滩的船都是家庭式的小货船。游在湖上，看水是蓝的，碧波荡漾；跟着水走，看山是绿的，林海无垠。偌大的一个湖，不见有人忙碌，先前撑船的、打鱼的、搬运木头的，以及江边做活的人都看不到了。万安水电站大坝自上世纪90年代初蓄水发电以来，湖区移民三万多人，加上后来深山区移民，湖区移民总数超过四万人，数百个自然村庄消失在烟波浩渺的水下。两岸几乎看不到村庄，万安湖静谧、安详，就像襁褓中的女婴经过二十多年的抚育已经长成楚楚动人的少妇，她面带羞赧却异常甜美地迎接着游湖的人们，令人向往。

万安湖本是赣江最险的一段，因为大坝拦截形成一个相对静止的湖，她不像仙女湖和千岛湖，百转千回，岛屿林立，但是万安湖以其蜿蜒和深邃吸引人们，很多客商青睐万安湖，可似乎谁也不愿意惊扰她的宁静和高洁，更不愿意破坏她的颜容。然而，万安湖湖汊密布，湖汊经过的流域面积达到四百多平方公里，而更有意思的是，湖汊经过的地方正是客家人世代繁衍生息的地方，其文化魅力与万安湖一样吸引人。旅游开发秉承文化理念，然而人们似乎忘了，文化的主体是人，没有人哪来的文化，又哪来的文明呢？

雨中的万安湖一缕缕雾霭袅袅升空，远远望不到尽头。回家的人儿心中的凉意直逼脊背，近乎宿命的等待让客家人吃尽了苦头。好在客家人隐忍而不躁。

◎ 湖汊密布

在码头的小店要一两烧酒和两个油炸米果，慢慢吃，慢慢等吧。"等"是客家人词典里最有研究价值的词，甚至我们有理由怀疑，"等"的潜质早已流进了客家人的血液，因而在客家文化中才有了近似宗教一般简单而充满虔诚的生活态度。客家人的可爱就像童话一般曼妙。

万安湖已经形成了优越的生态小气候，山上林木越来越茂密，林子深的地方常年雨雾缭绕苍翠欲滴，山涧里细流淙淙常年不绝，而山谷里的村庄经过多年新农村建设旧貌换了新颜。在武术、宝山、涧田、顺峰、沙坪、弹前等许多湖区乡镇，村庄布局更为合理，房屋建筑更加漂亮，先前干打垒的房屋多数改建了楼房，乱七八糟的杂房越来越少，村庄秩序井然。武术

◎ 万安湖小气候

乡从江边迁到高处，人口稀少，一条街道几乎看不到几个人，最近这两年两个年轻人执掌武术，把武术做得小巧、高雅、经典，人口似乎一下子聚集起来。村庄变化烙印时代的记忆，物质进步就像万安湖的水托高了村庄文明的高度。

在客家人生活的万安湖区，无论新的建筑有多少，人们依然可以感受到一种传统和古典的美。走在万安湖区，历史似乎向前推进了数百年。万安湖流域面积一千四百多平方公里，辖八九个乡镇，而人口只有不到八九万人，每平方公里居住不到六十人，其人口密度相当于全国的三分之一。湖区耕地不多，大部分劳动力外出务工创业，留下来的农民种田、栽果、养猪。一切都照着传统的方法，养殖为种植消纳，循环利用。他们种田还是牛耕，机耕的很少，客观上多数地方机耕也不方便。他们种水稻，用化肥，也用农家肥，最重要的是山区温差大，加上小气候的作用，种出的稻米格外香软。在武术乡新蓼村，我看到大部分农家仍然保留着传统栏舍，他们养的是年猪，不用配合饲料，还是用猪草、米糠、泔水之类喂猪。他们栽果，还是房前屋后，规模很小，用的基本上还是猪栏粪、稻草秸秆、草木灰这样的有机肥料作底肥，虽然产量不高，但果实鲜美。他们养鸡，全是放养，自然采食。他们养鱼，除了万安湖库汊规模养殖，客家农民大都有一个习惯，家家户户都有一眼小塘，年初放各色鱼苗，年尾捞起来，先满足自己，多的拿去市场卖。无须打造，万安湖已然是中国传统农耕最后的时代。

万安湖打鱼的人越来越少，一来因为水深，传统捕鱼不再灵验，二来因为鱼少，下游的鱼上不去，但武术渔民世家肖氏兄弟却十分执着，他们在县城买了房，让孩子跟着老父亲住在县里读书，他们不操心每天打多少鱼，收入多少全凭运气，但每天过得高高兴兴。一天一月一年，生命轮回，他们已经不再年轻，等到他们老迈住进了县城，这湖中就少了一景。客家人始终保持着自己的传统本色，勤劳朴实不求非分，他们把日子过得不紧不慢，慢慢分享生活中的一份宁静，一份安逸，让自己的家园变得可爱和美好。

万安湖有一种姿态，湖区的人们敬畏天地，始终与自然和谐相处。他们喝茶很多，慢慢体会茶的滋味；他们喝酒很少，慢慢品尝生命的烈性，真情坦露生命的价值。我希望无论何时，这一切都能成为万安湖的文化和审美追求。

# 遂川江记

云洲宛如神鸟叼来的一个岛屿横亘在赣江与遂川江之间，让这两江得以在一处平坦舒展的地带相交。

在自然的放逐中人类懂得顺势而为的奥秘。公元199年（建安四年），曹魏霸业如日中天，这一年决定北方一统的官渡之战拉开帷幕，而东汉王室密谋刺杀曹操的行动毫无悬念宣告破产。这一年小乔出嫁，英姿勃发的周郎被东吴集团委以重任。这一年东汉行政版图多出了赣江边上的遂兴县。县治就铺陈在这一片大洲之上。管辖的地域包括现在遂川全境，万安全境，井冈山和泰和部分区域。"环匝十里，回澜东逝，因有五色云起，地名云洲。"很难想象，一个管辖5000平方公里的县衙竟然设在这块水网交织的区间。

漕运时代，江河无疑是最好的交通，而族落同样是沿着江河分布。公元280年（西晋太康元年），存续81年的遂兴县治西迁，遂川江边的雩田中洲以静默的姿态迎来了太康之治。

公元960年（后周显德七年），遂兴分崩离析，而遂川和万安的这个区间拥有了一个新的名字龙泉。龙泉县治继续西迁至遂川江上游左右江交汇的天子地。人口西迁，县治西迁，这似乎是一个铁律，但无论如何迁徙的脚步都停留在江边上。

江风猎猎，"熙宁变法"像幽灵一样走进人们的生活。赣江作为京广大航道很快融入了这场以增强国力为目标的改革。熙宁四年，公元1071年，随着苏东坡的黯然离去，神宗的眼光定格在黄公滩头的万安镇。这一年析龙泉之万安镇设县，名万安，县治选择在赣江东岸的芙蓉镇。至此古遂兴县版图就此落定。

天下万安。这或许也是熙宁变法者惴惴内心里的一种期许吧。

# 1

汽车在戴家埔一带的大山中盘旋。右溪河跟着我在路下山涧中哗哗流淌。秋河干瘪，鹅卵石一大片一大片裸露在河床上，芦苇丛蓬勃着野性在河床上生长，旧时光里的河流因为拦坝发电变得细瘦。郁闭的大山上不时可见青翠的茶园，一整块的绿的平面镶嵌山面。秋分时节，河谷之上高高低低的晚稻即将进入成熟期，金黄的色彩在青彻的大山中无上尊贵。

发源于湘赣接壤的万洋山主脉东麓的右溪河，经营盘圩向东而下，经过戴家埔、七岭、滁洲、下七、堆子前、大坑、盆珠，到达遂川县城李派渡与左溪河汇合形成遂川江。这一次我从井冈山下山，逆右溪河东进前往营盘圩，我想目睹候鸟南迁的壮观。有人告诉我，如果运气好，天黑以后或许能够看到鸟阵经过。我很期待。恰逢阴天，我不知道有没有这样的眼福。车经下七，滁洲、七岭进入戴家埔，时间尚早，我决定去茶镇转转。戴家埔这个地方过去不知道为什么叫吊槟桥，1927年10月毛泽东带着红军一部夜宿戴家铺，从此吊槟桥这个名字永久消失。而戴家埔这个名字则带着茶香漂洋过海。

右溪河又名大坑河、北支河，为遂川江主要支流，因由县城逆向右上侧汇入遂川江，故名。右溪河发源于湘赣接壤的万洋山主脉南段东麓，流经营盘圩、戴家埔、七岭、滁洲入井冈山下七乡，于罗洪口重入县境，再经河籁、七坪、卜侯、大坑、盆珠至县城李派渡与左溪河汇合。全长133公里，平均河宽60米，流域面积1151平方公里，总落差971米，平均坡降7.3%，多年平均年来水总量157514万立方米，多年平均径流量49.39立方米／秒，枯水径流量1.39立方米／秒。曾通航2.5吨木帆船至七坪，现洪水季节可放运竹木排。该河穿行崇山之间，森林覆盖面大，水土流失小，河床多系石质，水质清澈。其上游七岭至河籁一带盛产竹木，下游七坪至大坑则为全县金橘、茶叶之乡。

——《遂川县志》

罗霄山脉主峰南风面映入眼帘，这座神奇的山海拔2120米，是赣湘两省边界最高峰。或许只有三皇五帝才能为之续写传奇。相传神农氏上山采药，发现这座山一年四季刮南风，在山顶的南面晒药，不出太阳也可被风吹干，因此把这座山叫作南风面。神农指引，南风面山脚下依山而建的村舍，以及坡度小的山面被先民开垦出梯田，洋溢着繁衍生息的隆重意象，在此时节山面上的禾穗饱满着神农的恩赐。

沿着水泥路继续盘旋，山谷里雾气袅袅上升，云遮雾罩的山峦诗画一样舒展。山顶上的营盘圩拨开云雾，看得见它的小巧秀丽。这个离天最近的小镇虽有来历，却是默默无闻。当地曾氏族谱记载：咸丰丙辰年泉城失陷，邑侯博厚，避寇于此，设营团练兵，尔后称营盘。后来在此建立圩场，故称营盘圩。本世纪科考发现全球每年有数十亿只候鸟进行洲际迁徙，8条迁徙路线中有3条经过中国。进入秋天，成群结队的候鸟从西伯利亚、内蒙古草原、华北平原等地起飞，经东、中、西三路分别飞往中国南部地区越冬。而营盘圩这个区间正是一条"千年鸟道"，这一发现让营盘圩声名鹊起。

在罗霄山中段万洋山脉与南段诸广山脉的狭长通道上，连绵的群山形成了

◎ 南风面

◎ 千年鸟瞰道

一条东西贯通的凹形通道，出口是宽 10 公里的隘口。这条通道正是千年鸟道。而南风面为候鸟迁徙提供了重要的地貌标志。对候鸟而言，南风面正是它们南方的家。每年秋分前后，通道内会出现一股从西北吹向东南的强大气流，沿着山势抬升，集结的候鸟休憩后由此飞跃隘口，再次踏上远征之旅。每年有一两个月时间候鸟经此迁徙，在秋季久晴变天的晚上或者久雨雾转晴的夜晚，可以看到成群的候鸟铺天盖地。

这一天，我在营盘圩没有看到候鸟迁徙的景象。黑暗中，我想象着，天空中自由的精灵穿越群山史诗般的壮阔画卷。

营盘圩乡党委书记周卫华带着我上打鸟岗。这个名字着实让我一惊。打鸟岗属于湘赣接壤的牛头坳地区，候鸟跨越湘赣两省必经之地。也许是靠山吃山，这些地方素有狩猎传统，人

◎ 候鸟飞翔

们认为活鸟的血和鲜肉可以大补身体，因此早年捕鸟之风盛行。打鸟岗一带海拔高、地势险、气温低、云雾浓、空气稀，候鸟长途跋涉到此精疲力竭，需要休息或觅食，有些候鸟甚至在此迷失方向。不幸的是，从这里过境的候鸟，每年有200多种数百万只，因此这个地方自然成了候鸟的杀戮场。在这一带停留，我似乎闻到了血腥。

牛头坳地区山峦叠峰，景色虽好，但可开垦的土地少，生存条件极差，过去这一地区人烟稀少，来此定居的人要么是避风头的悍民，要么是避难的草民。如果中国历史上没有几次大的迁徙，或许就不会有闽粤赣边人口的大幅增加，就不会有人地矛盾的尖锐冲突，也就不会有清朝中期开始的大规模西迁，或许这一带就不会有如此多的人口。

我在回程中特意去了大汾。我是想看看大汾骑楼和洛阳围

◎ 大汾骑楼

屋，这两种建筑都是客家人西迁的证据。洛阳围屋系清乾隆时期彭辉斗修建，占地面积5200多平方米，历时4年建成。围屋总长104米，宽59米，由1个正厅，24个副厅，14个天井，240个房间组成。空间分布以家族祖堂作为中心点，屋内祠宅相连，楼内相通，能御火攻，防围困，四角建有炮楼，是一座典型的非常完整的客家住宅建筑。相传围屋上梁时，有乌鸦落于屋梁上，乌鸦落梁是吉祥象征，所以被称为"乌鸦洛阳"。骑楼街也是清乾隆初年的建筑，街长300余米，宽10米，现有店铺50多间。一般为两层，第一层正面为柱廊，众多建筑的墙立柱串联起来，构成公共人行通道；二楼伸出长挑，前由立柱顶住挑梁，形成廊街。整条骑楼街翘楼挨着翘檐，屋顶相连，蔚为壮观。

行走在骑楼街，我仿佛踩着了西迁的步履。人类与异类夺食的历史，显示人类强大的同时，也充分暴露人类的丑陋。人类统治地球充满了杀戮和血腥，杀同类，也杀异类，在这个过程中许多古文明中断甚至灭绝，唯中华文明延续。那是因为我们有天人合一的祖训。上世纪最后几年国家鸟类保护中心在打鸟岗设了一个环志站，站里的职责是掌握鸟类环志活动信息，普及鸟类环志知识，尊重鸟类活动规律，科学保护鸟类。目前共环志鸟类 15 目，49 科，206 种，34516 只，归家鸟类 16 只，环志站已经成为鸟类迁徙保护与研究的重要基地，多次受到上级表彰，足以说明他们的工作卓有成效。今天我们倡导并实施的生态文明正是遵循祖训，我们有理由相信，5000 年中国文明将会以谱写更璀璨的现代文明而彪炳史册。

# 2

从万安出发，到达桃源是上午九点多。海拔 1442 米的轿子顶浓雾还没有散尽，崇山峻岭中的桃源似乎刚醒。一垄垄沿着山面弯曲的田，跟着山势一层层上升，因为刚刚犁过，薄薄的过田水白得耀眼，从山顶俯瞰，白花花的山面保持着行水流水般的静默。从这山到那山，田埂灵动飞越，把不同的山面连成浩瀚的畴。人类造田的奇迹饱含繁衍的痛苦，永久地书写在桃源。

桃源所处的位置左安镇，地处罗宵山脉中段，南接上犹，西北与桂东县交界。左溪河由汤湖入境，自西南向东北横贯全境。地形为两面高中间低的狭长河谷地带，东南与西北崇山峻岭，奇峰突兀。山多地少，农业禀赋极差。谷雨时节，山下的田已经播上了早稻，禾苗正在返青，充满生机的绿覆盖了河谷。而山上犁田打耙的活还没完。因为海拔高，山上的梯田不适合种两季，犁田一般选择在雨水较多的谷雨时节。一般人无法想象耕作的情形，机耕不行，我想牛耕总可以吧，但也不行，只能是人耕。我看到的犁田景象，似乎让我的思绪穿越时空回到了中古时代。两个人一前一后，前面的那个两脚叉开，杠子背在

◎ 桃源梯田

肩头匍匐着向前拉，后面的那个两手扶着犁同样匍匐着向前推，一身蛮力系于手臂。这种原始的耕作方式在桃源得见。梯田常年保持湿润，如果干的时间太长，遇水淹泡边坡就会塌方，梯田就毁了。因为有水，拉力和推力都是人能承受。

桃源梯田号称天下最美梯田，遂川开辟了一条旅游线路，吸引了很多游客。这个季节来看桃源梯田的人不多，多数人选择禾熟谷黄的金秋来欣赏桃源美色，那个时候，山面层层叠叠尽是高贵的色彩，满是收获的喜悦。很多人看到了最美的梯田，感受了最美的乡愁，写下了最美的诗文。

作家郑云云在《桃源乡愁》中如是表达：

作为城里长大的人，乡愁就像遥远的地平线上一道无

◎ 犁田

望的风景。那个可以采蕨、戏水、收割、拾柴的家乡，从
父辈少时离开后就永生永世地失去了。所以，每次去那些
青山绿水的地方，就像回到祖先流浪经年后终于注目停下
的第一站，让人幸福得眩晕。

人们现在可以把艰难的劳作当作是一种情趣，一种休闲，
可谁知道这梯田耕者荷犁披夏的劳苦？

桃源人乐观豁达，明明是艰苦的耕作，却让他们寻找到美
好的精神寄托，甚至梯田里的每一块石头都能给他们带来想象。
蟠桃石说的是王母娘娘做寿，分管天庭桃园的四姑娘偷了一颗
最大的，往云层下的桃源里扔了过来，正好落在桃园中劳动的
阿牛哥身边。因为桃子太大，没法下嘴吃，时间久了，就成了

这颗蟠桃石。儿女石从西侧看如女人的生殖器，站在对面的凉亭上看如母子亲吻。蟾蜍望月来源于蟾蜍与天狗斗法的故事。遂心石，是桃源人给取的名，说是摸过这块石子孙多多、钞票多多、快乐多多、幸福多多。千年之恋赋予一场让人动容的恋爱。神女和阿牛牯相恋，雷公电母降下天劫，却阻挡不了双方幸福地凝望。这样的想象无所不在，几乎覆盖了生活的方方面面，饱含了人类的欲望。这样的想象无疑感染了世世代代的桃源人，谁也无法放弃对这一片梯田和家乡的热爱。

我始终放不下探寻梯田垦荒者的足迹。我一直以为梯田是客家人西迁的产物。经过几次大的迁徙，到清中期广东、福建甚至赣州人口饱和，人地矛盾显露出来了，有些地方还很尖锐，于是被迫西迁。我的推断在我的访问中得到证实。邓希海过去做过生产队会计，山上的农活他年轻时都做过。因为山上缺老师，只读过几年书的邓希海却做了一辈子老师。现在退休在家的老邓带着家人在高的梯田里种黄桃，收入很好。他告诉我，祖先迁来时在山下的白云，因敌不过当地人，只好搬上山来。这山上现有邓、甘、钟、李几姓，几百年下来，人口繁衍到了 600 人。邓老师说的与我访问的钟姓、甘姓老表说的大致相同。土客之争在资源匮乏的情况下显得尤为尖锐。其实清朝中期的这一次西迁何尝不是土客之争，或者是老客与新客之争。在遂川这样的山区县，高山梯田不仅左安有，其他不少乡镇也有。左安还有瓜塘梯田、鹤坑梯田，高坪有车下梯田，大汾有半岭梯田、福龙梯田，戴家埔有南风面梯田。

天无绝人之路，客家人从山下到山上垦出了一垄垄梯田，而房舍也任意地安置在便于耕种的山上，形成三五成群、一屋一居的村居格式。土墙黛瓦吊脚楼，山花半落水东流。客家先民咏着陶渊明的《桃花源记》，把山上这一大片地方称为桃源村。

◎ 桃源人家

# 3

处在罗霄山中段的遂川，山多坑多江多，以坑、盆、江，汾命名的乡镇不少，但以湖入名的唯有汤湖。既为湖，却是汤。这个汤无疑是温泉。汤湖是著名的温泉之乡，汤湖温泉出水表面温度摄氏84度，自然流量每昼夜2000立方米，为江西省温度最高，流量、压力最大的地热资源之一。这个汤除了量多成湖的表达，似乎还可延伸为水流急的意蕴。不到一百公里的左溪河，落差接近1000米，真可谓左溪之水天上来。

左溪河经过高坪进入汤湖，到达白土村突然跌入谷底，河床变宽，水流变缓。令人想不到的是，左溪河下游连着遂川江竟成为秦军进入南岭的通道。1976年春，草林左溪河岸边出土了一批青铜器，计有铜戈1件，铜矛1件，铜镞80余枚。其铜戈上刻有铭文，曰"廿二年临汾守瞫库系工歇造"，共12字。江西考古工作者认为，此铜戈是秦王政二十二年（公元前225年）临汾的一位名"歇"的工匠所造，是秦军南征遗留下的物证。秦兵器在左溪河出土，说明秦军一部分在抵达万安后，出于某种原因，转向赣江的西面，经遂川进入湖南地界，或者是取道今上犹、崇义抵大庾，然后再进入岭南。


左溪河又称草林河、南支河，因由县城逆向左上侧汇入遂川江，故名。左溪河发源于湖南桂东县境诸广山的白沙坳。流经高坪、汤湖、左安、南江口、草林、珠田、瑶厦等乡，中有大沙水、禾源水等汇入，于县城李派渡与右溪河合流。全长91公里，流域面积972平方公里，南江口至县城段河宽50至80米不等，全河总落差978.9米，平均坡降10.7%，多年平均年来水总量93591万立方米，多年平均径流量29.4立方米/秒。1956～1960年，草林至南江口段曾人工疏浚通小帆船，1961年县城至左安公路通车后断航。河床纵剖面呈明显的阶梯状降落，造成沿河峡谷、盆

赣江向北流

地相间地形。阶面开阔平坦为小盆地，盛产粮食等经济作物，举世闻名的狗牯脑茶叶就产于上游的汤湖乡；阶间峡谷区，俗称冲，河床比降特大，为利用水能资源的良好地段。

——《遂川县志》

公元1796年（清嘉庆元年），这一年注定不平。正月初一乾隆退位，颙琰继位；正月初十，鄂豫陕边白莲教起义。而远在遂川大山中左溪河岸的年轻人梁为镒精神抖擞，时序四月，江南雨季托高了左溪河，一组组扎好的木排泊在岸边，等待梁为镒选定的吉时下水。梁为镒是一个很有头脑的年轻人，出道没几年，在左安河上的名声却不小。他的木材销往江浙已经有了固定的码头和商号，过去小打小闹，这一次他想抓住天朝换代的商机搞一回大的。木排顺着左溪河进入遂川江，一路顺风顺水，在罗塘湾靠岸组合成大排进入赣江。这个季节江风和煦，梁为镒感到了一种从未有过的惬意。虽然没有千里江陵一日还的豪情，但是他的内心已经涨满风帆。

在江河上放排是一件风险很大的事，遇到风浪，排打散了，人只能抱着木头跟水流，人可能没事，但财物就泡汤了。梁为镒没有想到进入长江后遇到涨水，木排被洪峰打散了。命虽然保下了，可他的希望也破灭了。在南京梁为镒转辗到一家茶庄当伙计。几个月下来，梁为镒爽朗的性格和利索的工作征服了老板娘，而这个老板娘其实是个亡夫的年轻女子，两个人不知不觉好上了。离开南京时，女子变卖了产业，备了上好的茶种，跟着梁为镒回到左溪河边一个叫白土的村庄。

处在半山腰的白土村，此时还只有梁氏几家人。乾隆年间先民从广东迁居于此，一直没有停止垦荒的脚步，从山脚到半山腰，已经有了几十亩薄田，生计是解决了，但随着人口增多，操心的事越来越多。好在梁为镒头脑活络，学起了经商，梁氏家族开始出现兴旺的征兆。可谁知道天不帮忙，听回来的伙计

◎ 白土村

说木排打散了，一家人愁死了。没想到这小子不但命保住了，还把媳妇带回了家，看来这小子成事只是时间问题。

梁家选择在狗牯脑山上种茶，狗牯脑山势雄伟，南北分别与五指峰和老虎岩对峙，这里有肥沃的乌沙壤土，昼夜温差较大，非常适宜栽培茶树。梁为镒一家忙开了，狗牯脑一层一层被开垦，而茶树也一年一年增多。到了采摘的季节，一家人心里乐开了花。似乎狗牯脑也知道回报这勤劳的一家人。

梁为镒夫妇细心琢磨茶道，培植出一套采茶制茶的工艺。采茶一般在4月初开始，鲜叶标准为一芽一叶初展。要求做到不采露水叶，雨天不采叶，晴天的中午不采叶。鲜叶采回后还要进行挑选，剔除紫芽叶、单片叶和鱼叶。制茶的工艺更加讲究，摊青、杀青、揉捻、整形、烘焙、炒干，每一个细节都凝聚了

◎ 狗牯脑

这夫妻两人的辛劳和智慧。到了该为茶取名的时候，江苏杨氏女子说，茶种在狗牯脑山上，茶自然是狗牯脑茶。这位大智慧的传奇女子让遂川茶叶自此扬名。

狗牯脑茶外形紧结秀丽，条索匀整纤细，芽端微勾，白毫显露，香气清高；颜色碧中微露黛绿，莹润生辉。泡后茶叶速沉，液面无泡，茶水清澄而略呈金黄，汤色清明，滋味醇厚，清凉可口，回味甘甜，为茶中珍品。此茶一经问世远近闻名，后来甚至作为贡品供清皇室享用。1915年，狗牯脑茶在巴拿马太平洋万国博览会上获得金质奖章，自此名扬世界。

梁为镒是个懂得感恩的人，每年到了开山采茶的日子，他邀亲朋睦邻，杀鸡宰鹅，摆上精致茶点，举行庄严隆重的仪式，祈祷当年风调雨顺，茶叶丰产。这个传统，自梁为镒始，经梁世昌、梁衍济、梁道启等梁氏后人，一直传承至今。而汤湖镇作为世界名茶狗牯脑茶的原产地，全镇茶园面积达 5.6 万余亩，户均 10 亩，人平 3 亩，年干茶产量约 1500 吨，产值达 3.8 亿元，并建成千亩以上精品观光茶园 8 个。虽然科技发达了，可狗牯脑茶仍然用的是老手艺。因为他们知道，手工茶饱含制茶人的感情。

# 4

远道而来的左右溪河汇集天子地形成遂川江。相比左右溪河，遂川江很短，只有不到二十公里，流经遂川北部于田镇进入万安，在罗塘湾汇入赣江。在这条河流上，人们记得它串联起来的以罗塘为中心的赤色革命，后来成为毛泽东创建井冈山革命根据地的可靠后方。

遂川人说遂川江，一定要说天子地。遂川人嘴上的天子地，左右江神龙摆手，西山高耸，东面一马平川，街巷繁华。因地势奇特，曾被各路风水先生视为风水宝地。传说谁葬在这块风水宝地，后代就有望出天子。河东有一户肖姓人家请来风水先生在天子地选坟地，酒醉饭饱之后，风水先生嘱咐肖家落葬之时切记，灵柩上了西岸之后，才可鸣放鞭炮，鸣炮后再向西北方向上空射箭三支。几年之后肖家老人去世落葬之时，肖家按照风水先生当年交代的事宜嘱咐好。但天有不测风云，出殡时还晴空万里，灵柩还没到达西岸，突然电闪雷鸣，大雨倾盆。肖家被这突如其来的变故吓慌了，怕雨水淋鞭炮放不响，因此还没等棺柩渡过西岸就先行鸣炮射箭。自然天子地没出天子，这其实是一种有趣的谈资而已。然而天子地却是新石器时期的古文化遗址，文物部门在挖掘时，在一座古墓中挖出一块石碑，碑上刻着"添子添孙"四个字。无疑，这是墓主对人丁兴旺的祈求。"添子"与"天子"同音，"天子地"就是"添子地"。传宗接代在中国民间其实就是一种信仰，一种打不烂也嚼不碎的信仰。

我总想着乘船进入江河去欣赏两岸的风光，想象当年人们的过往，可是我做不到了。在我所有走过的江河中，只有万安到赣州一段可以安排行船。由于水电站的建设，多数的江河都失去了行船的功能。其实，遂川江一带对于我并不陌生，然而那些久远的过往已经完全消失，我已经觅不见其踪迹。

遂川作家刘述涛在《遂川江上的捻匠们》一文中记叙：

> 应该说，从明朝成化年间，遂川县建立了第一家漕运所开始，一直到解放后的五六十年代，遂川江都是船来船往，船只不断。那时代的船，遂川土话叫"车角仔""两头蛇""横熬""踩梗仔""三块板"等等。以车角仔为主。因为车角仔是遂川县内的传统船型，恰水浅，航行灵活，装卸方便。

遂川江很短，然而在北宋熙宁四年以前，遂川、万安是一县，县治在遂川，遂川是中心，遂川江的重要性不言而喻。作为赣江边上拥有主航道地位的万安，一些制船的作坊和工匠分布在遂川江上似乎也在情理之中。自古以来赣江渔民主要来自遂川江和罗塘湾，罗塘湾是康克清大姐的故乡，中华人民共和国成立以后康大姐就安排渔民上岸，而遂川江上的渔民却从未停止过祖传的手艺。

遂川江上有两座镇水塔，一座是万安境内的飞来塔。传说宋代时由遂川飞来，故名"飞来塔"。其实叫飞来塔的古塔很多地方都有，为什么飞？无非是增加一些塔的神秘色彩吧。遂川境内的红塔，始建于北宋元丰五年（公元1082年），因修塔的石料都是红米石，塔体鲜红靓丽，故称红塔。红塔经历多次倒塌，多次重建，最终消失却是因为抗日的需要。

因为遂川的特殊地理位置，1941 年 4 月，国民政府决定在遂川砂子岭建设机场，征派遂川、万安、泰和、宁冈、永新 5 县民工进行建设。1941 年 5 月开工，1942 年 10 月投入使用。中共遂川党史记载："一天晚上，日机投 10 枚重型炸弹，落在民工住茅棚里，炸死 200 多人，重伤 100 多人，面对日军的疯狂侵扰，遂川民众不畏敌机的轰炸，仍然冒着生命危险修建机场。"砂子岭机场在抗日战场上大显神威，当年陈纳德将军带领的"飞虎队"就驻扎在砂子岭机场。然而高高的红塔在遂川江边格外醒目，自然成了日军空袭机场的航标，县长杨耕经无奈下令拆了这座千年古塔。在纪念抗战胜利70周年之际，遂川人重修红塔，赋予这镇水之塔新的民族抗争精神的崇高意蕴。

人们熟悉这条河流，却未必懂得这条河流。一千年前，唐朝大将郭子仪一脉迁居遂川江边岭上，尽管岭上郭氏家渊显赫，但到了北宋郭知章出生的时候，家已凋敝。好在郭知章有一个好父亲。他"力治生业，不避寒暑"，"平居敝衣菲食"，不惜重金为其子买书"置师择友"，以至"质衣鬻田"也在所不惜。郭福道生有三个儿子，长子、次子屡试不第，苍天有眼，公元1064年（北宋治平元年），27岁的郭知章终于给他砸锅卖铁的父亲带来了喜讯，他考中进士了。20年后他二哥再登进士第。郭福道的努力给遂川江边上的人们带来了极大的羡慕和自豪。

◎ 飞来塔

◎ 红塔

　　郭知章做过会昌、浮梁、修水知县，海州（今江苏连云港）、濮州（今属河南濮阳）、虔州（今江西赣州）知州，首都开封知府，也是王安石变法的坚定支持者，史称郭知章"历宰数邑，俱有政绩"。由于性格秉直，郭知章被贬过，但很快官拜刑部尚书、翰林学士、显谟阁直学士，成为北宋朝廷的要员：头戴五梁冠，身着紫袍，腰佩玉带、金鱼袋，手持象笏。公元1114年（北宋政和四年），郭知章逝世，享年75岁。皇帝特派吉

◎ 郭氏宗祠

州知州程祁前往龙泉宣谕祭悼，赐谥"文毅"。谕祭文称知章"秉赋德性，浑厚淳全。躬自表树，良吏式宣。台谏著绩，风纪凛然。特立无惧，持之弥坚"。挚友黄庭坚亲自为他撰写了墓志铭。清代遂川进士周埙曾为郭知章作赞曰："岳岳其标，觥觥其器；中外易历，出入风仪；耻不呈身，避不草制；刑赏用人，经学取士；凡百余奏，罔弗切至；报聘契丹，辞严削地；谟阁星缠，台垣日丽；谕祭名臣，谥曰文毅。"此赞可作为郭知章一生的

真实写照。

　　值得称道的是，郭知章的儿子郭淑、郭洵，侄儿郭浃、郭涣都是进士出身，元丰以来，岭上郭氏共有十三人考取进士，成为遂川望族。如果说遂川江有性格，我想郭氏则是这种性格的缩影。

# 蜀水记

　　蜀水河躲在遂川和万安的后背，宛如害羞的女子，偶露峥嵘惊艳四座。她似乎有一种特别的情调，远离尘世的喧嚣，美丽娴静，楚楚动人。

　　蜀水河发源于井冈山主峰，经茨坪，过朱砂冲，穿越黄坳，进入五斗江、新江、衙前、双桥，这一段蜿蜒曲折，总落差 1610 米，到达高陂，河床宽阔，河水湛蓝，过梅陂，经苏溪、马市流入赣江。

　　关于蜀水河的名称，万安和遂川的说法不同。遂川县志记载：蜀水为县境北部最大河流，系古禾蜀乡境内主要河流，故名。万安地名志记述：因该河发源于遂川，土话"遂川"和"四川"谐音，而四川古为蜀地，故名。根据文献记载，古禾蜀乡在蜀水入赣江处，遂兴立县时即在其版图中，因禾蜀乡得名从地域上说得过去。

　　去过蜀水的人都说，蜀水河是中国最美的河流。美在山，这里是国家重点林区，自古盛产"大木少节"的龙泉杉木，蓄积中国最大的楠木群。楠木分布面积全国最大，达 3.34 万亩；楠木数量最多，达 55 万余株；楠木集中度全国之最，沿蜀水衙前、新江、五斗江、双桥四个乡镇分布楠木片林 166 块；楠木最大围径居全国之冠，胸径 30 厘米以上的大树存量超过 1.1 万株，其中位于衙前茶盘洲的一株闽楠，为金丝楠木品种，是全国最大的单株闽楠，被誉为"中华第一闽楠"。美在水，这里有五斗江国家湿地公园，有秋沙鸭等世界珍稀动物和国家二级重点保护动物 22 种，复合性湿地生态系统之典型性、珍稀性在国内罕见。

山的凝重和水的灵动，水墨一样泼洒在这一片土地。

蜀水河长、吉安市人大常委会副主任、诗人徐明满怀深情写下长诗《我是河长，蜀水河长》，其中前面部分的诗句详尽描述了蜀水的源流以及沿河的人文风貌：

从井冈山主峰枝丫间滴落

潺潺溪流在山涧集聚

滋养了大山的满目青翠

蜀水从井冈冲蜿蜒起势

一路向东融入赣江

造化了两岸的生生不息

蜀水是大自然的赐予

连绵群山涵养了灵气

江南第一的那片宋楠

见证先人对风景的顶礼

千年鸟道从这里经过

秋沙鸭驻足的湿地

繁衍了属于世界的珍稀

蜀水是人文传承的脐带

江中商贾千帆竞发

两岸书声世代延续

龙泉竹木从这里漂江过海

龙泉码丈量中国三个世纪

首创了计量的世界文明

蜀口二十一块进士匾额

尽展庐陵先贤的风流韵气

# 1

荆竹山的伟奇表现在其高耸入云的姿态和云蒸雾绕的幻境。山下的竹我行我素拔节生长，竹下的溪响亮流淌。在自然封闭的环境中，天籁刺破天穹。

1927 年 10 月毛泽东率领经过三湾改编的队伍进入井冈山。伟人站在雷打石上，发布了红军的第一号训令：三大纪律六项注意。蜀水河的源头给了初生红军飞关夺隘的灵性，1928 年 5 月 7 日朱德总司令率红军顺蜀水而下，在五斗江痛击进剿之敌取得大捷。一首《十送红军》唱遍中国。

七送（里格）红军（介支个）五斗江

江上（里格）船儿（介支个）穿梭忙

千军万马（介支个）江畔站

十万百姓泪汪汪

恩情似海不能忘红军啊

革命成功（介支个）早回乡

在五斗江，我似乎想让自己的脚步慢一些，我想站在河床上想象当年船儿穿梭繁忙的景象。从万安到遂川都是井冈山的大后方，这繁忙的船儿一定是给红军运送物资了，而五斗江的船工可以大显身手。五斗江人认为自己的祖先是

◎ 雷打石

洛阳河船工，因为"安史之乱"迁徙至此。他们奉祖先为船神，至今保留着"划船"唱船歌的习俗。从正月初一开始，村民聚集"划船"唱船歌，直到过了元宵送"船神"回洛阳故土。

我没有见过这种习俗的仪式和盛况，但我的同宗族弟李晖给我作了详尽描述，他是民间文化的爱好者，一有时间就骑车下乡调查，很多年下来他基本掌握了遂川民间包括建筑、民俗等多方面的文化形态，成了不折不扣的遂川文化专家。他告诉我，"划船"唱船歌是一种祭祀活动，典礼非常隆重，祠堂里挂了船神画，画的是撑船的神仙和各种大小船只。船神们持篙扬帆，乘风击浪，栩栩如生。村民们早晚轮流向船神焚香跪拜，歌者整天坐在神像供桌前吟唱。歌词的内容反映船工生活，表达客家人的乡愁，祈求四时福泰，岁岁平安。

行船行到马家洲，江边洲上好码头。

两岸风光看不尽，花开花落几春秋。

春日行船江水绿，夏日行船汗长流。

秋日行船望乡月，冬日行船雪满舟。

行船行到鄱阳湖，鄱阳湖上风呼呼。

世上人间风浪急，斗风搏浪苦船夫。

行船行到洛阳河，回头千里泪滂沱。

又等明年重相会，团圆欢乐唱船歌。

过了元宵节，"划船"送神的活动进入高潮。数百面彩旗组成庞大的"船队"，为首的壮汉举着大旗，雄姿英发，昂首待命。三声炮响，一阵鼓声，那旗手振臂一呼，"船队"便浩浩荡荡呼啸向前，在屋场田塍上飞跑绕行。"划啊、划啊"，高声呐喊，响彻云霄。直到下午"船队"才缓缓开到河边，烧纸焚香，高歌送别"船神"。这样的唱船活动在万安夏造、顺峰一带也有保留，但仪式和唱词不同，究其实质大致没有差别。千百年来，这些来自北方的人们没有忘本，在融入南方的过程中创造了新的动人的文化样式。

我知道大山的静默体现了无与伦比的博大和深邃，无论时间多长，空间可以浓缩所有。三溪村是唱船的中心，也是明末大臣郭维经的故乡。祠堂前安放着一尊郭维经的铜像，祠堂的门坊尚书第牌坊建于公元1766年（清乾隆三十一年），为旌表明末忠臣郭维经而立。牌坊上额坊正面阴刻"尚书第"三个字，坊名下首有一长方形的装饰性浮雕图案，额坊两旁各镶一块镂空花板。牌坊楼部，通体以浮雕的菱形、方格形图案为底纹，并饰以龙凤麒麟等浮雕。牌坊楼部的背面阴刻"宇宙正气"四个大字。

公元1646年（南明隆武二年），郭维经以吏、兵两部尚书兼右副都御史，部理湖广、江西、广东、浙江、福建军务，清兵围赣州，郭维经督师往援，与清军大战于赣州至南安一线，率部八千血战赣州城下，城破不降，于嵯峨寺自焚尽忠。子郭应铨、郭应衡，侄郭应煜等皆力抗清兵而亡。或许郭维经及其子

◎ 尚书第　　　　◎ 宇宙正气

俭的努力毫无意义，但是郭氏家族的精神惊天地泣鬼神。难怪清朝皇帝乾隆要赐给他"宇宙正气"四个字。

公元1588年（明万历十六年）郭维经出生在三溪村，父亲为郭氏争祖坟山在吉安打官司最后客死他乡。母亲含辛茹苦养大他们兄弟仨。郭维经中秀才后以教书为业，乡试会试的盘缠也是乡亲们凑的。公元1624年（明天启四年）郭维经进士第离开家乡，他在三溪整整生活了36年。这36年他除了教书，自然少不了砍木头卖木头的营生，他和女儿郭明珠在总结实践经验的基础上，巧妙地运用当地木材交易中常用的"估堆""秤称"等办法，发明了一套木材材积计算公式。因操作简便、计量公平，深受林农和木材商人的欢迎。这套以发明人籍贯命名的"龙泉码"计量法，很快在全国通用，成为世界上最早问世的原木材积表，比欧洲发明的国际公认的"柯达山毛榉材积表"

早近 200 年。

郭维经是个有民族气节的英雄，然而他也是一个了不起的林农，他的心里始终都有天下苍生，这样的情怀让他不朽。

# 2

蜀水上游的丰沛是我没有想到的。我更没想到的是，遂川的左江右江到处都是，遂川江有左溪河右溪河，蜀水又有左江右江。而且左右江还有更多的左右支流。太多的水在古代形成纵横交错的交通网，把大山的富有源源不断送往北中国。

> 左江俗称衙前河，系蜀水上游左源之主要支流，故名。发源于遂川、井冈山与湖南酃县交界的江西坳，至黄坳汇茨坪水，经五斗江、衙前，于双桥乡江口与右江合流。县境内长 64 公里，落差 1610 米，平均坡降 25.2%，平均河宽 30 米。四季可放运竹木排。
>
> 右江俗称新江河，系蜀水上游右源之主要支流，遂名。发源于县西北部的桃子坪，至小江口汇湖洲水，经五斗江乡车坳、新江乡、衙前乡段尾，于双桥乡江口与左江汇合。全长 95 公里，遂川县境内长 44 公里，平均宽 25 米，总落差为 730 米，平均坡降 16.6%。洪水季节可放运竹木排。
>
> ——《遂川县志》

从五斗江到衙前只需很短的一段行程，山区乡道路窄而且弯多，好在这静静的大山里路上车少。车开得很慢，我打开车窗，关注溪口茶盘洲，洲上有一棵宋楠，号称"中华第一闽楠"，我想一睹宋楠的威猛。

茶盘洲并非江心洲，只是衙前水经过并与其他两条水相交形成。江边的树木参天，千年龄的树不少。这浓荫密匝的树就是三溪村的后龙树，朝朝代代

赣江向北流

◎ 宋楠

的人民把这些树视作了他们生命的一部分，因而使其得到了很好的呵护。这棵楠木栽植于宋朝，树皮呈灰白色，树干饱满，没有一处开裂的地方，时间似乎没有在它身上留下任何伤痕，一千年过去，它依然挺拔入云，丝毫没有垂暮之状。比之古樟空干、秃枝的生命体征，这楠木的旺盛生命力让人惊叹。

　　车到衙前，我在想这衙在哪儿？衙前古称金田，公元1368年（明洪武元年），因"秀洲巡检司迁徙于此"，圩镇地处司署衙门前而得名。所谓巡检司就是政府收木材税费的单位。巡检司设在衙前自然为收取税费的便利，衙前虽然处在蜀水上游，但此地木材交易量大，同时左右江交汇，蜀水河变深变宽，便于巡查船只机动。

衙前是江南最大的木材交易场，据说龙泉码未出现之前最简单、快速的木材交易方法是"估堆"，就是林农和木材商双方按木材堆积的大小来议定价格。由于双方都难以看准，故此一旦成交，不是卖方吃亏，便是买者上当，弊端非常多。但因林农缺少文化，认知有限，大部分是林农吃亏。龙泉码的出现让林农可以放心交易，所以在遂川郭维经几乎家喻户晓。

**附录：龙泉码的基本内容**

围量。计算码两统称为"围量"。围尺用小篾加工精制而成。用围尺从杉条木的蔸部起五尺五寸过四指处（此处是木材积最有代表性的部位），围量园周，以得出其木材材积的数据。

材质标准。杉木自八寸以上的为正木（即规格材），不足八寸的为"花校"，花校不计码分，按根计价，杉筒（原木）六尺为"脚木"。按码价大小分为六个码价等级，其鉴别木材长度，以有蔸有梢为标准，若有蔸无梢或有梢无蔸，则不分长短均按脚木计算。

木材缺陷及其处理办法。在木材围量时，围量部位遇空蔸破烂、尖短、弯皂、水眼等缺陷，视实际情况酌情除尺。

计算及码分。计位数是两，十分为一钱，十钱为一两。

转贯。按木材大小及其使用价值进行"转贯"，其具体办法是：八寸至一尺，每加大一寸而"转贯"进位五厘；一尺二寸进位一分；一尺三至一尺五寸进位一分五厘；一尺六至一尺八寸进位三分；一尺九至二尺五寸进位五分；二尺六至三尺进位一钱；三尺一至三尺五寸进位二钱；三尺六至四尺进位四钱；四

赣江向北流

尺一致四尺五寸进位八钱，四尺六至五尺进位一两六钱；五尺以上木材以此类推逢一至五，六至十加翻进位。

木材优劣。划分三等九级，称为"品色""庄口"。

码印及打法。木材成交后，买方都会在木材围量以下部位打上刻有所属商号的码印，又叫"斧印"。信誉好的商号在木材上标注了"斧印"，一般采购商会直接按木材等级进行购买，基本不用验货。

山区层峦叠嶂，进山出山异常困难，水路就成了千百年来木材外销的便捷之道。而且放排可以降低运输成本，最重要的还能保证木材的完整性，无须把木材截断运输。虽说水路可行，但山区溪水落差巨大，险滩乱石比比皆是。人人都知道这个行当是搏命的营生，但为了生活，放排的营生在三百六十行当中却是一种非常兴旺的职业。

山上的竹木一般是头一年冬砍伐，到了春天，伐木工就会上山把树枝削平不留节杈，保证木头光滑，这样有利于竹木从山上滑下，而且在河道里放排也不容易卡排，更不会挂到水中的枯枝和水草。扎排是力气与技术并用的活，要按照木材的种类、材质、大小，分类捆绑木排，最好挑大小长短相近的木材，一扎八九根木材为一抖，四五抖为一排。扎排的材料要用新鲜老毛竹削成篾丝，只要头层青和二层青剥成薄片绞成粗的篾缆，晒干后备用。这种篾缆扎排耐泡又非常有韧性，在水中无伸缩性，遇水后发胀使木排紧绷更稳固。扎排需要根据木材形状来选择方向，这样扎出的排平整不会摆动，不然七拱八翘，或缝隙太宽，在河滩中撑排就会埋下祸端，一不小心就会踩空，或被竹木夹住脚。

放排是个险活，放排人有很多讲究。排工们可以在木排上烧火做饭、洗衣弄菜。带妻子的人上排头一夜不能合房，而且排上的东西不能横放，大小便不能在排头。语言的忌讳更多。斧头叫作"铁子"，斧与虎同音，河水有龙，龙虎不能相斗，以免出乱子，因此斧字要避开叫铁子。调羹叫"脚划子"，调羹

◎ 放排

音同"跳埂"。筷子叫"竹篙"，筷子是散的，木排最忌讳散乱，同时筷子音同"快指"，只有情况紧急才需快指。雨伞叫"遮子"，伞音同"散落"。食油叫"溜子"，食油即为死游、尸游，均被视为不吉利。

木排放到象湖就应该平稳了，听当地人说，象湖这个地方过去是木材交易驿站，夜晚放排不安全，排帮习惯在此停歇一宿。从象湖出发到蜀口洲不需一天的时间，到了蜀口木排进入赣江。象湖是个小村子，以水塘多连成一片很像湖泊而名。肖氏从吉水迁此传45代。因为遂川和高陂排帮的进驻，让这个村庄的业态丰富，也吸引了不少外来人口。人们已经很难想象，蜀水河边的自由港湾曾经的热闹。

# 3

我选择从西北方向进入新江，原因是想看看这一带的山形地势。这条路是当年红六军团西征的出发地。1934年8月7日，红六军团在任弼时、萧克、王震等将领的带领下开始了苦难辉煌的西征。重走这条路，我似乎还能感受这块土地上

◎ 迎客楠

的质朴气息。从罗霄山到武夷山的广袤区间，客家人生活的土地养育了红军。

汽车导航带我进入石坑，直接开到"迎客楠"停车。村里的邹生根早在那里候着。这株千年楠木，围径五米有余，树皮灰白，树形挺拔，树冠不算太宽，笔直矗立蓝天，石坑人称之为母楠。九百年前，邹氏先祖卜居石坑的时候，或许它还是一株幼树呢。我看它生长在路旁，好生疑惑，它就不曾妨碍过任何人的行动吗？不管怎么说，这棵树能有参天成就已经是一个奇迹。

楠木种植因受小气候影响，极难成活，因此非常稀少。中国有四川峨眉山、海南岛、遂川新江三大楠木群，新江乡石坑村楠木群规模居首。林业部门的普查资料显示，石坑共有九万余株楠木，连片百年以上，胸径超过70厘米的就有336株。这不能不说是一个更大的奇迹。

邹生根领我去邹氏宗祠，让我吃惊的是竖立祠前的一行行功名石，这么小的一个村哪来这么多功名石？

它们像一个个得胜回来的子孙，诉说石坑千年的精华。这座建于清乾隆年间的祠堂，建筑规模不大，形制简单，装饰也极简朴，但柱子和栋梁用的木料都是楠木，300多年过去了依旧如新。生根说，石坑自宋代开居以来，通过科考和捐官获取的进士、贡生、举人、秀才多达260多人，现在保留下来的功名石有69块。古时石坑子弟考取功名后，族长按当时礼制，将年号、等级、时间进行刻碑立于祠堂前，以光耀家族门楣。在这些林立的碑刻中有两种功名，有孔石碑代表货真价实的真功名，而没孔的石碑则表示通过买官捐官取得的功名。在我看来，这似乎也算得上是一个奇迹了。

环顾石坑，四面环山，虽然山不算高，但林深茂密，如此偏僻之地竟有如此昌盛的文风，让人感佩之至。据生根介绍，邹氏先祖邹达先原籍万安，来遂川找活干，一个偶然的机会他走进石坑，看到此地林木葱茏，让他惊喜的是，林子里还有不少楠木。信奉风水的他笃信，是神灵的指引让他走进这个兴旺发达之地。

楠谐音"男"，寓意男丁兴旺。建村以来石坑人视楠为风水圣木，凡开基、建房、婚嫁、添丁，必于后龙山、村水口种植楠木，期愿人丁繁盛。先人朴素的风水意识，变成了族规民约，宗祠刻有碑文族规，村口崖刻护林禁碑，并建有"许逊阁""坛官"等，以人神共护的多元文化形式护树佑林，给子孙留下了一片镇村之宝、风水之林。"添丁植楠""樟木嫁妆""功名立碑"，这些

◎ 功名石

民俗正好解读石坑耕读传家为人处世之道。而遍及村庄周围的风水林、添丁树也见证石坑文风兴盛之渊源。

从邹氏宗祠出来有一条新修的石阶路直接通往石坑后龙山，据生根说，路是搞新农村点政府拨款修的，县长还特批了一笔钱在山上修了一个楠亭。我随生根拾级而上，路边全是硕大的楠木，抬头看，太阳光刺眼看不到顶。这浓密的楠木林让人好生羡慕。在楠亭小憩，我想，每一个石坑人都能感受祖先千年的德修来的千年的福。

从山上逐级而下就是村口，进村的时候，车跑得太快，并未注意这一处隘口。一座牌坊兀自矗立在路上，正中上方是村名"石坑"俩字，两侧的楹联"社开北宋千年生态钟灵地，溪颂达先百世文昌尧舜天""龙隐罗霄石人峰下藏三洞，泉流蜀

◎ 楠亭

◎ 楠林

水右河支源通九江"，道出了石坑村的悠久历史和地理环境。

两山对峙，溪自横流，这个山寨倒有些世外桃源的味道。

在水口，我看到"护林禁碑"崖刻，这是邹氏祖先留给后人的警示训嘱。字刻在低处的石壁上，大约一米见方，上方盖了一个雨搭，以防水的侵蚀。字体用红漆涂过，虽然时间过去太久，但依然很好辨识。

　　此处两居天然水口，前人已守至今，嗣后如有妄行，打石挖土砍树者，公堂重罚不恕。

这个族规家法在这个小山村无疑重若泰山，据说犯者鲜有。

赣江向北流

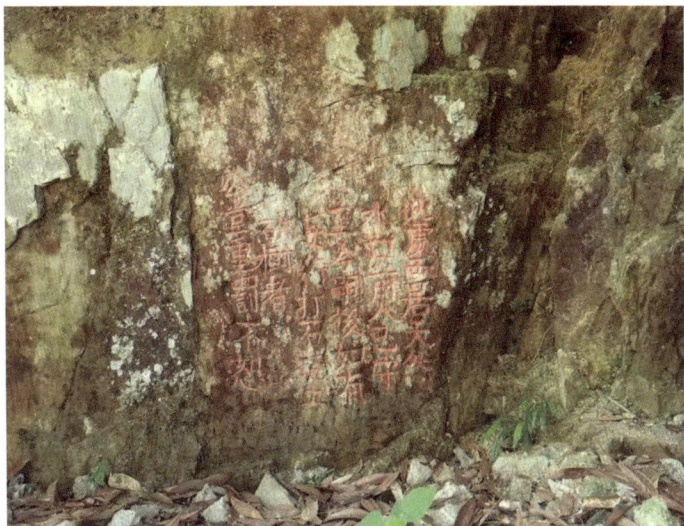

◎ 崖刻

如今石坑村头上有许多的光环，"全国绿化造林千佳村""江西省绿化最佳村""全国生态文化村"。不管什么村，都是石坑村，一个守道的村。

二十年前，一株古楠遭雷击，一度如枯槁巨人，好在历尽风雨春秋，古楠老树勃发，复又亭亭如盖。这个事感动了《地理·中国》摄制组，他们两次走进石坑，对这里古楠保护完好的生态文明作了完好诠释：没有买卖，就没有非法砍伐。石坑是林业大村，其收入来源主要依靠林业，在追捧珍稀树木做家具的今天，石坑人固守古风，不改初衷。

民风淳朴，楠香万年。

# 4

去双桥的路上，有个叫下銮的村庄引起我的注意。何为銮？皇帝御驾上的铃。有人告诉我，下銮的开基祖是唐朝大将军高赡。这才动了进村的念头。

下銮老村庄靠近山脚，路边的房屋是从老村庄慢慢迁出来的。看得出当年开基时是经过堪舆的，村庄坐西向东，背靠虎形山，山峦林木茂盛，山峰连着山峰蜿蜒起伏。很难想象，这个开基一千多年的村庄竟然没有一栋老建筑，大部分的建筑是上世纪七八十年代的"金包银"的民居。所谓"金包银"就是外墙是砖结构，内墙是干打垒。在江西山区这种建筑样式十分普遍。新式的楼房都建在马路边上，怎么看这个村庄都太普通，丝毫没有让人欣赏的地方。

下銮这个地方是蜀水河上游最宽阔的盆地。两岸的山和缓罗列，盆地里的稻田充裕。据说，高赡刚到虎形山的时候，一行人骑着高头大马，在虎形山脚下轩潭河边的码头处，骏马停蹄不前，在此转悠吃草，高赡抬眼眺望，山上树木粗壮，山下水草肥美，盆地风光旖旎。他以为此地甚好，是一个开枝散叶的福地，便将骏马停蹄不前的地方取名马埠。

高赡留在了他的心仪之地。然而，我不解的是，一个将军怎么到了蜀水河？难道这里是他的封地？历史上很多的变故扑朔迷离，很多人已经不知道自己从哪里来的。对于高氏我原本也是一声感叹而已。然而，我在查阅文献和寻访的过程中，发现这个高赡竟是边塞诗人高适的后代。高适是北方人，官宦世家，作为他的后代迁徙到了南方本无奇怪，但其中的原因是什么呢？

我的兴趣来自对高适的崇拜。高适是位将军，史料记载，高适做过左拾遗、太子詹事、两川节度使，召拜散骑常侍。这些官职并不显赫，让他名垂千古的是他的边塞诗。高适与李白、杜甫齐名，与岑参并称"高岑"，与岑参、王昌龄、王之涣合称"边塞四诗人"。杜甫赠诗云："美名人不及，佳句法如何。"他的诗气势雄浑，洋溢着盛唐特有的气质。他的诗把我带进塞北大漠。

结束浮云骏，翩翩出从戎。

且凭天子怒，复倚将军雄。

万鼓雷殷地，千旗火生风。

日轮驻霜戈，月魄悬雕弓。

青海阵云匝，黑山兵气冲。

战酣太白高，战罢旄头空。

万里不惜死，一朝得成功。

画图麒麟阁，入朝明光宫。

大笑向文士，一经何足穷。

古人昧此道，往往成老翁。

　　高适家渊深厚，爷爷高侃是唐朝名将，深受唐太宗宠信。因为平定突厥有功，谥号"威"，并陪葬乾陵。史称："自永徽已后，殆三十年，北鄙无事。"（《旧唐书·突厥传》）父亲高崇文也是唐朝名将，击败吐蕃，安定西蜀，官拜剑南西川节度使，封南平郡王，谥号"威武"。高家父子都是威猛之人，高适又岂是等闲之辈，看他的诗足见其人。南下迁徙的高赡，字德荣，生前曾任唐国子监祭酒，享受银青光禄大夫之禄，勋御史大尉、上柱国征南将军。如此显赫的家族为何到了高赡竟记述不详，只有"南平世家"四个字张扬在蜀水两岸。

　　蜀水河边的虎形山，风景绝佳，在这片幽静的山坳中，高赡沉睡千年。

　　高赡墓面及墓前的石华表等物，1969 年修建水库时遭破坏，仅存一块碑石兀立墓的后龙上。碑为青麻石质，高约 1.5 米，宽 0.47 米，厚 0.15 米。碑上阴刻约 65 个正楷字，分三行竖刻。左曰："大清乾隆十四年岁次巳冬月榖旦。"中曰："唐银青光禄大夫检校国子祭酒御史太尉上柱国征南大将军显主祖高公讳赡字德荣号足庵老大人之墓。"右曰："遵通逸三派嗣孙。"据清同治《龙

荡
寇
除
氛
南
征
纪
暑
威

清
嘉
庆
二
十
五
年

◎ 高赡墓区　　　　　　　　　　　　　　　　◎ 高赡墓遗存

泉县志》载，该墓曾在清嘉庆二十五年（公元1820年）再次重修，当时的龙泉县令刘诜撰写了铭文，铭文曰："忠武兮盖世，爵秩兮非常。能尽瘁以报国，克除寇以安良。其始祖原属王封，其奕叶亦见蕃昌。充以忠武之风，非惟当世荣显且共山高水长。"古墓现场已无这一碑文踪迹。墓边屹立一根石柱，上刻有"荡寇除氛南征纪暑威"等字样，还有一根石柱塌陷在草丛中，古墓顶部的墙体长满绿藤荒草。

　　我好奇的是，一千年过去，清朝的县令竟如此隆重地祭祀他。这一点似乎正是古代官员们的可爱之处。这种延续历史、张扬正气的风尚正是我们这个民族最可贵的品质。

　　高赡墓于1984年冬由当地的高氏子孙及附近之泰和、万

安、井冈山等地的高氏后裔再次集资重修。墓眉碑书："南平高氏基祖坟。"墓柱上的对联曰："高矣美矣世代景仰，赡哉明哉普籍有光。""德被群黎名垂不朽，荣显史迹姓氏流香。"墓门前所立的墓志碑，系清嘉庆二十五年修墓时所刻，而乾隆十四年所刻的墓碑仍立在墓后面的后龙上。

南平是下銮迁出的高氏共同的堂号。过去我在蜀水河中游高陂谷中看到这个堂号不明就里，现在看起来，谷中高氏应该是明朝从下銮迁过来的，这个古村落得到了较好的保护。遗憾的是，村庄的人们还是说不清来由。这似乎是这个村庄的痛。

# 5

蜀水即将汇入赣江做了一个让人意想不到的动作。水流一分为二，南支入江形成了三面临水的马家洲，北流入江弯弯曲曲，水流绕出的这个岛叫蜀口洲。

自然的鬼斧神工让人惊叹。因为蜀水的巨大落差，人们想象不出百年不遇的大洪水有着怎样的冲击力。从地形上看，蜀口洲俨然一只回头的鸟，它回眸母流的情状令人动容。

我曾多次到过蜀口洲，为的是了解洲上欧阳氏。这个家族在明成化到嘉靖不到百年的时间考中进士21人，举人28人，贡生、征荐159人，拔贡2人，国学生38人，创造了兄弟、叔侄同朝的奇迹。明初欧阳氏从百嘉栋背迁出，一条小船，一个小家，顺江而下，几个小时登洲上岸。这条迁徙的路很短，却走出了栋背的别样风情。

据说蜀口欧阳氏先祖从栋背迁来，希望走自己的路，一条自己可以主宰的路，而这条路在栋背的大家庭走不通。那个时

◎ 蜀水入赣

候，洲上人口稀少，欧阳氏开垦土地，种植庄稼，晴耕雨读，进行着一场光复血统的独立战争。

洲临赣江，四面环水，古樟环抱，茶园翠绿，光景无限。"日望赣江千帆过，夜观蜀口万灯明。"本朝大才子解缙把诗留在了洲上，前朝大文豪苏东坡也在洲上小住，还惹出一桩地名公案。有一种说法，蜀水苏溪段因苏东坡到过而名，这种说法理性分析自然牵强。苏溪之名应该很早，普遍的说法是因盛产紫苏又濒临蜀水而名。蜀口留人，历朝历代赴南方上任和被

◎ 蜀水蜿蜒

贬的官员，都愿意在这个内方寂静、外方千帆竞发的孤洲小憩。只可惜文献中没有太多记载。到了王阳明上洲的时候，蜀口欧阳氏已成大气候。王阳明在洲上讲授心学，在朝的欧阳德已是礼部尚书，他早已是心学的四大弟子之一。种树者必培其根，种德者必养其心。此心光明，亦复何言。

蜀口洲上还有一个大族郭氏。遂川、万安一带郭氏声称皆为唐朝大将郭子仪的后裔，蜀口郭氏从遂川迁入时间亦在明初，比欧阳氏迁入的时间可能稍晚些。这一次上洲，我特地去了郭氏宗祠。从规制上看，应是明末清初的建筑，保持了明朝简朴空旷的特性，同时又有清时的隽永。硕大的礩础让这个祠堂充满神性。祠堂的前庭和挂面"文革"时遭破坏，后来修复的与内庭明显脱节。改造后的门庭红米石柱上刻有楹联："芳腾蜀水满床象笏辉煌，秀挹星岗百代金鱼炳赫。"明显是后人加上去的。作为显赫家族，蜀口郭氏只出过一个进士，是在嘉靖朝，做过一些地方官。因此这洲上风光自然被欧阳氏照耀。

其实，蜀口欧阳氏家源也不简单。唐末欧阳宗任吉州刺史迁居吉州，欧阳氏有三兄弟彪、彤、万，彪公任广州刺史，其后人迁居广东；彤公任工部尚书，其后人由吉州迁永和、万安常溪；万公任安福县令，其后人居庐陵，庐陵欧阳氏多是万公后代，欧阳修便是。彤公后人迁居万安常溪，有馆、舒两兄弟。馆公后人迁居安远，后迁居广东河源。蜀口欧阳氏正是舒公的后代。

我这一次去蜀口，纯粹是考察蜀水。我想看看这条河流的方向，蜀水出了高陂即完成了大山穿越，在苏溪和马市的广袤盆地上，蜀水穿行于数万亩良田之中，为了良田得灌，蜀水出高陂浇筑了一座水陂。抗战时期，南昌沦陷后省政府临时搬迁到马家洲一带，适逢干旱，熊式辉小妾看到万亩良田耕种无水，向丈夫熊式辉提出修坡拦水的建议，熊式辉听了夫人的意见，留下了一个惠民工程。省政府回迁南昌，当地人给这座坡取了一个很雅致的名字"梅陂"，为的是纪念那位女子。据说熊式辉的小妾并不姓梅，名字里也无梅字，但人们相信这女子有着梅一样的品性。我的考察结论又都不是，蜀水在泰和叫梅乌江，这坡自然是梅坡了。但泰和人还是领了熊夫人这份情。其实熊政府到泰和也是劣迹斑斑，与中共搞摩擦、破坏抗战的事做了不少。著名的马家洲集中营关押了廖承志、张文彬、吴大可等数百名中共地方领导人，后被称为"江西渣滓洞"。

在蜀口洲寻找排工的泊岸已非易事，一切都似乎销声匿迹。我可以肯定的是，木排下来时最佳的泊位应在中洲。这个洲外之洲，虽然小却足以让蜀口的木排停靠。木材商在蜀口短暂停留，一是重组木排入大江，二是补充物资以利远行。在这个背景下，蜀口的种植就有了商品的价值。这个小农的世界或许在明朝资本主义萌芽的时代已经热闹非凡，而这些物质上的交换也给这孤洲带来了内在发展的生机。

# 禾水记

河流的野性表现在不被羁绊的自由和狂放，河流的伟力表现在一往无前穿越大山的气概。

在罗霄山脉中段万洋山与武功山余脉一个呈扇形的广袤区间，陈山山脉横亘其中，构成禾水与泸水的分水岭。似是冥冥中有约，发源于武功山南麓莲花的琴亭河，流经永新禾山得名禾水，一路向东，一收吉安龙陂水，再收泰和牛吼河，在吉州卢家洲与泸水汇合形成禾泸水，绕神岗山汇入赣江。水的流向恰如人的命运，知道来源却不知道归宿。中间弯弯曲曲，坎坎坷坷，前途扑朔迷离。

公元前 223 年（秦王政二十四年），秦灭楚，次年秦国的版图延伸到罗霄山脉，在这块广袤区间设立安成和安平二县。此后的一千多年间，这块版图分分合合。公元 204 年（东汉建安九年）永新建县，寓意"日永月新"。公元 280 年（西晋太康元年），司马炎灭吴置广兴县，县治设在莲花琴亭镇，历时三百年分崩离析。历史上永新、安福曾一度升格为州，而莲花则始终处在边缘，千年历史写进永新、安福。

# 1

莲花县于我一向陌生，大致是因为不顺道，而又没有专程去的理由。在我的知晓中，没有莲花的名人名山名寺名村，甚至莲花的历史都是割裂的。公元1743年（清乾隆八年），莲花置厅，厅的设置极为罕见，我过去也不知晓。从厅知的配置看，一般由吉安府的官员兼任，因此事实上厅就是县级的办事处。既是县的编制，为什么设厅而不设县？

《莲花厅志》编撰于乾隆年间，是当时厅同知李其昌主持编修的，志书中有多篇序文，这些序文都是当时在赣各级官员为厅志编撰书写，大都说明了为什么要在莲花设厅。中宪大夫、江西驿盐使者，榕城高积在序文中说："康熙三十七年设厅莲花桥，介于永安两邑之间，用资扼要。然事权不专，政教不行，奸民窜伏，讼狱繁兴。地方有司往往苦于鞭长莫及。"主修李其昌是莲花厅同知，此人官声不错，《吉安府志》亦有记载，因为政声颇佳，后擢升贵州知府。他写的序文摘录如下：

莲厅开境，安永分疆。珠缠接斗北之枢，膏壤控荆南之域。四围岚翠，树雄堞于云霄；一派溪流，浚汤池于天堑。峰则青，抒九点，冷映冰壶；水则碧，泻千寻，韵沉琴浦。百余里绮分绣错，派开红藕之村；卅二都秀毓灵钟，雅萃绿槐之市。耕云锄雨，可绘豳诗；布帛麻枲，尽登禹贡。为采风者所必录，实守土者职綦重也。惟是设官而后未有全书。史乘之遗，委诸草莽。江尽吴地，谁识越山之多；洞有秦人，浑忘晋代之迹。废丹铅于断简，恐与夏五同疑；留银蠹于残编，必致妃豨袭谬。失今不辑，将高文典册之无征；望古云遥，恐懿行嘉言之孰考？余惭非史笔，用效管窥；广辑旧闻，窃抒末议。虽记传两邑，秦汉以上无稽焉；乃事阅千年，唐宋而来可考也。况乎遗徽不远，后进可期。复礼院前，刘聘君之《六鉴》，炳若日星；勤王台畔，吴招讨之孤忠，力扶宇宙。胪唱叶五云之瑞，义门贻六世之芳。裂体断肤，彼闺贞尚有典型；漱石枕流，即寓贤俱多逸韵。以故花生青管，悉布帛菽粟之文；锦满红笺，非月露风云之作。夫苟旁搜而博采，有不信今而传后也哉？然而实贵循名，事难经始。入境而昧大章之步，安问广轮；搦管而失董史之才，奚分淑慝。余固冠之以诸图，而申之以凡例也。若志天文也，兼及农桑之谱；纪舆地也，必详山水之经。词虽涉于扯捍，意则要于明备。因则壤而成赋，人尚急公；自裂土而分符，俗犹近古。彬彬者清华入选，不遗博士之员；琅琅者风雅可观，并拔闺房之秀。以及义隆臧获，亦许彤管分辉。事出元奇，或与缁流并录。原不必自矜其别调，亦可以共鉴夫苦心。至如志洁行芳，年高德劭，望重集贤，里声驰通德之坊，兼收或格于成言，补辑专资于异日。正当追抚琴之遗迹，怀读《易》之高风。益懋厥修，聿嘉乃绩，以备輶轩之采，永增梨枣之华。美合两乡，名垂百代，是所望于厅之观志而继志，庶不负乎志之在厅而言厅矣。

乾隆二十五年岁次庚辰，花朝后三日，赐进士出身特授奉政大夫知吉安府莲花厅事，壬申己卯科，江西乡试同考试官加三级，记录五次，西蜀李其昌撰。

——《莲花厅志》


公元 1912 年（民国二年）莲花复县，到今年也只有 109 年。中间又有几百年无志可书。但莲花人都知道"泸潇理学，碧云文章"。"泸潇理学说"的是明代理学家、文学家、教育家刘元卿。刘元卿两次科举不中，于是放弃功名，在家乡苦研理学，创办复礼书院，收徒讲学。这个人性格执拗，公元 1579 年（明万历七年）明神宗诏毁书院，刘元卿便给书院更名"五谷神祠"，书院并未关张，似乎也无人检举，此后名声更巨。此人著述颇丰，其中一部分收录于《四

◎ 花塘官厅

库全书》，算得上是一位乡野大儒。有关刘元卿的记载一般都是：吉安府安福县西乡（今江西省萍乡市莲花县坊楼南陂藕下村）人。在刘元卿身上，莲花割裂的历史可见一斑。"碧云"是莲花县城附近花塘的一座山岭，山上有碧云寺，自古为读书人喜爱。"碧云文章"堪称莲花文风的代表，其中最杰出的代表就是末代帝师朱益藩的家族了。朱家一门三进士，五科六举人，称得上千余年科举的奇迹。

城南花塘，在碧云峰脚下的田垄之中，当地人称之为"花塘官厅"。据当地人介绍，官厅原本一字排开建有三栋，每栋三进，两侧和屋后都有附属建筑，青砖白瓦，飞檐翘角，气势恢宏，风格别致。官厅的左边一栋是朱益藩所建，亦称"新官厅"。官厅的瓦檐上装饰着半月形琉璃瓦当，上面有一楷体的浮雕福字，舌状的突出部分是篆书寿字，旁边饰以简洁的花纹。官厅的石雕门楣左右都镶有寓意福寿的浮雕蝙蝠和南极寿仙，这栋民俗味儿极浓的官厅表现了福寿双全的良好祈愿，包容了北京四合院和南方山水园林的建筑风格。我去的时候恰逢周末，官厅关门，没法进去。我看到的门楼应该是民国时的建筑，硬山顶，飞檐翘角，中门的坡屋顶比两边侧门高过一头，这种形制的变化使这座建筑显得厚重，但仍旧是中规中矩的形制。

以花命名的县，莲花是全国唯一。莲花人自唐以来偏好种莲，不知道是因为莲子的补脾止泻、固肾涩精、养心安神的功效，还是喜好吃藕的缘故，但是莲花名肴中血鸭为第一，而藕则无名。或许是出于对荷"小荷才露尖尖角，早有蜻蜓在上头"的欣赏，这一方山水的超凡，让人刮目相看。

到了县城，我看到一大片莲塘，正是莲花盛开的时节，大朵大朵的荷花连成了花海。莲花的同学告诉我，莲花不仅以花名县，而且以荷塘、花塘命名乡镇，以花田、莲花、莲塘、荷花命名村庄，就连禾水上游莲花的母亲河也命名为莲江。莲花县实至名归。而莲在这一方山水中的韵味已经让我陶醉。

砻山口是莲江进入永新的关隘，两岸岩石壁立，河床上到处是岩石、漂砾石，湍急的水流滚滚落下，形成几米深的石潭。这样的水道自然不利舟楫，放排亦无可能。所以漕运时代的莲花无疑是封闭的，这倒让我揣测莲花不设县的理由。

从砻山口南行到河源地，峡谷与盆地相间，峡谷中河谷狭窄，在岸上行车似乎有一种大山压顶的晕厥，而盆地间村庄密集，田野青翠，偶尔还能看到白鹭飞翔，这大山中的村庄宁静而美丽。河源狮子岩峰高林密，这里有原始森林峡谷和水云洞风景名胜区。溪水出谷，聚流成涧，水流自崖顶直落，多处跌水形成瀑布。

## 2

莲江进入永新，先有源于龙源口的龙源口水和源于龙门的溶江汇入，后有源于井冈山的小江河经过三湾汇入。水的流量和流速都在不断加大，近乎以一种极端的方式穿越山涧峡谷浩浩荡荡向东奔流。

◎ 永新禾水　　　◎ 南塔

　　解缙《永新城东》如是描绘：

　　宛宛禾川绿绕城，东华观里晚云腥。

　　休将铁笛吹山月，怕有蛟龙听得惊。

　　对于这条以禾水命名的河流，在我的早期印象中并未得到重视。一个偶然的机会，吉安文化学者刘宗彬先生跟我说，禾水是一条有性格的河流。见我不以为然，他进一步解释说，禾水上游汹涌澎湃，来势很猛，正如永新人的性格。贺贻孙的《激书》值得看看。

　　吾邑禾川之水，奇于诸邑。自安城乌兜，涓涓泉流，出吾西里，合众流而始盛。又从西顺流，合南里诸水，绕城而东，纤折二百余里，为濑为泷为滩，大小四十有奇，皆巨石横江。水从石隙怒凌而出，若从天坠下，至卢（庐）陵，始得安澜而休焉。其石之状，如虎蹲如狮踞，如相枕相藉相搏；其波之状，如鹭跳如鸿起如马奔，如相逐相蹴相踏；其水石冲击之声，如雷轰如山摧，如百万军中鼓角喧而炮响震也。然试离水而观其石，皆峭厉廉悍，无所可用。当其在水，则盘雨回风，变态莫测。乃知禾川之水所以称奇者，此峭厉廉悍无用之石激而成之也。惟人亦然，使皆履常席厚，乐平壤而践天衢，安能发奋而有出人之志哉？必历尽风波震荡，然后奇人与奇文见焉。姑取吾邑往哲，临流而数之：有其人道德而文经纬者，此禾川之飞瀑落天、溅沫入地，灌万亩而沃三时者也；有其人刚毅而文豪迈者，此禾川之玉柱倒撑、银河卷浪，断虹霓而起霹雳者也；有其人节烈而文悲愤者，此禾川之丰隆叱驭、阿香回车，怒冯夷而泣湘娥者也；有其人狷洁而文芳冽者，此禾川之蟾蜍濯魄、赤乌饮泉，搴芙蓉而泛芰荷者也。是岂禾川英灵萃于往哲哉？但往哲能不负英灵，从风波震荡中激之而成耳！激之而其才始老，激之而其知始沉，激之而其学问思辨始资深而逢源。激之为用，能使人畅者郁，亦能使郁者反畅；能使人恬者怨，亦能使怨者反恬。其郁且怨者，生人之大情，而其畅且恬者，知不可奈何之天而安之者。故临不可奈何之变，而守之不移，此非往哲之有道者不能也。予生长禾川泷滩之间，习于水石之险，久而忘焉。自壮至老，遭逢乱离，出死入生，习于人事之险，如没人操舟，无时不在风波震荡之中，久而又忘焉。当其忘也，郁者皆吾畅，怨者皆吾恬，风波震荡皆吾平壤天衢。吾岂有二视哉。近着一书，其志近恬，其气近畅，其文辞近忠厚而恻怛，初未尝有郁怨之意。然以余自揆之，非备尝郁且怨之曲折，必不能着此恬畅之志气；非熟经风波震荡之变态，必不能为此忠厚恻怛之文辞。犹之泛舟禾川，非身从水石相激而出，不知濑与泷滩所怒凌者，即此安澜之水也。激之为用，岂漫然而已哉！书篇颇繁，为兵火毁其大半，仅存四十一篇，名曰激书。盖深感夫激我成我者之德，故记而述之，使后之见吾书者，由吾激之一言推而广之，则虽滔天横流，皆可作安澜观也。

禾川贺贻孙子翼父书于水田居

这是《激书》序言部分的文字。我读着它便能感到其悍。而我更感兴趣的似乎是贺贻孙本人。贺贻孙是明末清初文学家，此人无书不读，经史百家诗词歌赋，都笺注成书。他著书50年，"于经有传，于史有论，于诗文有集"。部分著作辑入《四库全书》，其名入列当代《辞海》。清朝张之洞将贺贻孙视为古文名家，他在《书目答问》中将贺贻孙排在侯方域、魏禧之后。史料记载，贺贻孙先祖贺祈年"侠而好文，富而好义"，曾一次就捐谷五千五百石救济灾民。明朝英宗皇帝特将贺祈年诏进京师，赐宴招待，颁发《敕江西吉安府永新县民贺祈年》，表彰其捐谷赈灾的义举，并朝封贺祈年等兄弟为"义官"，赐三代免税役。贺祈年特建藏书楼一栋，将天子敕书珍藏，取名"敕书阁"。贺贻孙祖父贺嘉迁"业儒，殚精易义，为人师有声誉"。贺贻孙父亲贺康载号青园，万历朝举人，曾任浙江西安县令，在任四年，治政严明，洞悉民隐，兴革悉当，民爱之如父母。后官升山东兖州同知，分管治理黄河工程，政绩卓异。而贺贻孙本人更是一个有性格的人，据《清史稿》记载，贺贻孙早年与陈宏绪、徐世溥、曾尧臣结社于豫章。明朝灭亡后，贺贻孙隐居不出，顺治七年，督学使樊缵慕其名，特列贡榜，贺贻孙坚辞不就。康熙时，巡按御史笪重光以"博学鸿儒"荐，书至，贺贻孙愀然曰："吾逃世而不能逃名，名之累人实甚。吾将变姓名而逃焉。"乃剪发衣缁，结茅深山，从此没人能找到他的踪迹。

在诗中贺贻孙表白："结茅天半渺无涯，静夜空山绝物华。梦里风声翻纸帐，雨边萤影落镫花。青精味易和粗饭，绿柏香难斗苦茶。独喜埋名今渐久，无人问字到山家。"然而，他始终做不了出世的隐者，"谁向蟠溪隐，蓑笠恐不暇。寄愁与东风，注目寒江夜"。他的内心仍然还有天下苍生。

禾水养育的永新人，天生一种刚直无畏的性格。公元 1267 年（南宋咸淳三年），文天祥妹夫彭震龙在永新组织义军抗元，被元军围困于城西皂旗山至袍陂渡口峡谷中，3000 余人见突围无望集体沉潭，留下南宋抗元三千血的悲烈史话。"八姓豪杰不降元，又不以颈血染敌刃。震龙等皆被执不屈死难，此忠义之所由名也！呜呼！忠义于人大矣哉，若有咤然之声终夕不休。"贺贻孙的悼文《忠义潭记》永远雕刻山崖之上。

我读《永新县志》看到颜钧。他满腹诗书，博学多才，却不肯走科举仕宦之路，一生布衣。他主张"凡人率性所行，纯任自然，即谓之道"，反对程朱"饿死事小，失节事大"，倡导寡妇再嫁；认为金钱是害人害义的东西，主张熄灭"心火"。颜钧一生视金钱如粪土，在东昌与做太守的得意门生罗汝芳会面，无意中谈到自己年纪大了，要买棺材准备后事了，学生罗汝芳便送了他买棺材的钱，没想到他一出门就散给了穷人。再给，再散，令罗汝芳哭笑不得。但他了解尊师，也不计较。后来罗汝芳回到南城老家，买了一副上等棺木送给老师。可是船到金溪，颜钧见学生蔡制死而无棺，自然这棺木就殓了学生。

颜钧一生淡泊，但很长寿，活了 92 岁。

禾水奔腾不息，永新人性格不改。这块土地孕育了毛泽东患难妻子贺子珍，走出了王恩茂、张国华、王道邦、旷伏兆等 41 位共和国开国将军，在中国共产党党史上烙印"三湾改编"与"龙源口大捷"的不朽功绩。

◎ 贺氏故居

# 3

从永新顺禾水而下，一路禾山、禾水、禾市、禾谱，这近乎密码的语言似乎在向我昭示什么。

禾水因流经禾山得名。禾山位于永新北麓，南北分割永新、安福两县，最高峰海拔 1391 米，为永新县境内第一高峰。

> 禾山在永新县西北六十里，其趾五百里。昔有嘉禾生其上，故曰禾山。有甘露禅院。其巅平衍，奇峰累累，有覆釜之状者七十一。旧传唐宰相姚崇未遇时卜居于侧。本朝元绛有诗题亭上。
>
> ——《舆地纪胜·卷三十一·吉州》

禾山自然不会简单。在永新人心中，禾山无疑是一座圣山。禾山七十一峰"峰峰有宝，一峰无宝，有黄连甘草"。唐朝宰相姚崇出道前曾寓居禾山甘露寺，据说其母也葬在永新，他留给禾山的似是对于桃花源的向往："四时佳境不可分，仿佛直与桃源通"。而曾为永新县令的元绛离开永新则以一诗作别。"三年作宰别无功，种得桃花满县红。任罢不能收拾去，一时分付与东风。"北宋的这位大臣充满智慧的作别潇洒动人。

从永新走出去的宰相刘沆，史载"长于吏事，性豪率，少仪矩"。任宰相期间，救正时弊，受到夹攻，称病求罢。回家后重游禾山，仍是激情满怀。

> 嘉木云深处，曾游记昔年。
>
> 钟鱼虽似旧，林麓已非前。
>
> 雁塔惭题字，龙门喜酌泉。
>
> 登临浑未足，重约访山巅。

出永新入吉安，全然没有了峰峦绵延的视障。作为禾水流域最大盆地的牛吼河盆地，连接吉安、泰和，良田万顷，碧绿成海。立秋时节，太阳收敛了火辣的劲，江河上波光潋滟，盆地里田野开宽，新禾苗壮成长。

"甘露降，风雨时，嘉禾兴"。如此大的耕作场似乎需要一种表达。禾市之名大约从这而来。市即买卖，但是这个市在哪呢？盆地中有一个禾市镇，禾的买卖或者稻谷的买卖似乎在这摆不开铺。永阳是禾水吸纳牛吼河的地方，禾水河横贯东西。自古就是吉安县登龙、安塘、官田、指阳、敖城、横江，以及泰和禾市、螺溪、三都、石山、桥头等周边乡镇经济文化中心和商贸流通中心。这个市够大。

大河滔滔，用之则养民。河水肆虐，害之则毁民。史料记载，从东晋隆安二年（公元398年）至1949年的1550年间，禾水流域发生特大旱灾94次。吉州郡属大旱，斗米五千，民多饿毙。庐陵旱，赤地几百里，大饥，藤根树皮采剥殆尽，饥民无食，殍瑾载道，民多流徙，郡邑盗起。干旱疫，田陌龟裂，民争食野菜蕨根殆尽，饿毙疫殁者众。从西晋永安元年（公元304年）至公元1949年的1645年间，特大洪水灾情有122次。江水暴涨，溃城，溺死者多。永新、庐陵大水，岁大饥，人相食。禾、泸两江大水，水暴涨，民舍多倾，漂殁人畜田庐无算，岁大饥，人食野菜、观音土。人类生存繁衍凝聚数千年智慧，苦难在这块土地上催生了一位水利专家，一位农学家。与其说他们是官员，还不如说他们是村庄里可爱的乡绅，他们把人生最动人的诗篇献给了苦难的乡民。

周矩，南唐天成二年进士，官至西台监察御史。他原本是南京人，处在五代十国的战乱年代，为避唐末之乱，于天成末年（公元930年）跟随在吉安做刺史的女婿杨大中迁徙到牛吼河边。看到大片良田受旱，他实地勘查，决定把牛吼河的水抬起来灌溉农田，并独自承担修建水槎陂的钱物。这座被授牌命名为"世界灌溉工程遗产"的水陂建成后，数万亩良田得灌，从此这个辽阔盆地

◎ 槎滩陂

地美粮丰，人文鼎盛。

　　曾安止，熙宁九年进士，初任丰城县主簿，后任彭泽县令。因早年家贫，常常吃不饱肚子，做官后关心人民疾苦，公务之余常去农田观察农作物生长，跟农民攀谈。遇到农忙时，他自带干粮帮助农家劳作。他走访了许多老农，收集了大量的农作物优良品种，对繁多的水稻品种的品名、来源、性情，以及播种、耕作方法作了详细的调查研究。长期挑灯研究使他的视力越来越差，他决定辞去县令，回到"地产嘉禾、和气所生"的家乡泰和专事农学研究，《禾谱》（五卷）终于在禾水河畔问世，成为继贾思勰《齐民要术》之后又一部农业科学著作。

> 春云蒙蒙雨凄凄，春秧欲老翠剡齐。
> 嗟我妇子行水泥，朝分一垄暮千畦。
> 腰如箜篌首啄鸡，筋烦骨殆声酸嘶。
> 我有桐马手自提，头尻轩昂腹胁低。
> 背如覆瓦去角圭，以我两足为四蹄。
> 耸跃滑汰如凫鹥，纤纤束薧亦可赍。
> 何用繁缨与月题，揭从畦东走畦西。
> 山城欲闭闻鼓鼙，忽作的卢跃檀溪。
> 归来挂壁从高栖，了无刍秣饥不啼。
> 少壮骑汝逮老羸，何曾蹶轶防颠挤。
> 锦鞯公子朝金闺，笑我一生蹋牛犁，
> 不知自有木驵骎。

时过千年，《禾谱》虽然散失，但当年苏东坡赞《禾谱》的《秧马歌》却刻在石头上。

天降嘉谷，维穈维芑。禾水河上的密码诠释庐陵大地重农固本的光辉思想。

## 4

大山孕育大河，可是哪座山能有武功山蕴含的能量？作为罗霄山脉的北支，武功山处在赣西南的方位，背靠着宜春、萍乡和湘东，面朝着庐陵腹地，它是赣江水系泸水、袁水和湘江水系潇水的源头。作为赣江水系的泸水和袁水，泸水东流，袁水西去，虽然两条河流流向不同，但殊途同归，最终都汇入赣江，

◎ 武功红日

而汇入的点位已经相距二百里。武功山的神奇让我惊叹。

上午，我在登临羊狮幕之后来到武功山下，望着这座海拔1918 米的大山，我似乎没有了登山的勇气。虽然进入立秋，但高温依旧，炙热的太阳烧红了山巅，树缝中钻出的一束强光让我目眩。我掂量着自己的体力能否胜任徒步攀登。其实我知道泸水发源于此就够了，我似乎没有必要洞察泸水从山体的哪个点位出来，因为我知道这个山脉的深壑幽谷都在为大江奔涌汇集力量。

朋友的鼓动让我下定登山的决心，可是我真的腿脚酸痛，我们走走停停，却早已是汗流浃背。在半山腰坐下来，眼光掠过武功山罗列的奇峰，想着徐霞客徒步旅行的壮举。根据我的考察，徐霞客此行似是从青原山过张家渡经泸水进入安福的。那么他走的是怎样的上山的路线呢？"千峰嵯峨碧玉簪，五岭堪比武功山。观日景如金在冶，游人履步彩云间。"徐霞客定是上了山巅的，不然这彩云间的飘逸哪里寻得？

临近中午我登上了武功山巅。除了头上的太阳灼人，我身

◎ 圣赐武功

体的每一个部位都被山风荡涤，似乎有一种乘风归去的快意。
"万里云山齐到眼，九霄日月可摩肩"，目光所及，仍然是云
雾缭绕，云海中非烟非雾，如诗如幻。连绵不绝的高山草甸，
宛如北国草原，旅客搭起的帐篷犹似牧民的蒙古包，让人生发
狂跑的冲动。但是我没有跑，似乎山顶古祭坛群更让我着迷。
它是石头搭建的圆穹顶式建筑，没有石灰和黏土垒砌，况且都
处在连树都不能生长的大风口，这样简单的构件何以不倒似乎
也是一个谜。

　　古祭坛是湘赣边古代民间祭祀天地的场所，承载着古代先

◎ 祭坛

民对于神灵的敬仰。资料显示，武功山遗存的古祭坛有 10 余处，其中最著名的是主峰金顶上的 4 座古祭坛，即葛仙坛、汪仙坛、冲应坛和求嗣坛。这 4 座古祭坛分东南西北四个朝向，均建于东晋时期，距今有 1700 多年历史。早在公元前 222 年（秦王政二十五年），安福境内就设立了安平、安成两县，安平属赣，而安成则属湘。作为赣地最早的十八县之一，安平整合和舒展又在历史的变迁中起起伏伏，但有一点是肯定的，那就是武功山一带人口稠密。传说宋朝绍定年间，文仪虔诚拜倒在葛仙坛前，祷告求嗣。4 年之后，文仪有了第一个儿子，这个儿子就是文天祥。得子之后，文仪认为是自己的虔诚感动了上天，特意在葛仙坛前建铜瓦殿报恩。若干年后，文天祥亲笔写下"葛仙坛"三个大字以谢恩。

历史上武功山与衡山、庐山并称江南三大名山。传说上古之时有叫作"泸"或者"罗"、"潇"或者"霄"的两位道人曾隐居修炼于此，山南、山北两地的居民依照地方口音各自注字，将此山洞命名罗霄洞和泸潇洞。罗霄山和泸潇山因此而得名，整个"罗霄山脉"也得名于此。晋代四川人士武氏夫妇慕名远来此地修炼，"罗霄山"和"泸潇山"从此又称为"武公山"。南朝陈武帝平定侯景之乱，途经"武公山"祷告求拜，得到武仙人托梦并授其平乱之策，成就了帝王霸业。陈武帝感念山中神灵相助之功，便下令赐名武功山。

文献记载，武功山的命名和道教有关，东汉葛玄、东晋葛洪曾来此炼丹，道教自三国时期在此开设道场，佛教开山则始于唐代。南宋文天祥书赠"葛仙观"巨匾后，武功山更是名震千里，香火不断。道家的厚重与缥缈并非常人可以洞察和体会，但是自古以来老百姓祈福求嗣的共同心愿，却真实地铺陈在这大山之上。

武功山风景名胜遍及全山，有"一湖、二泉、五瀑、七潭、七岩、八峰、十六洞、七十五里景"之称，从广义上讲，羊狮慕何尝不是武功山脉的一部分？但我无福消受这山中美景，如约随朋友下山。有时候，我真是羡慕古人，他们似乎无拘无束走遍天下，直抒胸怀，而我们也只能在工作的间隙中寻得半日的清娱。

汽车顺着泸水河向安福进发，泸水河不时隐没山中，如我心中名士王庭珪。胡铨请斩秦桧，谪新州，王庭珪以诗送行，二首《送胡邦衡之新州贬所》让王庭珪遭贬辰州。

囊封初上九重关，是日清都虎豹闲。
百辟动容观奏牍，几人回首愧朝班？
名高北斗星辰上，身堕南州瘴海间。

不待他年公议出，汉廷行召贾生还。


大厦元非一木支，欲将独力挂倾危。

痴儿不了公家事，男子要为天下奇。

当日奸谀皆胆落，平生忠义只心知。

端能饱吃新州饭，在处江山足护持。


王庭珪是两宋相交时期重要诗人，他也是杨万里少年时的老师。史料记载，王庭珪是北宋政和八年（公元1118年）进士，"性伉厉，为诗雄浑"，调茶陵丞，与上官不合，弃官隐居安福老家，自号泸溪。让人难以置信的是，一如老师的经历也在杨万里做赣州主簿的任上发生。如果不是父亲严厉威逼，杨万里的仕途可能就此中断。


日头欲出未出时，雾失江城雨脚微。

天忽作晴山卷幔，云犹含态石披衣。

烟村南北黄鹂语，麦垄高低紫燕飞。

谁似田家知此乐，呼儿吹笛跨牛归。


王庭珪在泸水河边教徒种地，乐此不疲。泸水河的灵性把这山村唱得脆亮。


# 5

说不清是禾水接纳泸水，还是泸水汇集了禾水，反正从两水合流的卢家洲开始，直到汇入赣江的这一段河流，人们称之为禾泸水。

卢家洲是禾泸水冲击而成的沙洲，过去没有堤坝的时候，江和村共同舒展在这个盆地上，江为村吐灵气，村为江纳活力，形成动静结合江村一体的动人画卷。

公元 1429 年（明宣德四年），袁州人卢仲文选择了这个洲开居繁衍。据说他选择此地举家迁徙的理由是为了纪念先祖卢肇。卢肇是江西第一个状元，公元 882 年（唐中和二年），卢肇在吉州刺史任上逝世。时间过去了近 600 年，卢肇纵然在天有灵，也断然想不到子孙中有人会以举家迁徙的大动作来纪念他，无论放在怎样的历史时空中，卢仲文的举动都让人匪夷所思。但是后来卢氏繁衍的路线证明了卢仲文不是常人。

史料记载，公元 843 年（唐会昌三年），卢肇状元第，先后在歙州、宣州、池州、吉州做过刺史。所到之处颇有文名，官誉亦佳，作为唐相李德裕的得意门生，在长达四十年的"牛李党争"中他竟抽身其外，因此一直为人们所称道。作为卢肇的后人，卢仲文举家迁居的动机似乎不难揣测。或许走在洲上的他正吟诵着祖先当年发奋图强的诗：

> 去日家无担石储，汝须勤苦事樵渔。
> 古人尽向尘中远，白日耕田夜读书。

卢仲文的眼光的确独特。他把居开在一棵几百年树龄的罗汉松旁，从这儿发衍，房屋一圈一圈圈向外展开，似乎这棵神树会保佑他们。又是 600 年过去，卢家洲保留下来的明清建筑 63 栋，分为祠堂 5 座，书院 4 座，庙宇 4 座，古民居 50 栋，古井 2 口。这些建筑均为赣派硬山式建筑风格，防火墙高耸，马头墙起翘。世人皆知卢家洲有"三宝"：玉祠、斜塔、罗汉松。有关"三宝"的资料广泛见诸于世，摘录如下：

> 玉祠建于清嘉庆十年，坐北朝南，歇山顶，飞檐翘角，斗拱间饰圆形细雕图案 70 幅。门楼下，板书"科第征贡"4 个大字，以示祠主人乃元

◎ 千年罗汉松

代开基祖先卢仲文为乡举进士，官入朝廷的显赫身份。卢氏玉祠有大门、腰门、后堂门共8座，其门楣、门槛、门蹲、条柱、门臼、墙角石、祠内16尊柱础，以及面阔三间的明厅阶石均用整块汉白玉制成，其中，中厅阶石长近6米，宽0.48米，厚0.30米，比故宫最长的汉白玉还长1米多。此外，祠堂内还有大型汉白玉石鼓8尊。

斜塔位于卢家洲村东南面泸水、禾水的交汇口，明万历年间为镇水而建。塔为砖砌六面五层，高21.3米。因大水冲刷，东北面塔基下沉，整座塔向东北方向倾斜，经专家测定，塔身向东北方向的最大倾斜度为23度，扭曲度

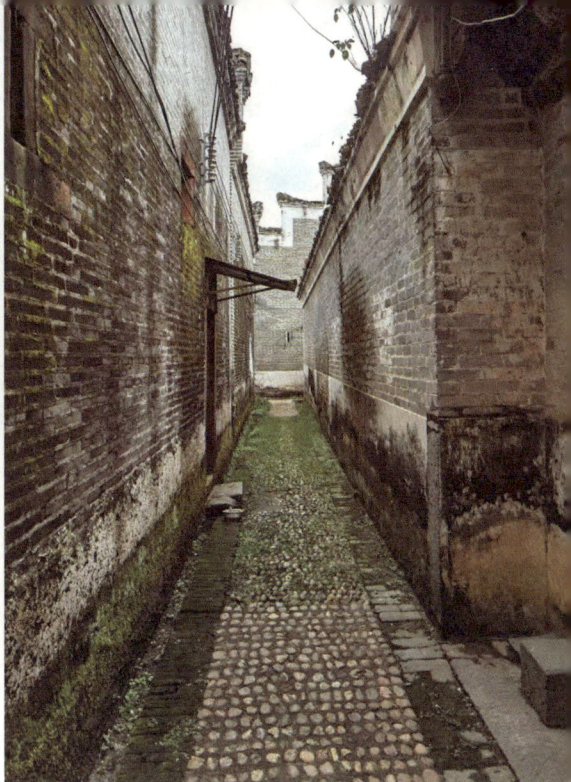

◎ 古民居

为 6 度。

罗汉松屹立于卢家洲村西的古代水运码头，树高 28 米，围径 5.2 米，据园林学者考证，树龄在 1500 年以上，至今仍苍劲挺拔，枝繁叶茂。

我到卢家洲首先看的也是这"三宝"。我很幸运，一进村便遇上了卢达中老人，他已经八十多岁，夫妻俩仍住在祖上留下的老房子里。他告诉我，孩子们都建了楼房，老请他们过去住，可他们不情愿，老房子没人气，倒是迟早的事，我们这一代守一天是一天吧。我看着他的住房，除了通风差一些，出脚

◎ 卢氏宗祠

路窄之外，房子的格局和情调甚好。我跟着他看罗汉松、古井，然后看一个豪门大院，但进不去，门锁着，房子的主人早已迁出，曾经的高墙大宅已经无法掩视荒芜颓败的景象。卢达中说，七八十年代大家都在老村庄，鹅卵石铺的路都是闪亮的，屋里屋外拾掇得干干净净，这村庄就像皇宫一样。现在都快倒了。田字宅大院过去是前三栋后三栋的建筑样式，现在野草比人都高，进不去了。

　　玉祠是经常有人光顾的，这座赣中唯一、全国唯一的玉祠，曾经的富丽堂皇到现在也暗淡了。今日玉祠无事，门锁着，我没能进去。其实我曾经进去过，目睹过门框、磉础、墙角石等所有的汉白玉，也见过那块6米长的中厅阶石。卢家曾经的富有世人称奇。自卢仲文以来至玉祠修建的三百多年间，卢氏以

◎ 进士墓

怎样的魔法积累财富？而更多人关注这个不知死法的卢氏，明知道在这等级森严的社会，他们的建筑形制可致灭九族，为何还干？而且事实上也平安无事，他们靠的又是什么？

在去斜塔的路上，有一个进士冢群，大概有八穴。根据说明，这里埋的都是这个村里考出去的进士。卢达中老人说，卢家洲出的进士、翰林院待诏、太学生、廪生、庠生、奉议、奉直、朝议大夫、登仕郎等达官贵胄无数，而经商的巨贾也无数。衡阳庐陵王卢瑞方，铺面就有 17 个，经营钱庄、布匹、盐业、烟草等业务。卢伯度年轻时被公推为庐陵县第五都都长，管辖70 余个自然村，很有声望。民国元年筹资开设了"裕源南货号"，经过 20 余年的打拼，成为桂林首屈一指的商号。在卢家洲我看到庐陵大地亦农亦商、耕读传家、富取功名的进取路线。

◎ 斜塔

　　号称"东方比萨斜塔"的卢塔其实就是一个镇水塔，这类风水塔在水口常常可以看到。至于斜塔为何倾斜，道理很简单，地构变化而已，并无稀罕之处。值得探究的是卢家先祖选择险处开居，实际上是逼着子孙们多找谋生之路。这样的苦心天地动容。

# 富水记

　　青原是个没有历史的建制。青原的属地历史上分属吉水、吉安两县，10个乡镇沿着富水犬牙交错，公元2000年这块带状的版图起名青原，成为吉安市的一个区。

　　青原视富水为母亲河，大概是因为富水只属于青原。富水西流穿越青原，在值夏与泷江汇合流入赣江。青原像一条下江的船，它时刻保持着起航的姿态。而富水则像是一条系在乌山的缰绳，放开缰绳它就可以扬帆远航。

　　富水经过的地方流金溢彩。道院的胡铨把对国家的忠诚撒满南宋流放的时空，而富田则把文天祥献给了南宋的最后一抹残阳。富水的悲情把南宋的百年时空渲染得如歌如泣。

　　千百年来，富水造就了无数声名远播的商号和富甲一方的巨贾，源源不断的木材、稻米、茶油运出山外，而源源不断的银子从东南西北汇入富水两岸。富商们用银子把自己的诗和远方垒砌成一座座居所和祠堂，打造成一个个古韵流芳的传统村落。在这条河流上惊现渼陂、陂下、横坑等中国历史文化名村和中国传统村落，新圩毛

◎ 毛家祠堂

◎ 裕元巷

◎ 教授牌

赣江向北流

家虽然没有荣膺中国传统村落，但从裕元巷走出来的教授、学者不下百名，两人并排难以行走的窄巷却饱含着中国情怀。而富田更是荣登中国历史文化名镇的宝座，它像一位饱经风霜、充满睿智的老者，诉说富水千年过往。

# 1

车在泷江囊括的这个圈中穿行，现代交通把我印象中的一大块版图似乎浓缩在了方寸之间。泰和万合、吉水水南、青原富田、永丰三坊，如此跨越用时不到四十分钟。我在三坊下高速，由东固进入大乌山，去寻访富水之源。

处在大乌山与白云山之间的东固，四面高山环峙，中间的盆地了然开阔，富水似这盆地中的一条玉带闪烁波光，却看不到头，望不见尾。盆地里的东固，虽然地处偏僻，但物产丰饶，素有"砍不尽枧杭的木，运不完六渡的竹，舀不干南龙的油，粜不完东固的谷，探不尽地下的宝，取不尽地上的物"之说。史志记载，唐末以来，不少先民先后从广东、福建等省以及周边县市迁此结庐寄寓。这样的北上逆迁徙在唐时其实并不多见，正好说明历史上人口的迁徙并非只是向南。历史的真相似乎是版图人口从稠向稀迁徙，在不同的朝代反反复复，作为古代通往南赣的一个通道，东固无疑是一处不错的栖息地和中转站。

由于地理位置偏僻，统治力量薄弱，造就了土地革命斗争时期的武装割据，在李文林、赖经邦等革命者的领导下，东固建立了被毛泽东称为"李文林"式的武装割据政权，为日后中央红军进入赣南在大乌山组织第二次反"围剿"夯实了群众基础，反"围剿"取得胜利后，毛泽东写下了《渔家傲·反第二次大"围剿"》："白云山头云欲立，白云山下呼声急，枯木朽株齐努力。枪林逼，飞将军自重霄入。七百里驱十五日，赣水苍茫闽山碧，横扫千军如卷席。有人泣，为营步步嗟何及！"在中国革命历史上，东固浓墨重彩，享誉"东井冈"。

从东固向东南，车在崇山峻岭中爬行，从车窗向外俯视，山脚几乎连着山脚，人口无法落脚。有几个地方，人们把山的软腰部铲平建起了房屋，并在山

◎ 大乌山

缝中针灸一般垦出几分或相连或间隔的空间作为活命的田土。这么小块的田土过去十分金贵，种过早稻种红薯，现在只看到竹子搭起的架上长满作物的藤蔓。重山中再难见到一个大一些的盆地，人口多一些的族落。

如此崎岖的山路应该不会是古代的驿道，或许大山中并无驿道，但民间的路肯定是有的。我想应该是在山下，这是步行和肩舆时代的思路，以车代步的时代把路修在了山上，缩短了路程。海拔高度不断上升，耳朵有被捂住的感觉。大乌山处在初开发的状态，一条山路细而窄，有些路段坡度超过50度，让人心生恐慌。眺望山巅，似乎遥不可及，但假日的车辆所向披靡，在这细窄的路上川流不息。但也有胆怯的，车在山腰停车坪停下，徒步上山。天气酷热，步行的人汗衫湿透。其实我也害怕这样的行驶，但心里似乎有着朝圣一般的虔诚，才有了向着山巅草地进发的决心。

大乌山是青原与兴国的分水岭，兴国人称兴国大乌山，青原人称东固大乌山。车在大乌山陡峭的山路上行驶的时候，我突然意识到大乌山并非一座山，它或许是一条山脉，盘踞在青原东固与兴国枫边的区间，而水源则在山脉间的一条条山涧中流出，汇入相对开阔的盆地。大乌山是雩山山脉的一个高点，这是一座很有灵气的山，海拔1200米。在林木与草地的分界线上，公元705年（唐神龙元年），唐朝人在此建了一座大庙，庙宇用花岗岩条石砌成，上有文天祥所书"永镇江南"匾额和邹元标所书"乌山仙境"匾额。据说当年文天祥勤王举兵曾在此祷告，他希望南宋半壁江山如这大乌山一般永固。

站在山巅上，朝东南看，赣南山势迤逦；朝西北看，吉安山峦叠嶂。在这朗日的晌午，我似乎看到了连接东西南北的一条秘密甬道，从富水进入兴国，从泷江进入宁都。或许宁都东龙李家的祖先当年从吉水搬出走的就是这条道。而家住富田的文天祥当年在赣州任上，每每回家走的也必是此道。文化的交流就如同烹饪一顿佳肴，随着各种作料的渗入，色相和味道就被浓重地端上了桌。乌山以南与乌山以北之所以存在文化的强弱之别，并非因为文化源流上的差异，

◎ 大乌山寺

而是因为人口补入与迁徙的多寡与早晚。历史的机遇与融合在这大山中扑朔迷离。

2

清明时节，我从故乡顺道去青原，重访富水。

富水以富田而名。实际上富水从大乌山出涧到富田还有很长一段距离，富田位在中游。从东固出发进入白云山区，一路大山障目，林木森森。拟赤杨是白云山区最抢眼的乔木，数量似乎特别多，沿着山脚依次列阵，像一个个临风鹤立的兵士。

赣江向北流

◎ 拟赤杨

　　它们高高的个儿，开着细细的白花，繁星一般耀目。

　　白云山下依次开阔，古镇富田得尽地利，东固至此，富水在峡谷中穿行，并不利舟楫，而始于富田，盆地开阔，河床变宽，江面平缓，是古代赣江漕运的黄金水道。如果不是白云山水库拦截，站在龙川阁古码头还能听到富水流动的声响，正如龙川阁楹联描绘的那样，"直吞川龙富水，遥接天马文峰"，气势磅礴。

　　驻足龙川阁古码头，仰望天马行空的山形，怀想南宋那个"忠肝如铁石"的人。公元1256年（南宋宝祐四年），20岁的富田青年文云孙从古码头出发前往京师应试，那一日红鸿当

◎ 富水上游

头，古码头熠熠生辉，云孙踌躇满志。文云孙考场上以"法天不息"为题策对，洋洋洒洒万言书，理宗御览钦定进士第一。而考官王应麟则上奏说："忠心肝胆好似铁石"。成为状元的文云孙改名文天祥，改字宋瑞。但文天祥并没有获得大作为的职位，一度掌理军器监兼学士院权直，如此不起眼的小官，竟敢斥责宦官董宋臣，讥讽权相贾似道，自然赌进了自己的前程。公元1273年（南宋咸淳九年），37岁的文天祥似乎厌倦了官场，自请致仕。虽然没被获准，但他几次找理由回乡，天马山成了他隐居读书之地。我曾慕名拜谒这个被文天祥自号文山的地方，山高林密，离镇子不远，似隐非隐，只是清静罢了。当年文天祥在此搭建的草堂没了，我在时空的隧道中遥

◎ 文丞相祠

遥感知南宋的那一声脆响：人生自古谁无死，留起丹心照汗青。不知道是文山还是富水养成英雄的肝胆？

一方水土养一方人，地方性格一旦养成难以消失。公元1128年（南宋建炎二年），富田下游值夏人胡铨进士及第，授抚州军事判官，恰逢隆佑太后为避金兵逃往赣州，金兵随后追击，胡铨以漕司檄文统摄本州幕僚抗击金兵，初显主战派性格。公元1138年（南宋绍兴八年）10月，胡铨上书《戊午上高宗封事》，请求高宗斩奸佞秦桧、王伦、孙近，并向高宗示威：如果你不杀这几个奸贼，我就投东海。一个在官场摸爬了十年的人，还是如此天真、执拗，如一头初生牛犊。而其后果是一贬再贬。在胡铨的一生中，流放的时间长达 23 年之久，其中流放海南 14 年。海南"五公祠"中就有胡铨。公元 1162 年，孝宗即位，冥冥中想到了那头牛犊，尽管牛犊老了，抑或还可重用。一年后，因抗金名将张浚在符离之战失败，议和之风又起。史料记载，言不可和者，只有胡铨一人。真的是"久将忠义私心许，要使奸雄怯胆寒"。公元 1171 年（南宋乾道七年），胡铨辞官回家。公元 1180 年（南宋淳熙七年），胡铨卒于故里，谥号"忠简"。 在东青公路旁一块巨石上镌刻着"胡铨墓"三字。传说胡铨墓葬有 18 处，不知哪处是真。但我有理由相信，天梁山下的这一处定是这位自称芗城山人的最后归宿。

南宋一百多年的时空里竟然不绝富水的声响。在南宋大厦将倾的时候，文天祥站出来了，对于南宋无疑是"天之祥，宋之瑞"。八年抗元铸就文天祥一生的辉煌。公元 1275 年（南宋德祐元年），文天祥散尽家财，招募士卒勤王，被任命为浙西、江东制置使兼知平江府，在援救常州时，因内部失和而退守余杭。随后升任右丞相兼枢密使，奉命与元军议和，因面斥元主帅伯颜被拘留，于押解北上途中逃归。公元 1277 年（南宋景炎二年）元军再攻江西，终因势孤力单败退广东。公元 1278 年（南宋祥兴元年）拜少保，封信国公，在五坡岭被俘，押至元大都，被囚三年，屡经威逼利诱，誓死不屈。公元 1283 年 1 月（元至元二十年十二月），文天祥从容就义，47 岁的生命永远留在了南宋的时空。

这是怎样的一条河流啊，它养育了南宋千古伟男。文天祥有第一等的担当精神，胡铨有第一等的斗争精神，他们的精神血脉就是忠义。忠于国家，忠于民族，不惜舍生取义。在这样的河流上行走怎能不让我心生敬意。

# 3

西华山下水天茫茫，河谷地带一望无际，隔江相望的白沙和永和了然在目，处在两江合流下首的张家渡把千年过往留在江岸。

张家渡旧称舍埠。《张氏族谱》记载，唐宪宗元和五年（公元 810 年），

◎ 富水入江

张氏由广东曲江迁入。光绪《吉水县志》载："张氏有讳冥淑者，宋景祐年间（1034—1038 年），以左驸马都尉家居，造三舟以济三津，买田三十石以给操舟者。"人们念及张氏买田置舟，义渡济人，逐渐忘了舍埠，而直呼张家渡。

张家发达后，沿河修筑了五个码头，分布在约 200 米长的河岸线上。码头均用长 1 米多、宽和厚各 30 厘米左右的麻石条砌成，每个码头长约 30 米，宽约 8 米。张家渡因此成为赣江西岸重要码头，北上吉水，东进永丰、兴国的首选。古代张家渡属吉水管辖，因为张家渡的繁荣，吉水县衙曾派出县丞衙署长驻于此。

我走富水始于张家渡，青原同学志强兄陪同。他是青原通，组织编著了系列青原丛书。我们沿着江岸一路行走，似乎要从古道残存的记忆中寻找曾经的繁忙与辉煌。我们的努力自是徒劳，现代水运的终结让张家渡弃渡数十载，码头上的麻条石早被人移作别处，江水消涨刷尽旧码头的痕迹，张家渡也仅仅是旧志中记载的一段过往。

但是张家渡岸上的繁荣仍然依稀可辨，张氏立基后，先后有肖、刘、罗、曾等十多姓迁居于此，使得张家渡成为一处繁华集镇。十多幢清末古宅沿着江岸铺陈旧时风景，虽然人口多数外迁，但仍有好几幢古宅住着人。我们去的时候恰逢一户人家做好事，亲朋好友都来帮忙，让这寂寥古渡码头又有了一日喧嚣。志强告诉我，张家渡是中央红军九打吉安的集结地，毛泽东、朱德等率红军多次经过或驻扎张家渡。码头上的古宅便是中央红军的指挥部。

公元 1636 年（明崇祯九年）十二月十九日，徐霞客从值夏至此，登小舟顺水而至丹砂渡往青原山。"十九日，昧爽行。十里，复循西岩山之南而行，三里为值夏。西八里，逾孟堂坳，则赣江南来，为泷洋入处。又二里，张家渡，乃趁小舟顺流北下。"（《徐霞客游记》）我突然有了效仿先贤的想法，志强找不到小舟，我们驱车北上丹砂渡。

其实这一段也不过几分钟路程，可我很是纳闷，如果说西岸的丹砂渡因地质而名，那么东岸永和为什么也叫丹砂渡？而丹砂渡距离张家渡近在咫尺，难道丹砂渡是吉州窑瓷行天下的专用码头？过去几次去永和，从来没有关注这个问题，我决定跨江而往。

永和自五代"民聚其地，耕且陶焉"，始置"柴草市"，公元 1004 年（北宋景德元年）成为镇市，置监镇司，掌瓷窑烟火公事。因永和地属吉州，故名"吉州窑"。到了永和自然少不了逛窑子。永和有句俏皮话：吃豆腐逛窑子一夜情。永和豆腐远近闻名，窑子无疑是吉州窑，而情非一夜，却是一叶。木叶

赣江向北流

盏或者叫树叶盏，是吉州窑传统制瓷工艺的代表作。它釉色莹黑，胎质坚致，盏内木叶茎脉清晰，或卷或舒，栩栩如生。于品茗者，茶盏落入一片桑叶，确是一份惬意而又风雅的意外。这"木叶无双"美誉实至名归。

© 吉州窑木叶盏

据说木叶盏的产生与禅宗不无关系。"地以名贤重，山原七祖开"。行思在青原山净居寺弘法 28 年，他传下的曹洞、云门、法眼三派，成为禅宗"一花五叶"中的三叶。桑叶通蝉（禅），菩提叶更是佛的信物，吉州窑制瓷艺人以这两种树叶为装饰，大概是寓意茶道中蕴藏的佛性与觉悟。

吉州地方胎土中含砂较多，胎质粗松，吸水率高，粗看似陶，击之有金属声，这种"似陶非陶"的特征成全了吉州窑的天姿丽质。而黑釉瓷中的木叶纹独树一帜，成为古代欧洲、中东各国王室贵族的至爱，被英国国家博物馆列为国宝。出土的吉州窑瓷品在今天也是极为名贵，1975 年，东京博物馆举办日本出土的中国陶瓷展览，吉州窑的兔毫斑、鹧鸪斑和玳瑁斑成为传世珍品。

1976 年，新安海域发现一艘开往朝鲜、日本的元代沉船，从沉船中打捞出 1.5 万余件中国的古陶瓷，不少属吉州窑烧制。这些出土陶瓷与《东昌志》的记载大致吻合。宋时吉州窑产品远销朝鲜半岛、日本及东南亚各国。瓷行天下，百业兴盛，商贾云集，樯桅林立，车辐辘辏。永和镇辟坊巷街上、中、下三市，瓷器街、米行街、莲池街、锡器街、柴草街、鸳鸯街"六街"，一派"民物繁庶，舟车辐辏"的繁荣景象，"谈庐陵之盛，萃于永和"正是那个时代的写照。而丹砂渡作为那个时代永和特设的通航码头似乎并不奇怪。

至五代时，民聚其地，耕且陶焉。由是井落圩市、祠庙寺观始创。周显德初，谓之高唐乡临江里瓷窑团，有团军将主之。及宋寖盛，景德中为镇市，置监镇司，掌瓷窑烟火公事，辟坊巷、六街三市。时海宇清宁，附而居者至数千家，民物繁庶，舟车辐辏。

——明代钟彦彰《东昌志序》

◎ 古窑遗址

吉州窑兴于晚唐，盛于两宋，衰于元末。据说吉州窑的衰微，是因为文天祥勤王带走了不少窑工，幸存的工匠带着技术去了景德镇瓷窑，史称"先有吉州窑，后有景德镇"。湮没的吉州古窑大致分布在一块约 2 公里长、1 公里宽的平地上，24 座古窑包如岗似岭。窑岭、茅庵岭、牛牯岭、后背岭、窑门岭、官家塘岭、屋后岭、猪婆石岭、蒋家岭、七眼塘岭、松树岭、曹门岭、乱葬戈岭、尹家山岭、本觉寺岭、上蒋岭、讲经台岭、曾家岭、斜家岭、枫树岭、柘树岭、自家岭、天足岭、下瓦窑岭，如此多的窑口似乎仍在诉说曾经窑火闪烁的峥嵘岁月。

我走在发掘出来的匣钵和窑砖铺砌的长街古道，怀想千年时空里赣江文明的辉煌乐章，听着新时代吉州窑艺人的豪迈传承，我想，丹砂渡码头上的船舶或许又将扬帆启航。

# 泷江记

　　泷江包围的东南一角，宋代以来成为庐陵翘楚。从地理上讲，形成泷江主流的鸡冠峰、石马岭、大尖山，与泷江支流富水源头大乌山同处在雩山山脉西麓，两者的直线距离不过三十里，但是水流的方向顺着天意弯弯曲曲。从永丰来的泷江流经龙冈、潭头、三坊，进入吉水白沙、水南，在青原值夏与大乌山直下的富水汇合流入赣江。这个圈不大，似是上苍刻意谋划，优美而圆满，辉煌而荣耀。

　　泷江，又称孤江，潇泷江，这些名称的由来，我没有查到相关确切的记载。从字面上理解，泷江是水流湍急的江，至于孤江，或许是独一无二的江？我的理解似乎并无不妥。在这条偏离县城的江上，上游是欧阳修的故乡，其《泷冈阡表》闻名于世，中游"五里三状元"传为佳话，而下游及支流富水是忠义名臣胡铨和民族英雄文天祥的故乡，这样的江河岂不罕二？

　　泷江风光旖旎，出涧处山高林密，江流经过的盆地或大或小，山峰或远或近，绵延不尽。偏偏在进入下游平畴的时候多出一处关隘，"溪束两山间，如冲崖破峡，两岸石骨壁立，有突出溪中者，

◎ 螺滩大坝

为瑞石飞霞，峡中有八景焉。"徐霞客如是记述。唐代风水大师杨筠松经过泷江，留下"百里有贤人出也"的谶言，大师的预言在泷江两岸生花结实。因此泷江被徐霞客在游记中誉为"百里贤关"。

不同凡响的泷江，把千年缔造的壮美融入更深远的赣江。

# 1

登上快艇的那一刻，我在想，如果没有螺滩电站大坝的拦截，泷江可否行船？在古代这可是一条通往赣南的捷径啊。

泷江风景秀丽，享有江西"漓江"盛誉。泷江过了螺滩地

◎ 潇泷古庙

势开阔，与螺滩形成较大落差，人们利用水势在此修建水电站。之所以叫螺滩，是因为滩上遍生螺蛳。螺滩千米，布有三关，此段高低不平，水道窄而怪石多，经常有匪盗出没，故称三关。明代旅行家徐霞客在《江右游日记》中记叙："溪至此折而南入山，又五里为潇泷，溪束两山间，如冲崖破峡，两岸石骨壁立，有突出溪中者，为瑞石飞霞，峡中有八景焉。"我请师傅把速度慢下来，尽量想象出古人的意境。可我只能看到两岸对峙的高山，而"峡中八景"却难以领会。但我能想象，当年暗礁林立、水流湍急是何等的险恶。

156

据说此八景为状元彭教所赐，包括云虚鸟道、月印龙潭、古台垂钓、野渡横梭、危滩喷雪、瑞石栖霞、桥头飞练、水口横屏。其中"瑞石栖霞"诗云："元气所熏蒸，精华纵发越。水面落霞飞，光映江边月。""水口横屏"诗云："文昌此襟喉，屹然一藩屏。渔郎来问津，疑是桃源境。"状元的想象力和诗情自是凡人不可比。

艇过隘口，南岸坡上建有一座庙。庙旁立有瑞贤亭，刻有明代吉水邹元标《怀古》诗："秀色东南此一天，嵯峨怪石虬相连。地偏倍觉风尘远，谷静迟看日月悬。昨晚严霜留虎迹，今朝滩底涌龙涎。振衣亭畔还谁语，百载风流忆昔贤。"南宋后期，依据龙王曾经在此盘踞过的传说，当地乡绅在南岸悬崖巨石上建起龙王庙。因其位置处在泷江南岸潇泷入口处，故又称潇泷古庙。

> 十八日　饭于其远处。上午起身，由夏朗之西、西华山之东小径北迁，五里西转，循西华之北西行，十里，富源。其西有三狮锁水口。又西二里为泷头，彭大魁教发迹处也，溪至此折而南入山。又五里为潇泷，溪束两山间，如冲崖破峡，两岸石骨壁立，有突出溪中者，为"瑞石飞霞"，峡中有八景焉。由泷溪三里，出百里贤关，谓杨救贫云"百里有贤人出也"。又西北二里为第二关，亦有崖石危亘溪左。又西北三里，出罗潭，为第三关。过是山始开，其溪北去，是为查埠。又西北五里后与溪遇，渡而北，宿于罗家埠。

——《徐霞客游记》

何谓"贤人"？孔子曰："所谓贤人者，好恶与民同情，取舍与民同统；行中矩绳，而不伤于本；言足法于天下，而不害于其身；躬为匹夫而愿富贵，为诸侯而无财。如此，则可谓贤人矣"（《大戴礼记·哀公问五义第四十》）数百年后，杨公谶言变为现实。人们惊奇地发现，泷江两岸有欧阳修、胡铨、

◎ 泷江湖光

文天祥、王艮、刘俨、彭教、罗伦等非凡人物。

百里贤关，群贤毕至。杨公真神人也。泷江流域百姓又称百里贤关为杨公坪，是为纪念。而贤关自然成了庐陵大地不息文脉的一道闸门。

出三关，向水南。快艇在江上如飞，江水在太阳的照射下泛起粼粼波光。水鸟匍匐在水面，其前行的速度之快难以想象，羽翼划开的水面，留下一条美丽的航线，快艇近前的时候，水鸟迅速沉入水底。

这一段河流处在宽阔的盆地上，河岸宽，村落多，山在远处，视觉舒服，是泷江最美一段。"五里三状元"就出在这一段河流两岸。

泷江北岸，水南与富滩交界之地，泷头隐逸在山环水抱之中。公元 1464 年（明天顺八年），彭教高中状元，更不凡的是，籍贯永丰、小时候与彭教同在泷头读书的表兄罗伦，两年后也高中状元，为泷头再添光环。

　　说起来也是上天眷顾，天顺七年二月会试，闱中起火，烧死举子九十余人，彭教幸免于难。原因是会试路上，彭教和仆人因返程归还捡拾的一只金钏而误进考场。

　　大凡才高者气傲，为人刻厉，同辈人多不喜欢。从政十几年，昔日状元只升过一级。41 岁时独子景文不幸离世，经此番打击状元命休矣。如此周遭让人伤怀。而对于泷头彭氏，让人伤怀的还不仅于此。现在的泷头居有彭、陈、刘、郭、张五姓 50 余户，让我不解的是，彭氏仅存第十八世孙彭信林一家在此居住。彭信林告诉我，村中古建多为陈姓所有，彭氏宗祠早已坍塌，独留这栋老宅，算是状元家族的一份祖业。

　　生于泷头，死葬泷头，其号东泷，著作《东泷遗稿》《泷江集》不离"泷"字。泷江，这条生命不息的母亲河因彭教走进了浩瀚宏阔的《中国文学家大辞典》。

　　"泷江彭氏贞斋记"，一块老砖，镌刻着状元家族的不朽。

　　水南因泷江穿过，分水南、水北，夏朗位于水北。状元刘俨墓坐落在村前的田野里，墓坐东南朝西北，明堂开阔，尽显华贵，似是守望泷江和故园。

　　公元 1442 年（明正统七年）刘俨高中状元，授翰林院修撰。这一年他 48 岁，已是做祖父的年龄。其实他 24 岁就中了举人，次年会试又中了副榜，本可以早入仕途，但他不肯就职，似乎他还有更高期待。一个寒门子弟直达生命巅峰，夏朗"忽如一夜春风来，千树万树梨花开"。

　　刘俨勤于学，励于行，深得皇帝信任。卒于任上，谥文介，赠礼部侍郎。介者，正直。此谓朝廷对其不俗的评价。刘俨"立朝正直，居乡亦有令德"，不然他也不会将老家夏朗作为自己的生命归宿。当年刘俨病故，皇上令礼部论祭、工部造坟、兵部拨船运送。如此规格怕是朝中少有。

刘俨嗜书好学，古文风格明快通晓，享誉文坛。毕生著有《刘文介公集》三十卷和《四库总目》行于世，又尝预修《五伦书》《历代君鉴》，并总裁《寰宇通志》《宋元通鉴纲目》，可谓著述等身。

"支分朗水状元第，派衍东城宗伯家"，刘氏宗祠显得有些破旧、寒碜。两进一天井，堂内倚墙摆放着打谷机、晒垫等农具，野草在天井里盛长，蝙蝠栖伏在屋顶瓦梁间，闻得动静扑腾飞舞，地面遍布蝙蝠粪迹。不见堂匾，细细察看墙砖刻字，方知堂名"缉庆堂"。天井两侧的两对红石立柱阴刻楹联"翰苑观花兄弟叔侄联及第，青云接武父子公孙继登科""衣冠缉宋室之隆木本水源兴仰止，元魁庆明代之盛承先启后在于斯"。曾经的夏朗书香浸透，弦诵不绝。

山谷中，一条小溪流来，宛若带状，名曰带源。王艮生于斯，长于斯。不是状元，又是状元。从泷头到夏朗，再到带源，唯有带源将王艮生平事迹图文并茂地陈展村口，让临者肃然。带源人这样推崇王艮，让我有些意外。

公元1399年（明建文元年）王艮参加乡试获得第一名，次年赴京会试得中贡士。廷试对策第一应点状元，没点的原因却是因为"貌寝"，状元之名易为同乡胡广，王艮位居榜眼。虽然如此，建文皇帝还是不舍王艮的丹桂诗，因此私赐王艮为状元，授翰林院修撰。

带源人口口相传的丹桂诗中，王艮是何等的悠然自信、超凡豪迈。"骑鲸直上九天台，亲见嫦娥把桂栽。恰好广寒宫未锁，被臣和月撮将来。"胡广纵然自负，"月中丹桂连根拔，不许旁人折半枝"，岂料连"月"都被王艮"撮将来"。虽然王艮只得了个名誉状元，仍欣喜于怀，并作《状首梅》以贺胡广：

消息无边最是神，花魁独占讣先真。

安排调鼎多南士，遂坠分看仅北人。

磊落应收今蜡暖，孤高不染半星尘。

160

赣江向北流

玉白自有凌云志，收拾天庭第一春。

公元1402年（明建文四年），燕王朱棣攻破京城，准备自立为帝。当时解缙、胡广、吴溥及王艮聚在一起，商量应变事宜，大家都劝说王艮，要他一起去迎接新君，但王艮只是流泪，一言不发。之后不久，王艮写下了他一生的最后一首梅花诗——《同心梅》：

造化无殊此段神，并头冰玉泄天真。

形如此目疑同气，利若断金俩二人。

种出上林堪献瑞，名登堂武岂封尘。

几回抚物低首看，一片冰心不判春。

书毕，他和母亲、妻子诀别："食人之食者，当忧人之忧；乘人之车者，当死人之事。"表示自己一死决心。他告诉妻子："你好好侍奉母亲，我再也不能照顾你们了。"然后点燃香烛，整好衣服，面北而拜，饮鸩而亡。

王艮，字敬止，吉水人。建文二年进士。……燕兵薄京城。艮与妻子诀曰："食人之禄者，死人之事。吾不可复生矣。"解缙、吴溥与艮、胡靖比舍居。城陷前一夕，皆集溥舍。缙陈说大义，靖亦奋激慷慨，艮独流涕不言。三人去，溥子与弼尚幼，叹曰："胡叔能死，是大佳事。"溥曰："不然，独王叔死耳。"语未毕，隔墙闻靖呼："外喧甚，谨视豚。"溥顾与弼曰："一豚尚不能舍，肯舍生乎？"须臾艮舍哭，饮鸩死矣。

——《明史·王艮》

王艮一生痴爱梅花，以梅抒怀，以梅言志，作《梅花诗一百首》，堪称梅花诗中珍品，可惜诗随人去，留下不绝暗香。

一座老宅院门前，一对古老石狮守护着如梦岁月。"五里三状元"，刘俨活了63岁，彭教活了42岁，两人因病而故。而王艮，生命更为短暂，在世只34年。"几点奇花异若神，青青碧萼自留真。迎来歌舞偏成梦，散入溪桥岂媚人。错落光残烹夜雪，横斜影浅脱飞尘。何郎去后谁知己，一度清吟一度春。"王艮以别样的决绝活出了生命的长度和厚度。

## 2

凤凰山自东向西逶迤至此形成一道低冈，把沙溪挡在了西面。地名泷冈，在中华大地树立千年不朽文化具象。

欧阳修中学坐落在冈上，或许是出于对欧阳修的崇敬，西阳宫牌坊内欧阳修读书堂、欧阳文忠公祠以及泷冈阡表藏馆等建筑一并圈进了校园。据欧阳修后人欧阳水秀介绍，欧阳修次子欧阳奕后人在清朝迁回老家，在冈上修建房屋，守护西阳宫。中学修建的时候，冈上的房屋全部拆除，而欧阳水秀数十年初心不改一直守护西阳宫。

欧阳修读书堂是一幢祠堂式建筑，这幢建筑是后来修建的，大概是因为画获教子的故事。公元1011年（北宋大中祥符四年），四岁的欧阳修随母回乡归葬父亲。这是欧阳修第一次回乡，父亲没了，孤儿寡母如何生活？在泷冈的日子里，母亲郑氏为了不误儿子的前程，只得用荻教儿子在沙地上写字。离开沙溪，母子俩投奔在随州做官的叔叔欧阳晔，叔叔对母子俩关怀备至，欧阳修在为叔叔撰写的墓志铭中写道："修不幸幼孤，依于叔父而长焉。尝奉太夫人之教曰：'尔欲识尔父乎？视尔叔父，其状貌起居言笑皆尔父也。'修虽幼，已能知太夫人言为悲，而叔父之为亲也。"尽管欧阳晔并不富裕，但不至于连侄子读书用的纸墨都买不起，可见画获教子并非发生在随州。欧阳修成名之后，宋朝皇帝在吉州永丰县明德乡沙溪村，敕建欧阳修读书堂。

其实欧阳修家族并非出自沙溪，但沙溪与欧阳家族渊源太深。唐末泷冈平民英雄彭玕率几千乡民保卫家乡抵抗黄巢乱军，后被授吉州刺史。欧阳修曾祖欧阳郴在其属下任吉州军事推官，后升任武昌令，将第六子欧阳偃（欧阳修爷爷）交给彭玕当门客。但欧阳偃性情高洁，认为考进士太俗，隐居不仕，因而遭彭家子弟取笑。欧阳偃此时已结婚育有三子，即观、晔、旦三兄弟。一家嗷嗷待哺，欧阳偃为了生活不得已去南京参加考试，被授南京街院判官。不到三年南唐亡国，不久欧阳偃丢下妻儿一病而亡，年三十八岁，葬入吉水葛山乡回陂祖坟内。祖父欧阳郴见三个孙子没了依靠，就投书沙溪彭家，请求关照三个孩子。根据记载，当时彭家殷实，富甲一方。欧阳观孤儿寡母四个只得遵命投奔沙溪彭家打工谋生。欧阳观在沙溪教私塾，弟弟欧阳晔一边读书一边帮忙，母亲和幼弟欧阳旦则帮彭家打杂，一家总算有一口饭吃。母亲病亡，三兄弟不知所措，彭彦昭当即命人送去棺木钱。欧阳观兄弟三人把母亲入了殓，却又犯了难，不知葬去哪里？彭家又赠地给欧阳观葬了母亲。之后欧阳旦娶彭家女子为妻。欧阳观兄弟中举后即往吉水县城南紫竹书院任教，兄弟同中咸平三年进士。而欧阳观正是在吉水县城教书时与吉水罗田郑满娇相识相爱，生下一代文宗欧阳修。欧阳观死后，由于其母葬在沙溪，而沙溪又是他工作生活过的地方，于是遗言葬于泷冈。

**附录：分宜彭氏族谱与沙溪水源族谱记载**

先太尉兄弟居永丰沙溪，丁五季之衰，而富贵独盛焉。时欧阳（修）公之祖（偃）为其门下士，遭彼先祖母之丧，家贫不能葬，太尉怜之，助以棺椁，并阴地一所。故再世为生欧公，彭氏子弟每以门下士慢之。宋德隆盛，欧公以进士至参政事，修五代史。而诸彭在五代者，事功不小，欧公乃怀前恨不为入史。嗟夫！以直报怨，以德报德，孔子至正之论也。欧公不然，岂非私意之甚者乎？厥后两家构隙，欧公子孙不得复守先业，虽有泷冈阡表，徒为虚空。而彭氏子孙日益蕃盛，可慨也夫！今不明以示之，则后世罔知其故，用是乎书。

——分宜《彭氏族谱》

环公宏开沙溪基业，子孙蕃衍，散居各邑，独我师俊公仍依故里。师俊公比欧阳修之父欧阳观先生年长一十四岁，两人交往甚密，亲如兄弟。

——永丰沙溪《彭氏族谱》

（彭玕据守）十里王岭也。初授东面指挥，援使有功，奏授吉州刺史，又金紫光禄大夫、左仆射，功超授检校司空，封太傅太尉，加封安定王。子十一人，以"彦"名，皆显任重职。其五子彦昭官至静江节度使、检校太保，子十五人皆以"师"名，居沙溪之罗城。其季师俊为虔州押司将军，生子六，皆以国名。其第六子国宝自幼颖异，侍父官于虔州，从学欧阳观先生，观曰："是儿，瑚琏之器。"遂名之曰国宝。

——永丰沙溪《水源彭氏族谱序（旧）》

泷冈阡表藏馆是一幢加建的建筑，据欧阳水秀介绍，过去只有一个亭子，1959年改建成了一幢楼。公元1070年（北宋熙宁三年），欧阳修护送母亲郑氏、发妻胥氏、欧阳妻杨氏的灵柩，回到家乡泷冈。这是欧阳修第二次回到故乡。此时欧阳修六十有四，显然他是要作最后交代。之前他命人到青州买了碑石，请人刻写《泷冈阡表》。而之所以选择此时回乡，他在《泷冈阡表》中亦有交代，大概是功成名就衣锦还乡吧。

八月桂花飘香，欧阳修扶着母亲的灵柩，带着陪他生活了大半生的胥夫人和杨夫人踏上了千里回乡路。鄱阳湖浩渺，赣江波澜不惊，张家渡热闹非凡，泷江终于迎回了他的子孙。欧阳修生于四川，长于湖北，殁于安徽，葬于河南。

◎ 泷江阡表

　　欧阳修的父母合葬墓在江西老家，欧阳修的结发妻子胥夫人，欧阳修的第二任妻子杨夫人，都葬在沙溪凤凰山上。爱欧阳修的人，葬在江西老家。欧阳修爱的人，也葬在江西老家。如此情结似乎可以解读"庐陵欧阳修"或"永丰欧阳修"。

　　公元1071年，65岁欧阳修来到颍州定居，过上了寓公生活。此时的欧阳修，已经是无欲无求，只想着终老在颍州。公元1072年9月22日，欧阳修在颍州家中去世，享年66岁。公元1075年，欧阳修被安葬在河南开封府新郑县。欧阳修曾经担任开封府尹，并且颇有政声。欧阳修葬在开封，也算是得偿所愿了。

◎ 西阳宫

◎ 欧阳公祠

西阳宫居中的欧阳文忠公祠庄重肃穆，静静地诉说欧阳修的一生。千年过往一如流不尽的沙溪水。

## 3

我不知道三坊前头是上固，上固东南是泷江源头良村，而上固西北是欧阳修的故乡沙溪泷冈。我在泷江囊括的这个圈中竟然以不同目地走了四个来回。

事实上，我也没有足够的时间一次走完这个区间。而这样的行走也给了我思考的空间。让我意想不到的是，车在龙冈、良村一带并不是在崇山峻岭中穿行，这条通道似乎还很开阔。

泷江绕着龙冈西去，过龙冈桥是万功山区域，这个区间山并不算太高，但林子很密，曾是中央红军第一次反"围剿"的主战场，张辉瓒在此被捉。毛泽东豪情满怀，写下著名的《渔家傲·反第一次大"围剿"》：

> 万木霜天红烂漫，天兵怒气冲霄汉。雾满龙冈千嶂暗，齐声唤，前头捉了张辉瓒。

> 二十万军重入赣，风烟滚滚来天半。唤起工农千百万，同心干，不周山下红旗乱。

我要去的良村毗邻龙冈，是第三次反"围剿"的主战场之一，而第二次反"围剿"主战场在东固，大致一、二、三次反"围剿"都发生在泷江流域。这样的走读让我十分惊奇。而让我更加惊喜的是，在这僻静之地竟然还有一幢万寿宫。

位于良村镇上的万寿宫，修建于清雍正年间，面宽 17 米，进深 28 米，分前中后三进。戏台坐北朝南，为木石结构，高 5.5 米（含台基），宽 9 米，进深 7 米。戏台两旁的耳房及走马楼保存完好，天花板上的藻井彩色图案依稀可辨，戏台前的观演场地可容纳观众千余人。

万寿宫是赣商的标志性建筑，如此大规模的万寿宫出现在吉安与赣南交界的路上，说明什么呢？我突然想到泷江下游渼陂的万寿宫，两座万寿宫同时出现在这一条江上，它是否可以说明这条东向延伸的商道往日的繁荣？而既然是商道，何尝不是一条人口迁徙的路？其实良村过去一直隶属永丰，上世纪 50 年代才划入兴国。良村在兴国是客家民系，而在永丰即非，这样的思考是否值得重视呢？

良村坊间传闻，江西最后一位状元刘绎出生在良村。刘绎家境很好，父亲是教谕，善良而博学，世人赞誉。让教谕焦虑的是，儿子刘绎一直不会走路，

◎ 良村万寿宫

人家孩童一岁多在地上乱跑，他的孩子好几岁却不会走，这让他好生困惑。一晃多年过去，刘绎已 8 岁，依旧下不了地。高人告诉他，不必忧虑，回去买几丈红布摊于地，放你孩儿红布之上，若能行走，请千万搬家，迁往大地方居住。教谕回家依嘱买来红布铺地，儿子刘绎果真大步行走，于是举家迁往永丰县城。

永丰对良村坊间传闻不以为然。聂家是明代兵部尚书聂豹的故乡，聂豹的后人告诉我，刘绎是聂家的外甥。当年刘绎的父亲刘振流落永丰街头，是聂家大老板聂任光收留了他，还把女儿许配给他，这才有了状元刘绎。

刘振出身书香门第，祖辈世代都是读书人，因家中遭遇瘟疫，全家只剩下刘振挺了过来。成了孤儿的刘振走投无路，只能在永丰县城打散工。当时聂家村聂任光田宅广有，是个有儒商气质的大老板。聂老板经常要请搬运工装卸货物，刘振每每都去给聂老板打散工。时间长了，聂老板觉得刘振这个小伙子诚实精明，日后必成大器，就把女儿许配给刘振。聂老板乐意为女婿铺路，把刘振引进了永丰县商业圈。刘振本来就很聪明，有老丈人提携，很快就成了大老板，并且有了儿子刘绎。孩子天资聪慧，喜爱读书，参加"拔贡"考试取得优异成绩，做了宜黄教谕。公元1831年（清道光十一年）考中举人，1835年（清道光十五年）殿试夺魁，被道光皇帝钦定为状元。舅舅看到外甥高中状元，把聂家在县城最好的地送给外甥建状元府。

作为全国最有才华的人物，本身就是民间最好的谈资，所以坊间有许多故事并不为奇。但我似乎更相信永丰的说法。

刘绎属于大器晚成的那一类，39岁中状元，在京做官的时间只有两年，史料记载，公元1837年（道光十七年），刘绎以三品京堂的官衔任山东学政。本来，刘绎在南书房行走，常能觐见皇帝，可不知为什么很快便被扫地出门，转到地方做学政。或许是性格的原因，很快又以父母年迈乞归故里，状元从政昙花一现。

状元回乡迷恋教育，在白鹭洲书院和青原书院担任主讲长达三十年，主持白鹭洲书院十年。刘绎搞教育默承渊源，昌明正学，以省察躬行为本，经明行修为要，"鹭飞振振兮，不与波上下；地活泼泼也，无分水东西"，他为白鹭洲书院撰写的楹联，难道不是他为学为人的最好诠释？似乎他淡忘了状元身份，竟执着于为地方修志，为家族修谱，他曾总纂《江西通志》《吉安府志》，为地方接续文脉。在《八十自序》中，他说：平生进未尝有一日诡遇，退未尝有一日暇逸。


见杨柳色已伤春，听杜鹃声更怆神。

正是清明时节雨，又来路上作行人。

◎ 状元府

　　这首清明祭祀的诗如此平淡，却又是如此感人。状元一生淡泊恬静，平淡无奇，却是自强不息、踏踏实实的君子。

　　掩蔽在高墙内的状元府邸，经过维修满园翠绿，状元郎端坐园子中央手持长卷安然自得，城墙外恩江流水细细汩汩，徜徉在这清幽之地文香馥郁。

# 乌江记

    源出灵华山的乌江一路向北，到达乐安牛田忽然向西穿越永丰盆地，然后在吉水大东山的峡谷中流入赣江。乌江的这个弯转得太大，让人惊诧于大自然的神奇。

    历史上乌江流域的区域版图几经修改，处在乌江下游的吉水建县最早（隋大业末），版图最大；北宋至和元年永丰建县，从吉水的版图上剥离出大片区域；南宋绍兴十九年乐安建县，又挤占了永丰的版图。而在永丰、乐安、宁都相交的这个区间，公元280年（西晋太康元年）建县的宁都，还从永丰划走了一些地方，永丰的版图就此落定。无意间，永丰的版图被塑造成了一个宠物，新修的恩江古城增置了一座牌坊，上面的楹联曰："瑞兽朝天邑治皇皇居首脑，文星择地魁元济济耀江南。"充满了自信和自豪。

    从吉安的版图看，地处东北角的永丰偏僻，但从江西的版图看，永丰处在中央，是名副其实的江西腹地。作为人们通常说的"庐陵文化"片区，永丰又嵌入雩山山脉，连接赣州、抚州两大文化片区。在文化的交融中，永丰是一条重要的东西走廊，其地位不言而喻。

而处在下游的吉水更是藏风纳气，占尽一江春色。建县 1300 年，进士 600 人。如此成绩，国人称羡。

# 1

灵华山是雩山山脉的一个高点，海拔 1453 米，界于吉安永丰、赣州宁都、抚州乐安三市三县处。据说三个县都有小路通往山顶，但是永丰的路径最为方便，有一条水泥路直通山顶。

从中村上山，山高林密，古树参天，路边茅草葳蕤。山里的雾袅袅升腾，从山涧中弥漫开来，远处看不真切。但车窗外仍然可见原始的氤氲生态，红豆杉、水杉等有"第三纪遗留植物活化石"之称的植物，以及钟萼木、香果树、闽楠、银杏等珍稀树种不断撞入眼帘。车到海拔高度 700 米的时候，浓雾密布，像是挂着一层厚厚的白纱，能见度很低，我干脆眯上眼睛任凭车在山道上颠簸。到达梨树村海拔高度超过 900 米，雾已经覆盖了整个大山，车在雾中行，只能看见眼前的路以及路边稻田收割过的禾菟。我在想，这么高的海拔，雾几乎天天有，这高山的田该怎么种？

车在陡峭的山道继续行进，耳膜承受的压力越来越大。我的眼睛紧紧盯在车的显示屏上，看着海拔一点一点升高。海拔 1200 米处到了灵华山的脚庵凌云寺。这是一座古老的寺庙，匾书"天下望宿"四字，两边书写着门联：

华连南海众仙毕集扫红尘秽污
名扬神州威震大地解众生寒苦

人们传说灵华山是仙山，这也是灵华山名字的由来。灵华山有三处庵场寺庙，顶上有当地人俗称的顶庵，向西稍下有中庵。据说凌云寺香火很旺，农历

◎ 凌云寺

六月十九日是观音菩萨生日，当天永丰中村、宁都东韶、小布，甚至很远地方的人都会来到山顶烧香拜佛，求财祈福。2011 年 10 月，四川省西昌市方兴稀土公司董事长廖维凯先生游览灵华山捐款 16.12 万元，寺庙为他立了碑。碑文开文写道："云山叠叠连天碧，路僻林深客常游。远望狐蟾月皎皎，近闻经声闹喧喧。山高路遥采名扬，风水宝地出天子。"按照碑文的表述，所谓天子地竟跟刘邦有关，说是刘邦祖上天作之坟在此，后来刘邦用仙人助三尺青锋剑定天下，故称孕育帝王的风水宝地。如此说法不知据在哪里？

　　登及山顶，一路无树，只有矮草。深秋时节，草已泛黄，在浓雾遮盖下毫无生机。雾中行走，飘飘欲仙。据说山巅可一山观五县（宁都、永丰、乐安、南丰、广昌），可惜阴天雾大，我什么都看不到，只能想象大山里的流泉飞瀑。这大山孕育的乌江、梅江源在何处，我已经无须领略了。

灵华山的东南面是宁都小布，镇子上的万寿宫是第一、二、三次反"围剿"的指挥中心，在很多影视剧中都有镜头。我没有找到下山的路，只能原路折返，从中村前往小布。这条通道路程很短，只半小时车程，虽在峡谷，两边的山对峙，但还算宽敞。始建于明末清初的小布圩镇，有高山休闲地的美誉，棋盘形的镇子很有风味，大街、横街、鱼行三条主街，加上老官庙、鸡行、姜行、豆子糯米行、番薯芋子行、线香草鞋行、柴行等小街小巷有七八条之多。各街各巷集中通往圩市中心万寿宫酒楼下，给人以一种清新简朴洁净的美好印象。

小布万寿宫始建于清嘉庆十八年（公元1813年），距今已有200多年历史，总占地面积约4000平方米，其外观如同当地祠堂建筑，青砖封火山墙，小青瓦屋面，砖木结构。正立面为四柱三间三牌坊式门，装饰和线饰繁复，额书"福我江西"四字。平面布局由三条轴线组成，均为一进两厅式，但左右不对称。中路为主厅面阔三间，下厅三间打通形成一大厅，上厅底部为神台神像，左右次间为器具间。左路和右路皆为配殿性质，面阔均为一间，所供为佛道神像。万寿宫门前两侧分别是"土地庙"和"白马庙"，两座庙皆高两层攒尖顶阁式结构，庙前均设有一高大的石香炉。正对万寿宫大门的是一木构大戏台，这也是赣南现存最大的古戏台，戏台与万寿宫之间铺地全部是河卵石精铺，四周被民居所包围，右为狭长老街和其他巷道及民居，成为当地集庙会、商贸、街市于一处的庙宇建筑，是赣南最具代表性的万寿宫之一，也是除南昌万寿宫外保存最为完好的万寿宫。

在这偏僻之地，小布万寿宫规模之宏大，构造之精致，着实让我意外。在雩山山脉的中段，从良村到小布的这两处万寿宫是否可以说明两地曾是赣商云集之地？如是，永丰的这条东西走廊在浩瀚的历史长河中似乎并不寂寞。

◎ 小布万寿宫

## 2

乌江给流坑带来的财富是巨大的。在族落聚居的传统社会，流坑凭借人多势众抢占了乌江的水运权，山里的物资源源不断运出去，而财富也滚滚而来，流坑才得以营造成千古名村。乌江水流不止，流坑生生不息，自南唐建村以来，其科举之盛、爵位之崇、经商之富、建筑之全、家族之大在江西独一无二，已然成为赣中文化符号闪烁江南。

我多次寻访流坑，流坑的千年过往，我在《小民家国》一书中作了系统表达。从流坑直下永丰，乌江招溪纳涧，到达永丰的时候已成浩荡之势。报恩寺塔静静地守护乌江北岸。然而报恩寺塔并非镇水塔，而是一座纪念塔。《江西通志》记载："报恩寺在永丰县西坊，唐天宝间，中书侍郎徐安正庐母侯氏

◎ 报恩寺塔

墓，以故宅为寺，因此原名报恩镇，故寺亦名报恩。元废。明洪武二年（公元
1369），裔孙建塔寺右，弘治八年间修，嘉靖间废，万历二十一年徐氏子孙重
修。"该塔为密檐式青砖结构，塔身石灰抹面，与飘檐青白相间，淡雅大方，
圆锥形铁质塔刹冠三重相轮，通高 29.8 米。塔形挺拔雄浑，颇具晚唐遗风。

乌江是一条多情的江。永丰人称之为恩江，人们不假思索，认为是因报恩
寺塔而得名，却经不起仔细推敲。报恩寺塔始建于公元 1369 年（明洪武二年），
在这之前，很多文献中就有了恩江之名。乌江古称濒水，或许是永丰出了一代
文宗欧阳修的缘故吧，在北宋时称文江，恩江得名应在文江之后。那么此"恩"
何来？根据《宋史》记载，这个恩源自"瑶华秘狱"。宋哲宗听信宠妃刘婕妤
的谗言，废了孟皇后。因为流坑人董敦逸公正办案，孟皇后才得以从轻发落，
迁住瑶华宫。

公元 1129 年（南宋建炎三年），金兵大举南侵，孟后与六宫宗室西逃，
在文江与赣江交汇处，孟后指着从东而来注入赣江的文江问身边侍臣："东水
发源何处？"侍从答曰："从董敦逸家门前来。"孟后闻之，望着滔滔不息的
河水，回首往事，感慨万千。她命侍臣取金杯舀河水一杯，一饮而尽，动情地
说："吾之恩人也，饮此水以报之。"从此恩江之名广为流传，并成为永丰官
方的江名。


董敦逸，字梦授，吉州永丰人。登进士第，调连州司理参军、知穰县。
时方兴水利，提举官调民凿马渡港，云可灌田二百顷，敦逸言于朝，以为
利不补害，核实如敦逸言。免役夫十六万，全旧田三千六百顷。徙知弋阳
县。宝丰钢冶役卒多困于诱略，敦逸推见本末，纵还乡者数百人。元祐六
年，召为监察御史，同御史黄庆基言："苏轼昔为中书舍人，制诰中指斥
先帝事，其弟辙相为表里，以紊朝政。"宰相吕大防奏曰："敦逸、庆基
言轼所撰制词，以为谤毁先帝。臣窃观先党，圣意本欲富国强兵，鞭挞不

庭，一时群臣将顺太过，故事或失当，及太皇太后与皇帝临御，因民所欲，随事救改，盖事理当然尔。……比惟元祐以来，言事官用此以中伤士人，兼欲动摇朝廷，意极不善。"辙复奏曰："……臣闻先帝末年，亦自深悔已行之事，但未暇改尔。元祐改更，盖追述先帝美意而已。"宣仁后曰："先帝追悔往事，至于泣下。"大防曰："先帝一时过举，非其本意。"……于是敦逸、庆基并罢。敦逸出为湖北运判，改知临江军。绍圣初，轼、辙失位，刘拯讼敦逸无罪。……复除监察御史。论常安民为二苏之党，凡论议主元祐者，斥去之。改工部员外郎，迁殿中侍御史、左司谏、侍御史，入谢曰："臣再污言路，第恐挤逐，不能久奉弹纠之责。"哲宗曰："卿能言，无患朕之不能听；卿言而信，无患朕之不能行也。"瑶华秘狱成，诏诣掖庭录问。敦逸察知冤状，握笔弗忍书，郝随从旁胁之，乃不敢异。狱既上，于心终不安。几两旬，竟上疏，其略云："瑶华之废，事有所因，情有可察。臣尝阅录其狱，恐得罪天下。"哲宗读之怒，蔡卞欲加重贬，章惇、曾布以为不可。……明年，用他事出知兴国军，徙江州。徽宗即位，召入，为左谏议大夫。迁户部侍郎。卒，年六十九。

——《宋史·董敦逸》

当年"瑶华秘狱"案，其实很简单。孟后之女久病不愈，请来方士施法，被皇妃刘婕好诬告为巫蛊之事，结果被哲宗弄成一桩大案，共捕押涉案太监、宫女30人，并施以酷刑，毁肢割舌，残酷不堪。公元1096年（北宋绍圣三年）御史董敦逸奉命审理"瑶华秘狱"案，他深知哲宗宠爱刘皇妃，命他再审无非是复录一次，以显示哲宗圣明。如果太过认真，遭贬丢官甚至杀头都有可能。出于良心和正义，董敦逸仍然上书为孟后申述其冤："中宫之废，事有所思，情有可察，臣尝阅录其狱，恐得罪天下。"结果是绍圣四年被贬知兴国军（今湖北阳新）。但孟后却因董敦逸秉公剖冤，而从轻废贬于瑶华宫，史称"瑶华秘狱"。

赣江向北流

公元 1100 年（北宋元符三年），哲宗驾崩，徽宗继位，下诏复尊孟皇后为元祐皇后，后又尊为隆祐太后。董敦逸加直龙图阁，知荆南（今湖北江陵）。不久召为左谏议大夫，奉命出使辽国，贺辽主生辰。辽主要其行下臣之礼，董敦逸执礼不屈，辽主恼怒将其幽禁，并令其无灯夜读"皇陵碑"。他借助萤光诵熟，第二天背诵如流，辽主以为有神灵相助，非但没有加害于他，反赐貂裘送他回国。归国后，他口诛笔伐蔡京一党，再贬知江州（今九江）。

也许是蔡京一党过于强大，而徽宗不得不做出妥协。但对于这位白须御史，徽宗还是照顾有加。或许董敦逸还没有动身去九江，新的圣旨就到了：户部侍郎加御史大夫，封长清开国男，食邑三百户。但此时董敦逸感到累了倦了，他已经没有力气履新职了。公元 1101 年（北宋建中靖国元年），董敦逸以年老病弱乞归而终，享年 70 岁。

魂归故里，算是善终吧。

## 3

地处吉水县城东郊的大东山群峰逶迤，高峻雄伟，海拔 891.3 米，是乌江进入赣江的屏障。乌江在此拐了一个弯，这一拐，拐出了一番别样天地。

大东山有着悠久的佛道儒文化，拥有 1700 年的佛教史，与庐山，武功山共享三灵山的美誉。《吉水县志》载，三国孙吴赤乌年间（238 年—251 年）大东山云隐寺僧人达 1000 人。唐朝时般若禅师在此讲经说法，香火十分旺盛，遂改云隐寺为般若庵。白居易、苏东坡、黄庭坚等历代名人学士前来拜谒。明朝吉水状元罗洪先曾在这里读书，并为般若庵作记。南宋吉水诗人杨万里冬游大东山赋诗：

> 只知逐胜忽忘寒，小立春风夕照间。
>
> 最爱东山晴后雪，软红光里涌银山。

◎ 七里湾

　　大山孕育大江，大江滋养人民。江山相连，人民相托。

　　车在大东山脚下乌江西岸行进，峡江水利枢纽蓄水后，乌江下游跟着赣江水满，碧波荡漾，与两岸青山相映成趣，好一派旖旎风光。给我向导的吉水作家周小鹏一路讲解，给我带来无比惊喜。

　　渔梁，乌江西岸一个大村庄，房屋鳞次栉比，这里出了刑部左侍郎廖庄，他是明宣德五年进士，也是个性格刚烈之人。根据史料记载，廖庄"喜面折人过，而实坦怀无芥蒂。不屑细谨，好存谢宾客为欢狎。既官法司，或劝稍屏谢往来，远嫌疑。庄笑曰：昔人有言臣门如市，臣心如水，吾无愧吾心而已。卒之日，无以为敛，众衷钱助其丧"。听者唏嘘。

◎ 七里村

　　七里村，乌江东岸一个不大的村庄，远处看，掩映在树林里的房屋都是新的，这个村出了右都御史熊概，明永乐九年进士。史料记载，此人性格刚毅，巡视江南，威名甚盛，《明史》有传。

　　滩头，乌江东岸的一个村子，靠近乌江岸边，这个村庄似乎新屋不多，老建筑年头也不远。这个村庄早年从吉水谷村迁出，仍然保持了祖居地耕读传家的好传统，明正统元年李同仁进士第，官居福建都运使。明崇祯十年李世元进士第，官居湖州大司马。

　　没走几里，小鹏兄如数家珍。他告诉我，吉水民间有句俗语：上三里，下三里，中间弯头还一里。说的是，乌江流到七里村这个地方拐了个大弯，弯头的上游三里，下游三里，弯头居中，其长一里，故称"七里湾"。在这七里路上，历史上英才辈出，众星闪烁。让人疑惑于这一方山水的神奇。

枫坪，东山东岸的一个大村子，有赵、李两个姓氏。公元1265年（南宋咸淳元年），赵氏一门同科九进士：父辈赵必省、赵必堂，儿辈赵崇禋、赵崇衎、赵崇袘、赵崇祆、赵崇彤、赵崇煜、赵崇赞。这一门如此阵营着实让人惊讶。就连赵氏儿辈的名字也让人难以捉摸，这名字怎么个叫法？而李氏也不简单，出了监察御史李陈玉，明崇祯七年进士；知府李正鼎，清嘉庆三年由国学生援例授县丞。

坐落在乌江墟镇河边的崇桂书院，现在已无踪影，但当年却是这一方学子们的圣殿。邹元标、李陈玉、廖庄、李世元、李正鼎等均在这里讲过学，而他们的学生又有多少登堂入室现在已不得而知，但我可以想象，这个背靠东山、面朝乌江的学堂定是人们的心仪之所。

堑邹村或者叫前江，这个建在山坡上的村庄是明左都御史邹元标的故乡。邹元标是庐陵地方名气很大的人，民间说他是脖子最硬的人。公元1577年（明万历五年）进士第，在万历官场邹氏以敢言著称。史载，因反对张居正"夺情"，被廷杖八十，发配贵州。流放六年之后，公元1582年（明万历十年），回朝廷吏部做给事中，血性丝毫未减，多次上疏改革吏治，再次遭到贬谪，降为南京吏部员外郎。在南京邹元标待了三年，称病回家。从万历十八年（公元1590年）至万历四十八年（公元1620年），邹元标整整三十年居家讲学，未涉仕途。想必崇桂书院里的桂花即拜他所赐。

邹元标是著名的东林党领袖，与顾宪成、赵南星合称"东林党三君子"。明光宗即位，征召邹元标为大理寺卿。尚未到任，又被提拔为刑部右侍郎。不知为什么这位斗争精神饱满的斗士，晚年却是和蔼可亲。公元1621年（明天启元年）四月，邹元标带着春天的温暖重返朝廷，向明熹宗进谏"和衷"之议。

有人议论他不如刚开始做官的时候有气魄。更让人费解的是，当年被张居正打断腿的邹元标，多年后却拖着断腿为张居正平反。在邹元标的倡议下，明熹宗为张居正复官复荫，开启了平反之门。在邹元标看来，张居正是有功于社稷的。国家搞成这个样子，就是因为把张居正的改革成果推翻了。

公元 1624 年（明天启四年），在邹元标重返朝廷后的第四年，74 岁的邹元标在吉水家中逝世。公元 1628 年，崇祯皇帝追赠他为太子太保、吏部尚书，谥号忠介。

七里湾是一个美丽的湾，千百年来它不知泊进了多少人的心灵梦想。

# 4

永乐十三年那场雪下得蹊跷。昨天天气晴朗，京城热闹非凡，皇帝领着文武大臣赏灯。听说着火了，还烧死了一个锦衣卫。今天却下起了雪。牢室的空气是干的，解缙感觉嘴唇干裂，他望着窗外，看大朵的雪片随风飘下。

吉水解氏是名门望族，公元 901 年（唐天复元年）解缙的基祖解世隆和族人解从龙、解争盛同中进士。南唐升元三年（公元 939 年）解稷谟、解醇谟、解益谟等兄弟同中进士。南唐保大三年（公元 945 年）解契谟、解皋谟、解圩谟等兄弟同中进士。吉水解氏先祖解世隆做过吉水知县，定居吉水后，至明朝永乐年间，解氏一门数十人进士第。

解缙是天才，与徐渭、杨慎并称明朝三大才子。公元 1388 年（明洪武二十一年），20 岁的解缙与兄解纶同登进士第，朱元璋欣赏解缙，史料记载两人形同父子，朱元璋希望他知无不言。解缙受到鼓舞，先上万言书，后上《太平十策》，没想到被朱元璋批："散自怒。"这三个字什么意思？自作多情？没事找事？或许是想给这小子一个教训，解缙被贬为江西道监察御史。

然而解缙并没有接受教训。也许是腹中有才无处发挥，不知何时起解缙有了代人写奏疏的嗜好，这一次他代人写的是为李善长辩冤。李善长何许人也？

那是跟朱元璋一起打江山的老伙计，既被朱元璋打倒哪有翻身的可能？怪只怪解缙不懂事。这一次真是惹怒了皇帝。朱元璋把解缙父亲叫进京，客客气气说，你儿子还嫩了点，想必大器晚成吧，你把他带回去，用十年时间好好教教他。

公元 1398 年（明洪武三十一年）朱元璋驾崩，解缙按捺不住，觉得有了进京的借口，可他又错了。还没满十年呢！有官员奏他，他被贬为河州卫吏。河州在今甘肃临夏，是一个"徒步一身辞北阙，苦寒万里到穷边"的地方，"陇树秦云万里秋，思亲独上镇边楼。几年不见南来雁，真个河州天尽头。"而立之年饱受孤独的折磨，解缙应该长点记性了。

才子就是才子，终还是有用武之地。公元 1404 年（明永乐二年），成祖朱棣记起解缙，解缙官至内阁首辅、右春坊大学士，主持编纂《永乐大典》。这是解缙一生最辉煌的时候，可惜时光太短。永乐三年，朱棣愁上了立储之事，解缙似乎轻描淡写，三个字告诉皇帝：好圣孙。朱棣采纳了，内心里仍是犯嘀咕，暂时就这样吧。而朱高煦恨上了，这就为解缙的死埋下了祸根。

永乐四年（公元 1406 年），解缙被诬为"试阅卷不公"，再贬广西布政司参议。临行前，礼部郎中李至刚因与解缙有宿怨，又诬缙，故即改贬交趾（今越南），命督饷化州。可谓雪上加霜。行前解缙写了一首诗："多情为我谢彭郎，采石江深似渭阳。相聚六年如梦过，不如昨夜一更长。"（《赴广西别甥彭云路》）到了越南，解缙已是彻底失望了，他在《交趾即事》中陈述："蛮女艳妆争粉黛，夷人村鼓聚儿童。可怜新息犹遗庙，铜鼓荒凉草棘中。"

公元 1410 年（明永乐八年）解缙的辉煌时光画上了句号。这一年朱高煦给他父皇说话了，解缙与太子往来甚密。这也没什么，可是这父子俩都有恨，于是用一个"无人臣礼"的罪名戴在了解缙头上。解缙最终被下狱。

公元 1415 年（明永乐十三年）的夜里，锦衣卫都指挥佥事纪纲走进了解缙的牢室，侍从把酒菜端在桌上。两个人开始喝酒。解缙不知道死亡正等待他，他像是很久没喝了，一边纵论国家，一边开着玩笑，酒如琼液浸润身体，他苍白的脸泛红，红透，变黑。

这一夜或许还有诗，只是锦衣卫早没心境欣赏大才子的风雅。这一夜他只等解缙醉倒。解缙的头终于伏倒在桌上。这一刻，解缙或许仍在梦想着什么？他是一个天真的人，一个有太多梦想的人，一个无拘无束自我的人。

牢外的雪越来越大，随着锦衣卫一声"来人"，解缙的身体便像空气一般被人撵出了牢房。

他感觉冷的瞬间，已经不知道挣扎了。似乎他的身体与这大地上的雪融为一体了。或许在这一瞬间，他才知道了自己的命数。

那就让这漫天的雪埋葬我吧，这种死法总算没有玷污我的洁白。

四十七岁正值壮年，他的才华正如琼浆喷发，何止是《永乐大典》，何止是诗五百，纵然他没有从政的天赋，他也会是一颗亮彻大明的星。

一个摇曳多姿的生命毫无悬念被大明吞噬。

# 5

南门洲是乌江进入赣江冲击形成的沙洲。千百年来南门洲芳草萋萋，是周边村庄的放牧地。被捡拾过的南门洲建造了吉安中国进士文化园，展馆内设立了中国进士厅、江西进士厅、吉安进士厅。开科以来，中国超十万进士人名俱在其中。煌煌大园壮哉。

选择吉水做吉安中国进士文化园自然有说得过去的理由。吉安古称庐陵，自古文风鼎盛，三千进士冠华夏。吉水是江西十大文化名县，六百进士天下罕二，坊间盛传"一门三进士，隔河两宰相，五里三状元，十里九布政"。而选择南门洲同样独具慧眼，水路进京是古代学子们的最佳选择，南门洲北上京畿，南下岭南，东进闽西，西出湘东，可谓四通八达。

眺望乌江入口，云天碧水，状元高阁，大桥飞架，楼宇幢幢，气韵不凡。吉水作家周小鹏满怀深情写下了《吉水赋》：

◎ 进士园

　　赣中胜地，江南古邑。前身石阳，后属庐陵。赣恩二江交汇，分水状如吉字，故名吉水。东汉永元置县石阳，距今一千九百四十余载；隋朝大业始名吉水，至今一千四百余年矣。东辟永丰，南邻青原，西接吉安县壤，北连峡江之地。方圆二千五百有九里，人口五十七万余。倚京阙之隆盛，携湖湘之秀灵，揽闽越之海望，采粤港之商机，内修凝练，外铸诚挚。造神奇之功，禀天地之气。

　　吉水美哉，美在山水。大东山享帝王之神气，万华山如少女之绮丽；白兔岭险峻，嵩华山秀奇；赣水纵贯南北，

◎ 远眺进士园

　　鉴湖闪亮城邑；同江婉约，泷江秀丽；将军山险，石莲洞奇；
文峰倒笔写天，鹭峰展翅欲飞；中华洞瀑布直挂，云隐寺
钟声潆洄；桃花岛娇艳，青湖洲雄屹；东吴古墓，江南第一；
燕坊古村，景色旖旎。水清山翠，稻香鱼肥。美哉，吉水！

　　吉水美哉，美在人文。文章节义，文风蔚起。崇尚耕
读兴家，书院天下次席，万世传颂，千秋美誉。古文运动
欧翁起，万里诗篇诚斋体；解缙编大典，洪先绘地理；陈
子鲁重开丝路，罗复仁义降陈理；东林领袖邹元标，四部
尚书李振裕……检点史册：进士近千，状元六位，榜眼探

花各三四。文臣武将，名列典籍：杨邦乂抗金至死，庞季安抗元豪气，刘伯文舍身全友，黄孔应莆田享祭，毛伯温安南怀柔，罗少保居庸拒敌，刘同升军营捐躯，李邦华殉国蹈义。丹心于国，赤忱在民。壮哉，吉水！

吉水美哉，美在红色。革命老区，公略县址，朱军长战场，毛委员旧居。阜田命令，枪声惊敌胆；木口调查，宏文伟天地。吉水儿女，前赴后继，热血洒疆场，生命献庶黎：巾帼英烈肖国华，视死如归斗顽敌；投笔从戎李文林，开创赣西根据地。细点验：开国将军一十九，革命英烈六千一；处处见弹片，村村有烈士。豪气壮山河，美名垂青史。红哉，吉水！

吉水美哉，美在今朝。天时接地利，人和享运气；莺燕翔集，凤凰于归。东列国道一零五，西陈赣粤高速路，赣江水道畅，京九铁路疾，浩吉专线直达，昌赣高铁飞起，南驰北骋，连港通畿，天涯咫尺，四海邻比。客商翩来，企业鼎起，六大产业携手并肩，厂房车间鳞次栉比，园区耸新城，工业焕体系。新农村如火如荼，美家园可歌可喜：井冈蜜柚，优质稻米；牛羊满山，鹅鸭遍地；苗木花卉，乡村美丽。更兼高楼拔地，城镇日新月异：医院迁建，校园新立；城区西拓，新桥又起；路堤结合涌新貌，碧湖映日展神奇。喜哉，吉水！

今朝辉煌灿烂，未来前景更喜。亮嗓舒喉，歌千秋壮举；挥毫泼墨，绘盛世华衣。统筹兼顾，齐心合力。和谐平安当头，又好又快作基。同筑复兴中国梦，齐构命运共同体。美哉，吉水！民富县强，指日可待；家兴国盛，昂首同期！


进士文化园的设计者郭丽文是吉水人，他以古典造园手法，点亮中国进士文化，展现中国传统文化中的优秀基因。深入骨髓的家乡情怀，使这一处古典园林尽显地域风格。香樟树是吉安最有代表性的乡土树种，几乎每个村落都有几棵千年古樟，在吉安民间自古就有"无樟不成村"的说法。与香樟林同时营

赣江向北流

造的是竹林。竹林位于藏书楼东侧及北侧，陈继儒《小窗书记》载："亭后有竹，竹欲疏；竹尽有室，室欲幽。"竹是有德君子，具有坚劲之节，清雅拔俗。园区内营造这片竹林，让人徜徉其间，感受清风拂面，享受余音袅袅的竹叶之鸣。

进士文化园借助大量植物营造空间，达到"四季有景，三季有花"的效果。通过密植的方法建造九个花卉灌木区域，称之为"九园"。九园依据春、夏、秋、冬四季布局思路进行种植，春季有樱花园、橘园、玉兰园、桃李园，夏季有紫薇园、桂花园，秋季有红叶园，冬季有松园及梅园。园与园之间的隔离带由密植的乔灌木搭配而成，将各园自然隔开形成独立的园中园。正如杨万里的诗："三径初开自蒋卿，再开三径是渊明。诚斋奄有三三径，一径花开一径行。"一种若明若暗、若隐若现的意境直达心灵。

匠心独运的布局，让人心旷神怡。中国进士博物馆对景，鳌山顶上的状元阁气势恢宏。及第大观、书香万古、香溪环山、庐陵印象、泉涌吉水、鼎元天下、远浦归帆、大成至圣、高步云衢、鱼跃太和、映日荷色、文峰古渡、鱼升龙门、对台唱古、仙壶鸥鹭、状元府第、闹墨忆梦和独占鳌头等十八景深入其中，重廊阁宇，柔美雅致，如诗如画，曲径通幽，宛如天开。

从东门入园，往北入"藏书楼"洗礼书海，穿过"竹林"，过"松园"，爬鳌山俯观全园。绕鳌山往北，入"远浦归帆"之船坊，近距离观览赣江与乌江交汇之壮景，感知十年寒窗学子乘舟赴考的场景。穿过鳌山西麓往南，入"文庙"瞻仰孔圣人，过"棂星门"可往南进入樟树林观状元牌坊。在此可以往东寻幽，也可以往西探古。过状元门，逛古街，看一场地方戏曲。临"状元府第"，品一餐状元宴。再往南感受十年寒窗的文考场及武状元的夺魁之地。

寥廓江天，盛世大观，洗心荡怀。

# 袁江记

武功山脉的博大不仅在于它的高度，而且它的体量几乎逶迤到了赣中。作为罗霄山北支，武功山东出泸水，西出袁水，如此大的能量足见其伟。

水的流向定格了一方水土的性格。我在武功山西麓突发奇想，如果芦溪一直向西，那么赣湘交界的这块土地必是另一番传奇。但是芦溪经过山口岩神奇转道，向东流入赣中腹地。

一般而言，湘江作为秦帝国由北向南的主要通道明显优于赣江，到了汉朝另一番景象依稀呈现，赣江成为汉帝国进入岭南的黄金水道。公元前 201 年西汉大将军灌婴在宜春筑城设立县治，此时武功山东麓的安平郡已经分崩离析，赣西和湘东的版图各归其主。

"风萧萧兮白鹭起，雨蒙蒙兮野狼啼"。公元 820 年（唐元和十五年）韩愈贬到袁州时的这番景象，无疑包含了文人际遇的内心情愫，但是此时地处袁江下游的赣中腹地已是风生水起。韩愈是袁州文化的源头，他像种子撒播赣西，在袁州大地流成了一条风韵千古的秀江。

状元洲地处秀江中游，像一只随水沉浮的鸭子，被人称作"鸭婆洲"。洲上"山光群翠合，水邑四周平"，是江西第一位状元卢肇的发祥地。韩愈离开袁州二十三年后，袁州大山里如雨后初晴气象万千。

十里五里碧滩接，一桨摇出青山青。

推篷回首望长江，袁江远在千山上。

袁江源自芦溪，至宜春名秀水，至新余名渝水，至樟树入赣江。似乎这条江经过哪里都有自己的名字。其实这条江古时称作南水或者牵水，亦称渝水，但在东汉时因为袁京的到来就有了一个共同的名字：袁江。

# 1

从武功山东面迂回到西面，我在崇山峻岭中穿行，真实地领略到武功山脉的恢宏浩荡。进入明月山区的时候，我考虑是否先在宜春停顿，然后再往武功山西的芦溪。但是萍乡的朋友已经等在山口岩，我的考虑自然是一己之念。山口岩处在萍乡与宜春相交的位置，是芦溪进入袁水的隘口，两岸高山对峙，峡谷中的溪流在坝下形成潺潺流水，显然溯袁水入萍的可能性不大。在春夏雨水丰沛时节，或许不能排除放排的可能性。从历史渊源上看，萍是袁属地，但从地理上讲，萍乡与三湘的联系或许更加紧密，源出武功山脉的萍水也是湘江的一支，从这个意义上讲，萍乡作为由赣入湘的孔道也是天作之合。

沿着芦溪南下，武功山西的景象与我在安福看到的大相径庭。武功山东是安福辖区，而西面是芦溪的地盘，分属两市两县。萍乡对于武功山景区的打造，其力度远超安福，这也难怪萍乡举全市之力，连武功山景区管委会都是县处级的建制。尽管安福开发武功山的历史很长，但照着现在这个趋势，用不了几年西风定然压倒东风。萍乡的朋友告诉我，山的那一面就是安福，如果坐缆车上

◎ 山口岩

山，用不了四十分钟就可以到达金顶。这个地方是东西两个方面上山的终点。

西望武功山，高耸的黛色山峦依稀在目，但我没有上山的打算，因为我熟悉金顶的草甸。驱车前往宜春，走进被徐霞客誉为"观日景如金在冶，游人履步彩云间"的明月山。

其实看山需要角度。明月山是武功山脉次峰，海拔千米以上，站在合适的位置，十二座高峰罗列，形似半轮明月。温汤河源自明月山，是袁水的主要支流。据说明月山有石，夜光如月。唐代诗僧齐己诗云："山称明月好，月照遍山明。欲上诸峰去，无妨夜半行。"清同治年间的《安福县志》记载："月山，即明月山。在治西百里，石洁如白雪，光照数里。上有仙坛，

◎ 武功山西

祈报甚多。"明月山温泉最有名。《太平寰宇记·袁州宜春县》记载："《郡国志》云，宜春南乡有温泉，以生卵投之即熟，水中犹有鱼焉。"又州图云："去州南三十五里，冬夏常热，涌出，以冷水相和可去风疾。"清馆吏郑鼎游山归来又浴温泉时，曾盛赞温汤温泉："千山揽遍未须钱，薄暮荒村又得泉。热不困人寒不冷，亦狷亦狂亦神仙。"温汤镇依托明月山自然景观、禅宗文化、最早梯田和温泉开发建设特色小镇，吸引了越来越多的游客。

我不是第一次上明月山，但这一次我想看看仰山禅宗。青原行思是禅宗重要一支，对于仰山禅宗我并不熟悉。公元841年（唐会昌元年），慧寂禅师由湖南郴州来到仰山，见四面各

◎ 仰山寺

有佳峰，每峰如一莲花之叶，数十峰连绵叠嶂，便在这里搭建茅屋隐居下来。他自号"小释迦"，世称"仰山慧寂"。慧寂居仰山二十年，创立了禅宗五家中的第一家，因其发端于湖南沩山，成形于仰山，故称"沩仰宗"。

　　仰山栖隐寺古称仰山寺、栖隐寺、太平兴国寺、兴国古寺，是沩仰宗的祖庭。寺庙坐落于集云峰下的盆地，与一般寺庙相比，建筑很有气势，也富有特色，似乎没有一般寺庙的中规中矩。背靠集云的正殿雄伟，照壁上"方圆默契"几个字方正圆润，而旁殿的建筑则讲究变化，层层叠叠，飞檐翘角，与周边山体深度融合，梵声缭绕中，让人感受一种别样的亲和。仰山栖隐禅寺兴起于唐代，鼎盛于宋元，延绵于明清，清朝道光年间几

近毁于火。鼎盛时期，仰山栖隐禅寺有殿、堂、楼、阁二十八座，僧人逾千。宋代著名文人黄庭坚、范成大、辛弃疾、朱熹等都曾慕名造访过。黄庭坚赋诗赞曰：

简师飞锡地，天外集云峰。

拿石松根瘦，欹窗竹影浓。

山寒侵破衲，涧响杂疏钟。

客问西来意，无言凭短筇。

仰山是明月山最富人气的地方。据专家考证，这是古籍中记载垦殖梯田之始。南宋诗人范成大在《骖鸾录》中写道："出

◎ 仰山梯田

庙三十里，至仰山，缘山腹乔松之磴甚危，岭阪上皆禾田，层层而上至顶，名曰梯田。"范成大亲历描述，说明明月山梯田形成于南宋之前，至今千年。这与我考察的遂川桃源梯田形成很大的认知差距。南宋之前在土地尚宽余的情况下，什么人需要在山上垦殖梯田？千年之前什么人走进了这座云遮雾罩的偏远之地繁衍生息？

## 2

袁江穿城而过，似一条玉带环绕袁州。北岸双峰对峙，东边的大袁山与西边的小袁山像一对牵手的兄弟。

公元116年，袁水为牵水，袁山为五里山的时候，牵水之滨，五里山满目葱茏宛若处子。四十七岁的河南人袁京来到五里山。立冬时节，鸟雀归林，雨雾缭绕。袁京被森林的原始气息包裹，他深深呼吸这山中的空气，凝望霜叶染红的层林，似乎很满足。

　　不知道袁京是从哪条道进入宜春。豫西至此数千公里，其间无数名山大川，为何单单相中五里山？若论隐，严子陵选择的是一处远离城市的僻静山野。而五里山之巅宜春县治依稀在目。让袁京始料未及的是，他的到来让这一片江山易名。牵水易名袁水，五里山易名袁山。宜春设立郡治后，其名亦为袁州。

　　袁京无非是一个隐士，何以让他生活过的这一片江山易名？

　　袁氏是京城名门望族，袁京父亲袁安是司徒。袁京兄弟三人，长兄袁裳，以儒学兴家，被和帝迁为郎官。弟袁敞，刚直廉厉，不阿权贵，时任郎中、侍郎、侍中、步兵校尉，公元108年出为东郡太守，同年拜大仆，后迁光禄勋，公元115年任司空。公元116年其子与尚书郎张俊书信交往，泄露朝廷机密，被皇太后和外戚邓氏兄弟逼迫辞职后自杀。袁京成长的年代从公元69年到公元87年（东汉永平十二年至元和四年），汉明帝刘庄及其子章帝刘炟励精图治，政治清明，山河无恙，史称"明章之治"。不幸的是，袁京工作的年代外戚专权，宦官干政。始于和帝刘肇的外戚掌权，把东汉的政治生态搞得乌烟瘴气。袁京初拜郎中，稍迁侍中，出为蜀郡太守。在宦官专权、外戚乱政的腥风血雨中，袁京被迫辞官。他抛妻弃子南下云游，只想寻个地方隐姓埋名了此余生。

　　袁氏家学渊远，父亲袁安以精通易学而举孝廉，历经明帝、章帝、和帝三朝而不衰，其从父辈起研学孟氏《易》，已成为袁氏家学，并影响子孙后代。袁京在北山荷锄躬耕，抚琴引鹤，潜心研究易经，卓有成效，泱泱《难记》传播天下。为当时研究《易经》有成就的名士之一，世称高士。袁京是继东汉大隐士严子陵之后，第二位极具影响的山中高士。袁京的名气传到了洛阳，朝廷三次派人请袁京入朝为官，可袁京不为名利所动，三次都拒绝了回洛阳的机会，依旧在宜春过他的隐居生活，每天布衣宿食，斗笠草鞋，俨然一个山中老农。而他的儿子在京城却官运亨通。长子袁彭，少传父业，历任广汉太守、南阳太守，次子袁汤历任司空、司徒，直迁太尉。其孙袁逢（袁汤子）也官至大傅，其曾孙袁绍、袁术均为三国时期著名人物。

传说袁京徒步返京看望父母妻儿，走到自己家门口，仆人却不让进去。他们想不到这位穿粗衣布衫、足蹬草鞋、面容清瘦的农人，竟然是权倾朝野的大司徒的公子。幸好乳娘认出了他，他才得以与父母见面。袁安见儿子如此穷困，执意劝他不必再去隐居。但袁京谢绝了，他说他回来只是为了看看父母，看到父母安好，他就要回去了。袁安劝阻不了，就叫人拿来银两衣物，备好车马，准备送袁京返回宜春。袁京笑曰，我能耕种，要这些钱物做什么，我有双脚，可以安步以车。他什么也没有要，仍是包袱雨伞，飘然回到山中。

公元142年（东汉汉安元年），袁京病逝于隐居的宜春五里山，时年73岁。袁京死后，他的淡泊飘逸为世人景仰，人们将他葬于五里山的半山腰。宜春人遂将五里山改称袁山，称对面的望尖山为小袁山。后世为他修高士祠，建高士书院，甚至把袁山对面的一条路叫作高士路。隋朝撤安成郡改郡址称袁州。文献记载："袁山因袁京而得名，袁州因袁山而得名。"

"云山苍苍，江水泱泱，先生之风，山高水长。"这是范仲俺唱给严子陵的词，送给袁京亦不为过。明朝大儒方孝孺在《高士袁京赞》中写道："紧袁之山，富春并峻，紧袁之水，严滩比清。严袁两公，东汉齐名。"而明朝的另一位诗人叶涵云更是对袁京推崇有加，他赋诗曰："汉室两伟人，千古更无比。子陵义诚高，毕竟有所倚。天子为故人，调节卧不起。客星犯帝座，光武成其美。匹夫百世师，劈空楼台起。矫矫留孤踪，先生犹贤矣。"道出了世人向往淡泊的内心期许。

隐士实则隐而不仕，是封建政治生态下的产物。到了南北朝，隐士似乎是一种时尚，而隐士文化更是愈加丰富，陶渊明的隐逸诗千古传颂：

结庐在人境，而无车马喧。
问君何能尔，心远地自偏。

赣江向北流

◎ 袁京墓

采菊东篱下，悠然见南山。

山气日夕佳，飞鸟相与还。

此中有真意，欲辩已忘言。

我相信，宜春山水被袁京铸魂。

# 3

公元 1167 年（南宋乾道三年）八月，朱熹从武夷山前往岳麓书院访问山长张栻，这一行横穿江西，是朱熹第一次过袁州。朱熹一生三过袁州，写下了10 多首诗，其中一首广为流传。

> 我行宜春野，四顾多奇山。
>
> 攒峦不可数，峭绝谁能攀？
>
> 上有青葱木，下有清泠湾。
>
> 更怜湾头石，一一神所剜。
>
> 众目共遗弃，千秋保坚顽。
>
> 我独抱孤赏，喟然起长叹！

其实，宜春山水之美，不仅有朱熹的唱和，历史上韩愈、郑谷、陆希声、张商英、辛弃疾、范成大、黄庭坚、朱熹、徐霞客等许多文化名人都留下过诗文。韩愈曾任袁州刺史，他对世人说"莫以宜春远，江山多胜游"。

其实，韩愈在袁州任刺史的时间只有九个月，这么短的时间何以在袁州留下如此大的影响？袁州之前，韩愈还做过不到两年的潮州刺史，在潮州韩愈的影响千年不衰，以至今日潮州人念念不忘这颗"南迁的种子"。而这两地的任职皆因上书谏迎佛骨表触怒宪宗皇帝。公元 819 年（唐元和十四年）正月，韩愈被流放潮州任刺史。公元 820 年（唐元和十五年）十月，五十三岁的韩愈被量移袁州，算是皇帝的恩赐了。

其实，九个月能干什么呢？或许一个官员在地方的影响主要还是在于他的精神气质。韩愈位居唐宋八大家之首，是大文豪啊，自然要被人慕其名仰其行。然而这仅仅是形式，内在的精神气质更让人动容。潮州之行，鞍马劳顿，爱女不幸夭折；袁州之行，侄儿染病离世。韩愈两岁丧母，三岁丧父，由长兄抚养长大，视兄嫂如父母，同样视侄儿如己出。面对仕途失意和痛失亲人双重打击，作为地方父母官的韩愈没有忘记自己的职责，每到一地"察民情、施惠政"。《宜春县志》载："宽刑禁，尚文学，悉奉昌黎为法。""昔韩昌黎自岭南移守于此，教化既治，州民交口颂之。"袁州的后任者把他作为一面镜子，将府衙后堂的堂匾取名为"景韩堂"，到了明朝易为"仰韩堂"，明朝知府徐琏对"仰韩堂"作了深刻诠释："事君仰其忠，交友仰其信，爱民仰其政，养士仰其学，恤孤仰其慈，进谏诤仰其鲠直，扶世教仰其原道，排异端仰其佛骨表，除民患仰其训鳄鱼，悯奴赎仰其禁为隶，慕文章仰其泰山北斗。"（《袁州府志》卷十三）崇尚简约，启迪民智，这恐怕是官员可以传世的秘籍吧。

耸立袁山之巅的昌黎阁，需要告诉我的或许就是这些吧。

袁山因为高士隐居，已经不是一座普通的山。宜春人在山上设置了览胜阁、文澜阁、清风亭、松风亭、历史广场、名人草堂、归田园居，以及碑林、石刻等历史文化景观，开发了百花园、珍稀植物园、水生植物园、鸟语林、观光果园、梵音飞瀑、花台叠水等自然生态风景区，以及儿童乐园、欢乐广场、音乐花园、攀岩、益寿园等休闲娱乐区，是一个寓教于乐的市民文化公园。行走山中，曲径通幽，云遮雾漫，怀古幽思油然而生。袁山墓亭，纪念高士袁京；云姑亭，纪念宜春籍宋成恭夏皇后；鹧鸪亭，纪念宜春籍唐名诗人郑谷；地处山巅的昌黎阁，纪念唐文学家、政治家韩愈。我想寻找的仍然是袁京的踪迹。可是历史太过久远，我看到的只有袁京的石雕以及石雕后面的墓亭。作为袁氏后裔，袁隆平院士为他的先人题写了墓碑：袁京之墓。袁京踪迹全无，在公园中行走很难体会隐士之风了。

# 4

仙女湖是袁江最美的一段。湖泊跨分宜、新余数十里，面积 50 平方公里。

◎ 昌黎阁

湖泊内山被水淹，水被山阻，山重水复，岛屿遍布。泱泱大湖，含烟吐翠，美不胜收。

　　仙女湖不是天然湖。1958年修建江山水库抬高了断面水位形成湖泊。1995年新余人把江口水库做成旅游产品。《搜神记》中有关"毛衣女下凡"的传说，自然走进策划者的视野。一个传说把江口水库演绎成人皆向往的仙女湖。人工和自然巧妙结合，这种创造算是天工开物吧。

豫章新喻县男子，见田中有六七女，皆衣毛衣，不知是鸟。匍匐往，得其一女所解毛衣，取藏之，即往就诸鸟。诸鸟各飞去，一鸟独不得去。男子取以为妇，生三女。其母后使女问父，知衣在积稻下，得之，衣飞去。去后复以迎三女，女亦得飞去。

公元 1635 年（明崇祯八年），奉新人宋应星来到分宜县，他的工作是县学教谕，这份工作很轻松，尽管报酬低，但毕竟可以糊口，让他有条件开始著述《天工开物》。

何谓天工？《尚书》云："天工，人其代之。"何谓开物？《易经》云："开物成务。"天工开物，开发万物，成就万物。

朴素的唯物论和辩证法在资本主义萌芽时期，像一颗颗露珠晶莹剔透。无怪乎进化论集大成者达尔文把《天工开物》中的有关论述，作为论证物种变异、进化的重要依据。而让人难以置信的是，这部早进化论上百年，饱含中国数千年智慧，涵盖农业、手工业，诸如机械、砖瓦、陶瓷、硫磺、烛、纸、兵器、火药、纺织、染色、制盐、采煤、榨油等生产技术的大书，却没能敲开资本主义的大门。

当布谷鸟飞临袁江，清脆地叫喊着"割麦栽禾"的时候，春天被唤醒，田野上开始了春耕播种。袁江两岸土地肥沃，春耕夏种秋收冬藏，收获的喜悦浸漫一座座山头。快四百年了，哪里寻得宋先生的踪影？据说钤阳这个地方曾是宋先生秉烛挥毫的地方，现在这个地方已经沉在了江口水库之下，我在湖上泛舟似乎还可以感到当年宋先生的那份激情。他为什么要写这本书？是山野中的稻香以及袁江上忙碌的商船让他感到了世界悄然变化？

然而，这一切我无法找到答案。那么我可以打开《天工开物》来看看中国智慧和先生的思想智慧。

包浸数日，俟其生芽，撒于田中，生出寸许，其名曰秧。秧生三十日即拔起分栽……秧过期，老而长节，即栽于亩中，生谷数粒，结果而已。

凡秧田一亩所生秧，供移栽二十五亩。

浸种、育种、插秧、耘草，每一个生产环节俱在纸上掷地有声。而这个秧田与本田的比例，近代的江西仍在遵循。生命运动极其纷繁，土壤、气候以及栽培方法如何影响农作物品种变化？宋应星不单总结技术，他还在思考物种变异的"道"，这个道似乎已经偏离了老子的形而上，扎扎实实向科学迈出了一大步，宋应星成为当之无愧的生物进化论的先驱者。

凡稻旬日失水，则死期至，幻出早稻一种，粳而不粘者，即高山可插，又一异也。

若将白雄配黄雌，则其嗣变成褐茧。

今寒家有将早雄配晚雌者，幻出嘉种，一异也。

南方种稻，北方种麦。生于南方、长于南方的宋应星如何懂得种麦？公元1587年（明万历十五年），宋应星出生在一个没落的官宦人家，曾祖父宋景位居嘉靖朝尚书、左都御史，官居二品，死后赠太子少保，谥号庄靖，是明代中期重要阁臣。他的父亲致力于考取功名，可惜屡屡不中，但这个家族保持了耕读传家的好传统。公元1615年（明万历四十三年）宋应星乡试中举，当年秋天他信心满满前往京师会试却名落孙山，此后他还有五次进京考试的经历，不幸的是每次均以失败告终。然而，这六次北方之行，让他有机会看到香山红叶，以及北方平原上翻滚的麦浪。

贵溪的炉花、景德镇的窑花、芦溪的烟花映入眼帘，乡村榨油坊的撞声、铁匠铺子里的敲声、袁江上的水车轳辘声、织布机的织声声声入耳，樟树的制盐、窑厂烧瓦、八景煤井，还有分宜凤凰山冶炼遗址，每一种工艺和技术都是宋应星考察、记录和总结的对象。而宋应星的努力在于运用定量的方法，叙述生产过程中原料消耗、成品回收率等方面的数量关系，这样的观念在16世纪中国何其重要。可是分宜山里的小教谕并没有引起人们的重视。

据专家介绍，宋应星是世界上第一个科学地论述锌和铜锌合金（黄铜）的科学家。他指出锌是一种新金属，并且首次记载了它的冶炼方法，使中国在很长一段时间里，成为世界上唯一能大规模炼锌的国家。宋应星记载的用金属锌代替锌化合物（炉甘石）炼制黄铜的方法，是人类历史上用铜和锌两种金属直接熔融而得黄铜的最早记录。当木刻本《天工开物》印刷出版的时候，宋应星即将离开分宜，他凝望这四年的结晶欣喜若狂，遗憾的是泱泱中华的土地上与他同喜的人太少。

在中国，士大夫阶层似乎太习惯孔子式的教化，太强调个体内在的修为，而对于世界上万事万物的变化缺乏应有的兴趣。这就是我们这个民族有着数千年智慧，而在近代世界文明高度发展的情况下落伍的原因。我在阅读先生大著时，饶有兴致地记录下他离开袁江后的生态。


公元1638年（崇祯十一年），宋应星在分宜任满四年，升任福建汀州府推官（正八品）。

公元1640年（崇祯十三年），宋应星任期未满，辞官归里。

公元1643年（崇祯十六年），宋应星出任亳州知州（正五品）。

公元1644年（崇祯十七年），宋应星辞官返回奉新。当年三月，李自成大军攻占京师，明朝灭亡。


明亡后，宋应星一直过着隐居生活。族谱记载："公退居家食，抒生平学力，掞摛文藻。"何为掞摛？《谈天》《论气》，铺陈文藻。先生之风，不知所终。

# 5

临江的崛起似乎早有定数。

在赣中平原与丘陵相交的这块版图上，临江的地理位置尤为独特。袁江、肖江与赣江相汇，形成一个四通八达的河网地带。作为"舟车孔道，四达之地"，临江定然不会默默无闻。

三千年前临江北吴城崛起，这座湮没的古都邑1973年偶被发掘，打破了"青铜不过长江"的论断，改写了江南文明新的版图历史。

两千年前战国粮仓遗址在临江南新干界埠出土，翻开了赣江航运史的最早篇章。

如烟旧梦遁入时空。临江，满怀袁水带来的山里气息，以及京广大运河的浅吟低唱悄然靠岸。"风夹钟声过渡口，月移楼影到江心。"解缙的诗如梦似幻，浸淫大江南北。

公元1485年（明成化二十一年），赣江洪水泛滥，三湖附近决口，洪水向北直泻，夺取永泰以下蛇溪水道。从此蛇溪演变成赣江主泓道，临江不再濒临赣江。袁水绕过临江，北移至樟树与赣江汇合。


成化末，赣水暴至，北冲蛇溪，遂成大川。

——《樟树市志》


"四海宾客行慢慢，吴商蜀贾走骎骎"。作为江南西道驿运枢纽的临江声名鹊起，传统贸易稻米、棉布、柑橘、木材、茶叶、药材、食盐通江达海，其木业、药材、酿造业闻名遐迩。临江木帮与龙南帮、洪都帮号称"江西三大木帮"。诗曰："厚利生涯问木商，今年价较去年昂。近乡半是临江客，隔断萧滩水一方。"漕运时代风生水起的峥嵘岁月点亮临江。

公元 625 年（唐武德八年）临江建镇，至今已有 1300 多年历史。公元 992 年（北宋淳化三年）置临江军，从此拉开军、路、府、署治的帷幕。公元 1277 年（元至元十四年）改置临江路。公元 1369 年（明洪武二年），改临江路为临江府，辖清江、新淦、新喻三县。公元 1526 年（明嘉靖五年），从新淦分出峡江，同属临江府。公元 1562 年（明嘉靖四十一年），设立湖西分守道署（俗称"道台衙门"），辖临江、吉州、袁州三府，临江由此走向发展高峰期。《清江县治》记载，渐入佳境的临江城有 9 坊 6 厢 30 街 31 巷，城市已具相当规模。诗云："万井轻烟浮瓦上，一钩残月挂城西。"作为全国 33 个工商课税重镇之一，临江可以比肩任何一座府城。古府曾经的繁华妇孺皆知，他们会无比自豪地告诉你"城内三万户，城外八千烟"的辉煌往昔。

每一次我都是从府前路进入古府老城，似乎非此不可以打捞旧时光。作为临江军、路、府所在衙门的大门望楼，是江西现存唯一规模宏大的府治道台头门旧址。这座始建于宋代的大观楼以厚大的青砖眠砌为墙面，木结构、歇山顶，楼高三层，巍峨耸立，登楼可眺袁水，望尽古城内外。明成化年间的临江府同知王佐有诗作《谯楼》，诗云：

> 危楼落就冠湖西，画栋飞甍拂彩霓。
>
> 四面山河开壮丽，二仪清浊判高低。
>
> 龚黄今古佳名并，宾主东南众美齐。
>
> 江汉风流如昨日，可能授简不留题。

可惜的是，府衙没有保存下来，从这里走出去的官员人们都记不住了。但有一个孩子在这里出生人们没有忘记。宋朝天禧年间王益在临江军做判官，天禧五年，他的儿子王安石就出生在府衙内住所，后人称之为"维崧堂"。无疑

◎ 谯楼

这也是口口相传的临江记忆。

还有更可惜的是古府城墙。据《临江府志》记载，明正德七年（公元 1512 年），知府熊希古修建砖城墙，高 5.33 米，周长 5220 米，女墙共 2942 座，拥有城门 10 座。诗曰："广济南熏富寿仙，育贤兴化在江边。清波浪朗文明秀，西成万胜转朝天。"借着这些记载，我想象这屹立江畔包裹三万户的城墙该是多么的雄伟壮丽。

我从大观楼斜对面走进万寿宫巷，这条巷子保存着密集的清代建筑。清江户局匾额依然可辨，吟香书屋是一座古书院，

◎ 万寿宫巷

门前的对联"吟风弄月泸溪草，香暗影疏和靖梅"，表达读书人的高雅。《临江府志》记载："临江之有书院，自宋张洽、黎立武始，至明梁寅而益盛。"有据可查的有萧江、芗林、龙冈、明宗、章山、明经、清江、云岩、乐育、孙公、石龙、仰高等书院。临江毕竟是一座府城，书香伴着袅袅炊烟进入青石小巷。解缙在一首名为《游慧力寺》的诗中写道："慧力寺前春水流，菲菲芳草满汀洲。十年不到临江郡，依旧青松接画楼。"在府城行走，这首诗给了我一种莫名的温馨，让我时常有一种回甘之美。

府城建在低冈,小巷幽深,鞭子街高低坐落。公元1093年(北宋元祐八年)八月,苏轼被贬谪广东惠州,途经临江府,在慧力禅寺休养数日,在寺中的写经台上完成了他的小楷杰作《金刚经》,其原件至今保留在樟树市博物馆。传说东坡先生讲学归来,醉眼蒙眬,滑倒于麻石上,竟将教鞭遗落街头,鞭子街由此得名。柳宗元名篇《临江之麋》与鞭子街的传说一道广为流传。

介福巷是一条弯弯曲曲的巷街,因"介"谐"接",寓意百姓接福纳祥。小巷中的民居建筑集合了江浙、赣徽闽等多个地方样式,以两层砖木结构为主,青瓦覆顶,单檐硬山,抬梁式与穿斗式结合,丰富奇丽。众多的民居与商铺随地势布局,曲折蜿蜒,鳞次栉比,构成古府的江城韵味。

"临江府,清江县,三岁个伢子卖包面。"这个童谣出自张恨水的《北雁南飞》,写的是三湖与临江府一带生活风俗。据《清江县志》载,临江是座酿酒品酒之城,诗云:"竹径旁通沽酒市,桃花乱点钓鱼船。""落日照江浦,轻帆过酒家。""酒量吞青海,诗肩夜耸山。"想象当年的酒都会所该是何等热闹,而那些伴着酒的浓烈吟出的诗句,又该是何等空远。

"樟树临江,鱼飞树梢鸟冲波。"千年绝对世代相传。据说袁水边有一杨姓人家,小女杨柳聪明伶俐,才思敏捷,来提亲者络绎不绝。杨柳姑娘别出心裁,决心征联招亲,她抛出这个上联,却无人对出下联。如此况味令小女子怎一个愁字了得。数百年间,耸立介福巷口的牌坊仍然只有上联,或许小女子正盯着下联空白处呢。

◎ 介福巷

　　建于明代洪武年间的万寿宫无疑是临江古建筑的代表作，其规模为五进纵深，面积达 1430 平方米，大门为歇山顶，青石门壁凝似翡翠，殿内幽深，梁木间随处可见素雕花卉飞禽、戏剧人物。万寿宫是宗教建筑，更是赣商的徽标，临江万寿宫是我至今见过的太多万寿宫中的经典之作。它或许可以说明赣商对于这个"舟车孔道，四达之地"的格外重视，以及对南来北往客商的尊重。

　　位于府前街中段的钟楼，因昔日楼上有一口重三千斤的大

◎ 万寿宫

铜钟而得名。如今了然无钟，但它留在府城人心里的钟响轰然。民间有"四川有座峨眉山，离天还有三尺三；临江有座钟鼓楼，还有一截在天里头"的说法。清光绪十六年（公元1890年）秋，知府王绍海作《建复郡城钟楼碑记》详细记录了每一层的情形和结构。

> 楼凡四层，共高七丈四尺，地基东至西计十二丈，南至北计六丈八尺。

◎ 钟楼

　　回望大观楼，两楼对峙，气势恢宏，华丽庄严。古临江的建筑双雄，成为千年府城不朽的地标。

# 锦江记

　　九岭山脉隆起的脊梁把赣湘两省分隔于东西，锦修两江分置于南北。作为罗霄山脉北段东支，九岭山脉把最后一条河流献给了赣江。

　　锦江源自九岭山脉慈化山区，多条涧流汇入蜀江，出万载向东北方向，穿过宜丰、上高、高安，在丰城和南昌相交的厚田、月池一带汇入赣江。

　　锦江古称笛江，这个"笛"给人以无穷的想象。古代人口稀少，万籁俱静，流水如笛？或是锦江岸边骑牛的少年短笛横吹？后来随州治之名改称筠江、瑞江，锦江之名始于晋末。但万载人坚定地称之为蜀江，此番情结不得而知。

　　水往低处流，在这条倾斜的河流上，政治、经济、文化的重心始终在低处的高安。公元前201年（汉高帝六年）置建成县，版图涵盖锦江流域万载、宜丰、上高、高安全部，甚至包括樟树的部分地区。或许那个年代锦江上游的人口稀少，但是到了公元184年锦江流域翻天覆地，北方黄巾起义导致多年战乱，河南汝河一带人口不断迁徙到以上高为中心的广大区域。这一年始建上蔡县，公元280年（西晋太康元年），改名为望蔡县。随着锦江中上游人口增多，建成县的版图在此后一千多年的时空中分分合合，但始终隶属于以高安为中心的建成县，或以筠州和瑞州命名设在高安的府。这是否应了古话"人往高处走"？

公元624年（唐武德七年），锦江流域开启了以高安为中心的府治生涯。因锦江流域筠竹遍野，州名筠州。

# 1

莲萍高速绕着萍乡和宜春，在赣湘交界的九岭山脉穿行，莽莽大山中隧道很多，而且每一个隧道都很长。一路上村庄很少，稍大的村庄更少。到了上栗转道昌栗高速，景象全然不同。慈化山区的山并没有我想象的高。我还纳闷，孕育锦江的山竟然如此平淡。

慈化是袁州区北面的一个镇，毗邻上栗、万载、铜鼓、浏阳，坐落在一个很大的盆地，向东的方面豁口很大，这样的地形地貌着实让我惊讶。我在想，作为赣湘两省的东西通道，或许万载、铜鼓、浏阳一线最优。事实上，我的推断与史料记载基本吻合，万载、铜鼓、浏阳古驿道至今仍有痕迹，这一带民谚中说的"万载的炮竹，浏阳的伞，天宝（宜丰）的女子不用拣"，足以证明这个区间的贸易和通婚的状况。我甚至还可以推断，当年汝河流域大批难民进入锦江流域走的或许也是这条古道。历史的时空湮没了那些拖家带口、束马悬车的流民，但是这条西出湖湘、北上京畿的路却越走越宽。

在慈化，我甚至有些茫然。我不知道眼前的小溪是不是汇入锦江，我更不敢相信，这样的小溪可以汇聚成大河。在镇子上，我跟几位老人聊，他们告诉我，慈化有几个大水库。我顺着老人指引的方向极目远眺，远山如黛，那应该是明月山方向。其实源流不过是远流，上游千山万壑下来的涧流与之汇合才是天意。如果这些涧流流不到一处，又如何汇聚冲破万千险阻的力量。

◎ 天下第一禅林

　　从地理位置上讲，慈化的确是一处不凡之地，《袁州府志》称之为湘赣要冲、吴楚咽喉。公元1166年（南宋乾道二年），普庵禅师回乡创建慈化禅寺，八百多年过去，寺庙经过修缮扩建，规模愈加宏大，寺庙前加建了牌坊广场，牌坊门额上题写着洪武皇帝御赐的"天下第一禅林"，好不气派。慈化寺不在深山，而是在集市。寺的左边是慈化中学，而右边则是集市和村落。大山里难得有这么大一个盆地，自然是村镇集聚的地方。但是普庵的确慧眼，他之所以选择慈化盆地传道自是有他的道理。后来的情况印证了普庵的大智慧。诗云："名山僧占满，问景数南泉"。自古名山名寺相得益彰，南泉山虽然不见得有多美，但寺庙的名联却是佛光闪耀：

> 西极引慈云，宝筏金绳万民咸渡；
>
> 南泉敷化雨，苍松翠柏四季沐恩。

据说普庵禅师是慈化本地人，按照辈分，普庵是禅宗临济宗第十三世子孙。公元1141年，普庵在袁州开元寺受三坛大戒，其恩师即是牧庵法忠禅师。普庵39岁时，因阅读"华严合论"，顿悟"达本情忘，知心体合"，史籍记载普庵此时遍体汗流，震撼不已，久久不能言语。凡人很难体会普庵禅师的际遇，我只知道禅是一种修身的方法，禅的最高境界是心外无物，不假他求。我读《传习录》时，才明白王阳明龙场顿悟的真谛。从这个意义上讲，禅也是凡人通达良知的途径。

然而，慈化寺的名声并非普庵创下的。公元1338年（元至元四年）正月，慈化寺僧人彭莹玉与其弟子周子旺组织5000余名信徒发动武装起义，这些人当中，不少后来成为徐寿辉、刘福通、彭莹玉领导的红巾军重要将领。公元1353年（元至正十三年）袁州城陷，彭莹玉被俘，不久被杀害。彭莹玉是抗元英雄，其形象出现在金庸武侠小说《倚天屠龙记》中。因为抗元有功，公元1385年（明洪武十八年）明太祖朱元璋为慈化寺赐建龙亭，书"天下第一禅林"。

彭莹玉家贫，10岁到慈化寺当和尚。一千多年前黄巾军起义，北方因为战乱远徙他乡的人口中，彭氏即为其一。一千多年后由他领导的红巾军起义，恰似历史的轮回。

# 2

车到万载已近黄昏，夕阳下的万载古城宁静温馨。古街上行人三三两两，铺子里红红绿绿。古衙不复，前往古衙的再思桥仍在。这座桥小巧别致，让我

◎ 慈化寺

不由驻足观赏。

其实小溪很窄，并排放置三块青石板即可通行，却煞有其事做成了一座拱桥。名为"再思桥"，意在提醒前往古衙的人们诉讼三思。如今这座桥只是一个溯古的符号，丝毫没有迟滞行人的脚步。

古街外面是不同姓氏的祠堂，据说有十六姓二十七座祠堂，俨然一座祠堂大观园。这么多不同姓氏的祠堂聚集古城全国罕二，如此奇观令我惊诧。

万载作协主席徐小明先生陪同我走进一座座充满沧桑的古祠。其实我已经是第二次亲近这些祠堂，而这一次夕阳西下，

赣江向北流

◎ 古街再思桥　　　　　　　　　◎ 辛氏祖屋

　　在这种或明或暗的气氛中，我似乎寻得一份绝好的行走。

　　辛家祖屋外表古拙，走进去却让人眼花缭乱。这座建于明末清初的祠居式大屋，建筑面积 1040 平方米，三进三厅砖木结构，建筑内大小天井 10 个，小花园 1 个，大小厢房 42 间。窗花简朴大方，陈设古朴典雅，气象非凡。据说先前上厅悬挂镌刻"学吃亏"红漆金字樟木匾额，"文革"期间匾额被毁，然而作为辛氏家训却代代相传。辛氏家谱记载，从祖屋走出的辛氏子孙有进士 3 人，举人 3 人，翰林学士 3 人，从九品以上64 人。

　　古城各姓诸祠中，郭氏宗祠建造时间最早，数量最多。以郭氏宗祠为中心，四周环绕绿阴公祠、郭挥公祠、郭汉公祠、郭南轩公祠、郭瑞公祠。清嘉庆进士郭大经描述，"邑著姓各有祠，而祠之望推郭氏为最。旧有寝有堂有重门，无以异乎各著姓之为祠也。惟门外有坊，坊外有池，池外有桥，桥外有墙，规模宽敞，则大异乎各著姓之祠"。郭氏宗祠建筑面积1200平方米，围墙内占地5000平方米。祠堂门前建有石坊、月池，入祠可分为一进山门、二入仪门、三过赞亭、四迈享堂、五登寝堂。整座祠堂用料考究，做工精巧，屋柱、大梁采自深山百年古杉、香樟、楠木等上等木材。风火墙巍然高耸，上嵌泥塑花草鸟兽图案，雕刻精细，描金绘彩，富丽堂皇。

而作为郭氏支祠的绿阴公祠更是独树一帜，引人注目。祠堂前门屋顶为叠式翘角，龙骨拱形的无缝木板为瓦托，屋顶为五架抬梁，檐板雕刻精细，檐下匾额"绿阴公祠"大字粗实厚重。大门两边石狮雕着象征长寿的白鹤，雕有双龙戏珠的花鼓石墩，支撑起一对约七米高的四方石柱。这座始建于公元1627年（明天启七年），重建于公元1874年（清同治十三年）的建筑，占地1240多平方米，周墙砖上铭刻"郭绿阴公祠"。祠内合抱祖的杉木屋柱就有42对，鼓形石墩均镌以图案，或龙或凤，或花或草，屏、门、窗、棂、楹、楣、栿、枋雕刻精细。门两侧壁上均绘有山水画和诗词，全祠共有楹联43副。整座建筑分五进，有匾四块，头匾为"绿阴公祠"，二门匾为"进士第"，系明代侍讲学士曾綮所题。三进匾为"司寇第"，四进匾为"五朝重臣"，系明代大学士杨溥所题。祠宇功能完备，"有寝有堂有重门"，更为奇特的是，"门外有坊，坊外有池，池外有桥，桥外有墙"，且"刺书有阁，藏神有寝，会见有堂，贮积有库"。整座祠堂宽宏开敞，深邃穆远，美轮美奂。

宋缉轩公祠建造于清同治年间，建筑面积862平方米，三进式砖木结构，高大肃穆，祠堂前栋八字形门面有两根方形石柱，横匾上书"缉轩公祠"，正大门两旁各有一门，除春冬两祭和重大节庆日外，平时只开两旁侧门。第二进有一赞亭高高耸立，第三进是神寝，安放列祖列宗神位。宋氏族谱记载，宋氏

◎ 绿阴公祠

因安史之乱迁居万载，现逾千年，是邑中望族。从清嘉庆、道光时期始，万载就有"辛、宋、郭、彭"四大家族之称，虽然按人口计宋族占不到第二位，但读书与经商成功人士多，足以让其坐上"四大家族"的次席。

我寻访过大部分江西传统村落，万载古城的祠堂，其大让我称奇，其华让我称羡。祠堂是安放祖宗灵魂、号令族群的地方，一般建在族落。我惊诧的是，为什么有这么多不同姓氏的祠堂建在县城？

公元921年（后梁龙德元年），万载建县。之前万载属高安，上蔡县立，万载属上蔡，分分合合中万载终于有了一个"千秋

◎ 绿荫公祠二进　　　　　　　　　　◎ 绿荫公祠三进

万载"的名分。但是万载终究是一个土客混居的县，万载有 13 个民族，其人口构成较为复杂，县志记载，土客冲突在万载长时间存在，从争山争地到争举子名额，冲突一触即发。公元 1864 年（清同治三年）宋仕辉等族众捐出巨额军饷，朝廷给予褒奖。宋族把朝廷奖赏的文武学额，不仅分给土籍，还分给了客籍，当年获准追加土籍文武学额各 8 名，客籍文学定额 2 名，武学定额 1 名。宋族因此受到客籍各姓人的尊敬，被客籍称为"自己人"。从宋氏族谱记载的这件事上，我似乎看到了土客相争的一些端倪。

　　进入明代，县城建祠之风此消彼长，我揣测，大概是出于诉讼方便的原因。一个姓氏在县城有个办事处，有利于族群之间建立互帮互助的联系。而祠堂无疑是号令族群最好的建筑形式。祠堂成为万载古城一道别样的风景，无意中也成就了古代乡村社会治理的"万载模式"。

可是,为什么会有这么多皇皇大祠集中呈现呢?建豪华大祠需要真金白银,钱是怎么解决的呢?根据郭大经记载,郭氏大祠重修,就是通过族人捐献或族产置换等方式获得资金。郭氏始祖郭世兴宋末元初迁入万载,到了明初,郭琼、郭瑾兄弟家道中兴。郭瑾是明永乐二十二年进士,担任刑科给事中,得到朝廷褒奖,"以所居官赠其父,母亦赠孺人"。郭瑾的祖屋、司寇第以及志喜堂等均散处绿阴池四周,这些建筑在明末建造祠堂时都捐献出来,成为后来郭氏大祠的祠基。郭氏族谱记载,公元1627(明天启七年),由于族人的踊跃捐助,郭氏宗祠很快就矗立在绿阴池边。举家族之力是各姓建祠的原动力,而家族门面则是各姓把祠堂建得极其华美的外因。

赣西锦江边上的这个千年古县让我刮目相看,这样的文化精神感天动地。万载人津津乐道,这块土地养育了山水诗鼻祖谢灵运。其实万载只是谢氏的封地。谢灵运是河南人,平生并未到过万载,也没有写过万载的诗。公元403年(东晋元兴二年),十八岁的谢灵运继承了祖父的爵位,被封为康乐公,享受两千户的税收待遇,开始吃万载的饭,花万载的钱。匪夷所思的是,距离县城2公里的莲花形有一座谢灵运墓,墓前有谢氏后人刻立的麻石墓碑。碑文曰"合族嗣孙某某立,始祖谢公讳灵运字公义墓,光绪七年春月重修"。谢灵运归葬何处不得而知,而万载谢灵运墓为全国唯一仅存有墓碑的实墓。不管怎么说,对于万载,谢灵运毕竟是一份珍贵的文化慰藉。

太阳落山,古城的灯光秀在屋瓦和翘角上流动,辛家祖屋迎来了第一拨吃饭的客人。今天古城祠堂作为餐饮、婚庆和古祠展示等旅游产品,吸引越来越多的客人。在保护中利用,在利用中保护,"万载模式"让人欣慰。

## 3

中午太阳偏西,山谷已经有了重重的山影。进入山门的时候,我并没有注意到山门两翼其实是一座山。似是上苍刻意安排，把这座山掏空了一块，形成一个空洞。

洞山之名，实至名归。

洞山是曹洞宗的发祥地。公元859年（唐大中十三年），良价禅师云游到洞山，当地富绅为之捐地，良价从此在此创寺讲法，从学者时达500人。可以想见当年洞山盛极。

宜丰经历禅宗"老树发新枝"的重要阶段。禅宗史上"一花五叶"，即南岳怀让旗下开创的临济（杨岐、黄龙两派）宗和沩仰宗，青原行思其下开创的云门、法眼、曹洞三宗。其中二叶临济宗和曹洞宗萌发宜丰。两大禅宗同出一县绝无仅有。北宋元丰年间被贬高安的苏辙在其《筠州圣寿院法堂记》一文中写道：

> 唐仪凤中，六祖以佛法化岭南，再传而马祖，兴于江西。于是洞山有价，黄檗有运，真如有愚，九峰有虔，五峰有观。高安虽小邦，而五道场在焉。……至于以禅名精舍者，二十有四。此二者皆他方之所无。详诸五道场，洞山、黄檗、五峰在新昌，九峰在上高，在高安惟真如。其言高安郡者，为其首邑，统言之耳。

三国孙吴黄武年间（222年—229年）宜丰建县，以后兴废多次，至宋太平兴国六年（公元981年）又以宜丰旧地立新昌县，历元明清三朝700余年，到1914年正式定名宜丰。历史上宜丰有寺庙庵堂200多座，其中洞山寺和黄檗寺显赫一时，结构完整，造型别致的500多座佛塔，更以其数量之多、规模之大、历史文化价值之高在全国罕见。

我放弃驱车上山，选择古道步行。一千多年前良价禅师走的大概就是这条路吧，我想踩着古人的节律"亦步亦趋"。拾级而上，林壑幽深，谷底溪流轰

赣江向北流

◎ 逢渠桥

然不绝于耳，树缝中透出的阳光照亮我的脸颊。古树粗大挺拔直指蓝天，呈现出刚性的美。竹像是要给这些大树添加一点柔美，它一丛丛、一片片夹插在树林中。在锦江行走，我发现锦江流域筇竹和箽竹并非一片一片生成竹林，而是见缝插针，几乎所有的山头乔木林中都可见竹。它摇曳生姿，给锦江的山色增添一抹婀娜和柔美。

　　路过桥亭，名为葛溪。当年良价涉渡葛溪，睹影悟道："切忌从他觅，迢迢与我疏。我今独自往，处处得逢渠。渠今正是我，我今不是渠。应须恁么会，方得契如如。"到了北宋时，山中一妇人立誓要在此地建一座石桥，以纪念良价悟道。她拾穗筹资，直至77岁时端坐长逝。其子继承母志，募资兴工，于北宋绍圣五年（公元1098年）建成此桥，桥上增置木结构桥亭。桥名取良价偈语"处处得逢渠"之意，名为逢渠。逢渠桥是江西省至今保存完好的三座北宋古桥之一，被列为国家级文物保护单位。

一挂瀑布从10米高处跃落于幽谷深潭，"白练挂幽谷，银帘抖玉珠"，形成"银瀑飞练"的胜景。水从哪里来？我正纳闷时，山腰处呈现一个大湖，湖岸就是洞山寺。我真是佩服禅师的脚力，他如何寻得这一方洞山。

洞山寺不负曹洞宗祖庭盛名，它背靠山脊，静卧湖岸，两座高高的方塔立于左右，平添威严和肃穆。其他寺房依次排列山窝，整座寺庙整齐素雅。可能是过了诵经打坐的时间，山上一片寂静，似一幅形态安详静美的图画。

曹洞宗修行讲"棒喝"，所谓"棒喝"意即顿悟。"教外别传、不立文字、直指人心、见性成佛"。良价认为无须四处求佛，佛在心中，心即是佛。得道靠顿悟，用不着以打坐息想、起坐拘束其心终年修行来渐悟。由他及其弟子曹山本寂创立并完成的"五位说"成为曹洞宗的禅法理论。在良价看来，万事万物之间存在着"回互"与"不回互"的关系。"回互"指的是事物的联系与融会贯通。"不回互"指的是事物的个性，万物各有其位次，各守本位而不杂乱，因此看问题要着眼于事物的普遍联系和发展变化，这是曹洞禅的哲学意蕴，是对辩证法的天才猜想。由此曹洞宗便成为禅宗诸派中哲学思辨味最浓的一派。

地处洞山西北的黄檗寺是临济宗的祖庭。《江西通志》载："黄檗山在新昌（今宜丰）西，山使绝顶有寺曰鹫峰。"作为临济宗开山立派的始祖，希运主张"心地若空，慧目自现，内无一物，外无所求"，同样主张用所谓"当头棒喝"的方法来打破僧人的迷执。民间有传，希运身高七尺，额有肉珠，举止倜傥。不喜"死读佛经"，更善"我心即我佛"的顿悟灵通。每收领弟子，先

◎ 洞山寺

给"当头一棒"，若能顿悟，便收为徒。从禅修上讲，临济宗
与曹洞宗似乎路径相同。南宋礼部尚书王应麟曾游黄檗山赋诗：
"黄檗去无踪，清流出涧中。乍疑飞冻雨，还觅透寒风。湛性
非尘涵，闻根与暗通。曹溪留一滴，清味此应同。"

"摩诃般若"宛如诗一般在心河流淌，远方是清丽的蓝天，
天宇中有一颗最清净的心，以这颗心去认识天地何其澄澈。微
风吹过，带着禅的味道空灵飘逸，绵长旷远。

3

在宜丰我陷入两难。是先去上高，到高安后再往华林，还
是先去华林，再往上高、高安？我不知道如何行走才是最理想
的路径。我是受了"洞山距离华林不远"的蛊惑，选择从洞山

前往华林的，在折返上高的途中，我感到这样的行走似乎也有道理。

华林属高安管辖，与宜丰、奉新接壤，地处九岭山余脉，往北连接幕阜山脉。一路向北，山势明显减弱，呈现大山与丘陵相间的地貌。但华林山最高海拔仍有 800 米，绵延起伏的大山古木苍苍，云烟袅袅。一千多年前，一心想做皇帝却装疯卖傻的皇叔李忱，得到高僧指点"要做人上人，须到百丈山"。百丈山在奉新，距离华林不远。李忱不远千里到此，自然一并游了。没想到华林之地让他诗兴大发：

> 道人西蜀来，自谓八百岁。
>
> 爱此华林幽，穴居聊避世。
>
> 直风度却难，神仙邈相继。
>
> 灵岫摩天空，鸟道入云迹。
>
> 石蟀紫台封，泉龙点龙憩。
>
> 碧桃花未开，白鹿迹已逝。
>
> 春风撼山馆，急雪舞林际。
>
> 涤除衣上尘，刮尽眼中翳。
>
> 何当赠刀圭，岂复使俗吏。
>
> 吾不学李宽，盗名取嘲戏。

华林对于李忱不过是短暂的过往，他的"爱此华林幽，穴居聊避世"骗过了很多人，也为他当上皇帝铺平了道路。公元 846 年，李忱登基，成为唐朝第十六位皇帝。此行华林，我并非探寻这位"隐忍"皇帝，华林让我动心的是两个家族漫长的繁衍历史。

华林牌坊是进入华林的标志性建筑，大梁正中镌刻的"华林"二字系胡耀邦之子胡德平题写。华林胡氏族谱记载，胡耀邦是华林胡氏第 39 代后裔。从

◎ 华林牌坊

这座牌坊进入华林，我似乎有一种莫名的兴奋。

公元前625年（周襄王二十七年），幸氏始祖幸偃从沧州迁入华林，那时华林兽比人多，但幸偃似乎找到了避世之所，开始了幸氏家族长达2600多年的繁衍史。据幸氏族谱记载，幸氏"劝农课桑"繁衍生息，传至六十一世出现了一个重大变故，幸茂宏任蜀郡刺史，举家迁往西蜀，但这个过程很短，似乎上苍刻意安排，公元697年（唐武后万岁通天二年），幸茂宏由西蜀调任洪州府丞，致仕后重又定居华林。或许是历史太长，族谱记述不全，幸茂宏被幸氏后人尊为华林一世祖。

一个贯穿大半个中华文明史的家族飞落锦江中游，延绵不断的繁衍史，足以让我相信赣江文明曾经的璀璨与辉煌。

幸氏是个了不起的家族，如果说幸氏前半部历史筚路蓝缕，充满艰辛，那么后半部历史则是在书香弥漫中开花散叶。据说南方各省幸氏族人皆自高安分派。

公元 814 年（唐元和九年），68 岁的幸南容告老还乡，"筑书院以授业"，他筑的书院很大，"环植桂三百株"，"中植书院，旁翼四斋"，建有习武的跑马场、观武的歇豪亭和休息的紫翠亭。因书院多植桂花和书院后山页岩地貌，故取名"桂岩书院"。根据史料记载，桂岩书院是江西历史上第一所私家书院，也是有史记载中国最早具有学校性质的书院之一。可惜这座古书院如今已沉没在水库之中，再也寻不到它的踪影。

公元 794 年（唐贞元十年）幸南容与柳宗元、刘禹锡同举进士，他长柳宗元 26 岁，此时已 47 岁。入仕后历官太常寺卿、国子监祭酒兼太子宾客，是唐朝影响较大的教育家。唐宪宗称誉他："在翰林有论恩之益，兼僚有辅导之功，掌教成均，师道惟严。"柳宗元为幸南容撰写的墓志铭中写道：

> 公居胶庠时，以能文著，宗元甫龄，闻公盛名，每致翘慕，比应京试；得接公颜，宇量汪汪，问学渊涵，质之素闻，若合左券，倾盖之顷，即不忍释去，遂为故交，相与讲论。置阅数年，赖君淬励，乃幸叨末荐，既而君果联名穆寂，宗元亦获附骥。

幸南容或许是位低调的人，但绝对务实。桂岩书院几经废兴，幸氏子孙却一直坚持器重诗书，历代进士辈出，才子灿若繁星。据《幸氏宗史》记载，仅幸氏学子就读书院而中进士就达 50 多人，清代三朝元老、乾隆帝师朱轼也出自此书院。朱轼出身贫寒，身居高位仍保持节俭本色，他创立的朱公宴"四盘二碗"，成为高安民间传承数百年的名宴。

让我想不到的是，华林山还有一家华林书院，创办华林书院的胡城是华林大族，官至御史，其妻耿氏淑善称贤，敕封徐国夫人。唐亡后，胡城携眷归隐华林潜心办学，耿氏相夫教子，勤俭持家，倡导诗书继世、济美兴邦、忠孝和睦之家风。华林世家素尊胡城及耿氏为华林胡氏一世祖和耿氏太婆。

或许是因为耿氏太婆，华林书院一反传统，开招收女生之先河。家族中有愿受教育的女性，甚至亲友中的女性，都被招收进去。在书院的西面，还为女生专设了女膳堂。书院中的女生也跟男生一样，享有书院的各种权利。若有名流来院讲学，她们便列绛纱幔帐以听，书院举行盛宴，她们照例参加。北宋宰相向敏中诗曰："花凝玉勒含烟露，酒泛金樽醉绮罗。"记录了书院的别样风景。

胡氏开基祖胡藩是东晋宿迁人，因战功封侯。公元424年（元嘉元年）赐土豫章之西，择华林而居。传二十四世至胡城，有珰、瑜、琼、琯、球五子，皆因科举入仕，分居五处，为华林胡氏五宗。安徽绩溪、福建崇安、江苏常州等地胡氏皆出自华林。一千多年来，胡氏人才辈出，仅宋代华林胡氏一门考取状元3名、榜眼2名、探花6名，进士及官至刺史、尚书、三公、三少和大学士者难计其详。列入《宋史》的著名人物有教育家胡仲尧，政治家胡宿、胡宗愈、胡僧孺、胡直孺、胡交修等。宋真宗曾题诗赞曰："一门三刺史，四代五尚书。他族未闻有，朕今止见胡。"宋孝宗称赞："朕笔亲题灿锦霞，满封官职遍天涯。名垂万古应难朽，庆衍千秋宰相家。"

两座书院浸润两个家族和这一方山水。华林山或许名不见经传，但这座山却从此铭记在我心里。

# 5

从宜丰到上高，我没有上高速。我选择国道的理由似乎是需要寻找一种表达。一千八百三十七年，如此长的时空，这里的山水和田畴以及村庄是否还有上蔡人的血脉？

我站在锦江大桥张望南来北往的车，以及鳞次栉比的楼。我需要捕捉历史隧道中透过的一束光，以及江河中泛起的一记浪花。两千二百二十二年前建成立县的时候，锦江流域地广人稀，如此长的一条河流两岸不过区区数万人。公元184年，地处锦江中游的上高由于上蔡人的到来，立县上蔡。这一年天下大乱。二月，张角率众起义，因义军皆戴黄巾，史称黄巾起义。历史在这个时点翻天覆地，许多名不见经传的人物粉墨登场。骑都尉曹操率兵攻打颍川黄巾，涿州小贩刘备纠集屠夫张飞和逃犯关羽，起兵镇压黄巾，看似东汉有救，可这些人都是胸怀天下的人，东汉气数尽矣。北方战乱直接导致汝河流域上蔡人南下锦江流域。根据《上高县志》记载，这一年，汝南上蔡百姓迁居上高，始建上蔡县，为上高县之始。人口刚来何以这么快就立县？这似乎已成千古之谜。

有人揣测，公元前447年蔡国为楚国所灭，蔡国国君和族人并没有被斩尽杀绝，而是逃亡到了吴国的大后方锦江流域，建都望蔡。《上蔡县志·大事记》载：周贞定王二十年（公元447年），楚师灭蔡，蔡侯齐出亡，逃到上高地域，建都望蔡。从公元前447年蔡齐侯建都望蔡，到东汉中平年间（184年—189年）建立上蔡县，这600多年间，实际上存在一个鲜为人知的望蔡国。其理由是如果没有一个强有力的统治机构，何以在几百年后还能强行把汝南上蔡人迁到上高来？这种推断貌似合理，而恰恰是这一点与史实不符。明明是战乱的原因，何来故国召唤？但《上高县志》清同治九年（公元1870年）行政区划中，还记载了望蔡上乡37个村庄，下乡27个村庄，共计64个上蔡村庄的名称，分布在纵横数十里的区域内。沧海桑田，这些村庄早已物人皆非。但这支上蔡人为何从历史上消失？是迁回上蔡，还是迁往他乡，也是一个千古之谜。

公元184年的南迁应该是有史记载的较早的南下迁徙行动。但上高没有客家人一说，更没有所谓的客家文化。根据史志记载，公元前201年（汉高帝六年）锦江流域置建城县，县治高安。公元184年（东汉中平元年）析屏居建城的汝南上蔡人聚居地置上蔡县，这是上高地域立县之始。公元280年（西晋太康元年）因上蔡人怀念故土，改上蔡县为望蔡县。隋开皇九年（公元589年）望蔡县复并入建城县。公元622年（唐武德五年）复立望蔡县，同年建城改高安。公元952年（南唐保大十年）始名上高县。因故望蔡地处高安之上，故名上高。一千一百多年，建成县版图为何反复修改？似乎只有一个理由，就是统治的需要。这种掺沙子的办法，其实在文化融合中的作用无可比拟。

历史常常出现惊人相似的一幕，在历史的长河中这样的重演令人咋舌。公元874年，唐僖宗即位，濮州盐贩首领王仙芝聚集了几千农民，在长垣（在今河南）起义。王仙芝自称天补平均大将军，发出文告，揭露朝廷官吏造成贫富不平的罪恶。这个号召很快得到贫苦农民的响应。不久，冤句（今山东菏泽市曹县北）盐贩黄巢起兵响应。两支起义队伍会合之后，转战山东、河南所向披靡，声势越来越大。唐王朝非常恐慌，命令各地将领，镇压起义军。但是各地藩镇都害怕跟义军交锋，互相观望，唐王朝束手无策。

黄巢本是读书人，又能骑马射箭。他曾经到长安去参加进士考试。考了几次都没有考中，最后一次他回望长空写下一首流传千古的诗：

> 待到秋来九月八，我花开时百花杀。
> 冲天香阵透长安，满城尽带黄金甲。

住在上高九峰山乡下的钟传似乎嗅到了火药味，旋即走到了国家政治的前台。史载钟传年少时英姿倜傥，不事农桑，而以勇毅闻于乡里。

> 传少时尝猎，醉遇虎，与斗，虎搏其肩，而传亦持虎腰不置，旁人共杀虎，乃得免。既贵，悔之，常诫诸子曰："士处世贵智谋，勿效吾暴虎也。"
> ——《资治通鉴·卷二百六十二》

其实钟传并非一般乡人，他是江西第一位状元卢肇的女婿。公元877年（唐乾符四年）钟传以州兵镇压王仙芝起义军，入据抚州，被任命为抚州刺史。公元882年（唐中和二年）又据洪州（南昌），为镇南军节度使，封南平王，主政江西二十余年。钟传在江西奖掖人才，吸引了许多外地的知识分子来到江西，有个叫刘望的人写诗献给钟令公，诗云：

> 负笈蓬飞别楚丘，旌旄影里谒文侯。
> 即随社燕来朱户，忽听鸣蝉泣素秋。
> 岁月已嗟迷进取，烟霄只望怨依投。
> 那堪思切溪山路，家苦箪瓢泪欲流。

钟传大有赣南卢光稠的风范。他主政江西扶持佛教，把自己在上高九峰山的故宅辟为崇福寺，这座寺庙历经千年成为上高名刹。禅宗曹洞宗开山鼻祖良价有本寂、道膺两大弟子，一居宜黄曹山，一居永修云居山，钟传再三降使迎请本寂，又为道膺奏请紫衣、师号，由是"法轩大敞、玄教高敷"，助洞山禅系开宗立派。

历史如烟，而大观塔下的上高古城并不久远，肆意雕琢和铺成的痕迹满地皆是。就连大观塔也并不久远，清乾隆五十二年距今不过二百三十多年，如果没有清嘉庆年间知县刘丙的作为，注定这塔静静守护江河。据说当年刘大人突发奇想，在大观塔燃长明灯，并派专人守护。"上烛重宵，下照百里，日夜不息"。从此上高"科第"者"迈逾往昔"。风水的传说浸润上高。

# 6

车出上高，立马进入低冈丘陵地带，这两日在九岭山脉崇山峻岭中穿行，猛然出山，我还有些不适应。车顺着锦江水流的方向往东北行进，西南方向的九岭山余脉渐行渐远。

高安地处锦江下游，扼守锦江门户，始终是锦江流域的龙头老大。公元前201年（汉高帝六年）锦江流域翻开了县治新篇，县名建成，县治高安，管辖的范围相当于今高安、上高、宜丰、万载四县（市）全境和樟树市一部分。

赣江向北流

◎ 大观塔

建成曾是西汉王室的封地，公元前 127 年（西汉元朔二年），
汉武帝封长沙定王刘发之子刘拾为建成侯。公元前 115 年（西
汉元鼎二年），建成侯国废除，刘拾亦不知所终。这短短的
十二年，这位王子给锦江带来了什么？这一块富饶的疆土是否
留下了他的血脉？

　　锦江流域的这块版图始终动荡。公元 184 年（东汉中平元年）
析出上蔡县（今上高县），公元 222 年—228 年（三国吴黄武年间）
析出宜丰、阳乐（今万载县）两县，公元 589 年（隋开皇九年），

锦江流域重复建成版图。公元622年（唐武德五年），为避太子李建成名讳，因地形"北高南低、似高而安"，改名高安。同年恢复望蔡、宜丰、阳乐三县，增设华阳县。公元622年（唐武德五年）在高安设置靖州，拉开了州、路、府治的序幕。公元624年（唐武德七年）改名米州，继而改名筠州。公元625年（唐武德八年）废州治长达327年。公元952年（南唐保大十年）复置筠州，公元1143年（南宋绍兴十三年）筠州改名高安郡，五年后复名筠州。公元1225年（南宋宝庆元年）因"筠"字与宋理宗赵昀名同音，改筠州为瑞州。元朝改州为路，明清两朝改路为府，而高安始终是州、路、府治所在地。历史是沉沉的，我撬不开它，但是我想，这样的变化不能不给锦江带来文化的变迁。

新建的瑞州府衙坐落在锦江边上，作为一个文化旅游项目，高安带着历史的自豪和敬畏再现了这座千年府衙，古典中也带着现代园林的宏阔。府衙后山似乎被着重渲染，让这个小小的山包寄托太多的历史过往。"碧落山前古郡开，绿筠千载凤凰台"，相传唐代武德年间应智琐作守，有凤凰栖集，故初名凤山。当时满山绿筠，都督鲍安红以此奏改郡治米州为筠州。公元1139年（南宋绍兴九年），知守邱砺于山巅创建碧落堂，遂名碧落山。公元1225年（南宋宝庆元年），恰逢碧落堂后产瑞芝，守臣沈谧为避皇帝赵昀名讳，作颂表奏于朝廷，诏改筠州为瑞州，并将署内一堂易名"瑞芝堂"。公元前1188年（南宋淳熙十五年）九月，62岁的杨万里谪贬筠州，他在知府后山写过几首诗，其中一首《留题碧落堂》："仙人白日上青冥，千载如闻月下笙。南北万山俱在下，中间一水独穿城。江西个是绝奇处，天下几多虚得名。滕阁孤台非不好，只缘犹带市朝声。"公元1264年（南宋景定五年），文天祥知瑞州，修复了碧落堂，复刻了诗人杨万里的遗诗嵌于堂内。只是不知道这位乡党刻的是哪一首？文天祥以《题碧落堂》记录了修复碧落堂时的景况。

© 府衙

大厦新成燕雀欢，与君聊此共清闲。

地居一郡楼台上，人在半空烟雨间。

修复尽还今宇宙，感伤犹记旧江山。

近来又报秋风紧，颇觉忧时鬓欲斑。

　　碧落山不高，可是把古代文人们的才情垒砌，这小小的山包岂能装下？清同治《高安县志》辑录了苏轼一首，苏辙二十首，陆游三首。自文天祥首次恢复碧落堂并亲赋咏诗之后，名流、墨客等来访者更是络绎不绝。

　　公元1080年（北宋元丰三年）苏辙谪贬监筠州盐酒税，六月，天空云淡，锦江苍茫，苏辙来了，他在高安生活了八年，高安的历史为他浓墨重彩。"折苇堪航处，曾来大小苏。"公

◎ 碧落山

元 1084 年（北宋元丰七年）苏轼谪贬海南顺道来筠州看望弟弟苏辙，《宋史·苏辙传》记载："坐兄轼以诗得罪，谪监筠州盐酒税，五年不得调。"弟弟因他遭贬谪，哥哥内心过不去，苏轼在高安逗留了十天。其间二苏泛舟访刘平伯，当地人将他们停舟登岸的渡口，改名"来苏渡"。

这个刘平伯正是建成侯刘拾的后人。当年建成侯刘拾在城东筑金沙台作为游观之所，后刘姓在此繁衍生息，号称"金沙刘"。苏辙到筠州后，听说金沙刘村刘平伯以敦朴持家，以诗书课子，睦族帮邻，时人尊为长者，常于公务之余，泛舟前去拜访，诗酒唱和，作有《游金沙台》："待罪东轩仅两秋，榷酤事了且夷犹。奖崇善类询舆论，过访仁贤棹小舟。契合通家心异姓，情敦同气迈凡流。金沙台上聊舒乐，即景题诗阁酒瓯。"苏轼听说后，便要苏辙邀得圣寿僧聪慧、洞山僧云庵，乘舟渡河访刘平伯。苏轼挥毫作《墨竹图》四幅，并赋诗一首：

> 雨后东风渐转和，扣门迁客一经过。
>
> 王孙采地空珪璧，长者芳声动薛萝。
>
> 正尔谪居怀北阙，聊同笑语说东坡。
>
> 山林台阁原无异，促席论心酌巨罗。

高安有着太多的过往，在浩渺的府志和市志中寻找，常常让我有一种疲倦的兴奋。有人告诉我，高安的元青花举世无双，这让我惊诧不已。1980年高安县城锦江南岸发现了一个窖藏，出土瓷器239件，其中景德镇窑产品包括19件元青花、4件釉里红及青白釉、卵白釉瓷，被定为国家一级文物。高安窖藏元青花的出土石破天惊，瞬间将国内存在的中国青花瓷往前推进了一个朝代。有趣的是，高安窖藏元青花的出现，使国内博物馆陈列的明代青花瓷被重新鉴定为元代青花瓷。

有人猜测窖藏主人可能是高安人伍兴辅，此人官至元朝驸马都尉，为皇室近侍，且从事商业运输，获利甚多，能自由出入皇室，有条件接触和使用皇宫器物。伍兴辅父子在元朝将灭亡前将瓷器运回高安，在高安战事频繁中窖藏起来是完全有可能的。然而这毕竟是猜测，它留给世人穿越沧桑历史演绎元青花的广阔空间。

锦江尾闾，万亩药湖，千丘沙漠。站在三下门老村眺望，赣江荡荡，锦江如带，月池熊家依稀在目，这个临江商埠，积淀千年，造就了一个丰满的教授村。

# 赣江入湖记

　　赣江的宏大气象在省会南昌淋漓尽致。源于武夷山的抚河在新洲汇入赣江，赣抚两江汇聚的壮阔图景在唐朝秋日的夕阳里精彩纷呈。"飞阁流丹，鹤汀凫渚"，"落霞与孤鹜齐飞，秋水共长天一色"，王勃的序大气磅礴，让滕王修造的这座楼阁千古流芳。

　　南昌占尽地利，地理位置显赫。"星分翼轸，地接衡庐。襟三江而带五湖，控蛮荆而引瓯越。"水通则百通。公元前 201 年（汉高帝六年）首置豫章。这是江西建制后头一个名称。豫章之名当与水有关，汉志记载，"赣有豫章水"，而豫章之水上源章水。以水而名，缘水而兴，文明的种子在这温暖湿润的土地开花结果。

　　公元 589 年（隋开皇九年）豫章易名洪州，是更大的水。赣江尾闾，港汊纵横，洲湖交错，气象万千。杨子洲像是一把剪子把赣江裁成两片，一片向东，一片向西，两大河流在广阔平原肆意横流，似乎是急着找回自己的家园，各自一分为三，弯弯曲曲远远近近投入鄱阳湖的怀抱。而西头那一支似乎还担着使命，继续滔滔北上，在百里之外的吴城，携修河共赴鄱阳湖。

赣江向北流

历史上豫章与洪州之名交替使用，公元959年（南唐交泰二年）南昌之名横空出世，这水大水小之虞休矣。"昌大南疆，南方昌盛"。皇天后土，千年祷告，缔造俊采星驰的赣都。

# 1

吴芮是个英雄，不是枭雄。

吴芮的身世让人羡也让人悲。作为吴王夫差的后代，其家族曾经有过争霸中原的辉煌历史。公元前473年，吴国被越国所灭，夫差被杀，王子王孙四处逃散。公元前248年，吴芮的父亲吴申落定鄱邑，后迁至余干龙山南麓（今社庚镇）定居。吴芮出生于此，是江西的水土养育了这位英雄。

秦汉时期，鄱阳湖尚未最终长成。鄱阳盆地中的南北两湖被称作彭蠡泽，长江在两湖之间的中间地带穿越而过，使得江西五大内河迅速奔泻，而鄱阳盆地仍然可以纵马驰骋。

公元221年，秦统一中国，设置番阳县，吴芮被任命为县令。文献记载，吴芮在任期间表现出非凡的领导才能，地方得治，各族民众相处友好。因而甚得"江湖间民心，号曰番君"。在长江和彭蠡泽广阔的江湖地区影响巨大。秦征百越，在余干和南壁屯军，番阳自然是后勤保障基地，然而吴芮看到的和担心的则是穷兵黩武给民众带来的灾难，所以当楚国故地"家自为怒，人自为斗，各报其怨而攻其仇，县杀其令丞，郡杀其守尉"，响应陈胜、吴广大泽乡起兵的时候，吴芮当机立断，举起了反秦大旗。

两千多年了，历史时空中没有了吴芮的些许痕迹，有的只有《史记》中的片言只语和《汉书》中的短短传记。那个伟大时代的风云只能让我驰骋想象。我知道作为第一个反秦的秦朝县令，吴芮的影响不能小觑。当大泽乡起义的导火索点燃以后，战争的广度不断蔓延，普通民众、六国贵族，还有诸如刘邦、萧何、曹参等些小官吏都加入其中。战争是屠宰场，过去的酒鬼、赌棍、无赖都成了杀戮一方的将军，而吴芮始终按照自己的逻辑和伦理出牌。吴芮在番阳起义后，闽越王无诸、越东海王摇都投到了吴芮的门下，使吴芮的势力空前壮大。这支带着赣鄱血性的队伍在英布的指挥下，转战大江南北，立下赫赫战功。

英布是九江人，因触犯秦法而受黥刑，被押送到骊山修建秦始皇陵墓，因此又名黥布。在骊山劳作中，英布从不安分守己，暗中与刑徒中的"徒长豪杰"串联，并率领一批拥护者逃回老家投奔吴芮。吴芮识其才怜其勇，将女儿嫁给英布为妻，共同率领队伍"举兵以应诸侯"。陈胜、吴广起义军连遭挫折期间，各地反秦势力如刘邦、吕臣、陈婴、英布等纷纷投奔实力较强的项梁、项羽叔侄。史载陈胜部将吕臣率领一支以奴隶为主力的苍头军继续转战，一度收复陈县。当吕臣被章邯击败时，吴芮派英布前往会合，并在河南新蔡一带协同作战，大破秦军。反秦战争在项羽、刘邦等人的领导下进入一个新的高潮，而秦终于在奸人的操持下归于灭亡。

秦亡了，而江山尚无归属。作为曾经争霸中原的吴王后裔，吴芮想什么呢？在接下来的楚汉之争中，吴芮以吴王后裔的名分倒向刘邦，而西楚霸王项羽却树立了一个与他毫无血统的楚王。奈何他空有盖世之才，最终自刎乌江。刘邦坐定大汉江山，吴芮功不可没。刘邦建汉封了八个异姓王，吴芮封在长沙。

> 吴芮，秦时番阳令也，甚得江湖间民心，号曰番君。天下之初叛秦也，黥布归芮，芮妻之，因率越人举兵以应诸侯。沛公攻南阳，乃遇芮之将梅鋗，与偕攻析、郦，降之。及项羽相王，以芮率百越佐诸侯，从入关，故立芮为衡山王，都邾。其将梅鋗功多，封十万户，为列侯。项籍死，上以鋗有功，从入武关，故德芮，徙为长沙王，都临湘，一年薨，谥曰文王，子成王臣嗣。薨，子哀王回嗣。薨，子共王右嗣。薨，子靖王差嗣。孝文后七年薨，无子，国除。初，文王芮，高祖贤之，制诏御史："长沙王忠，其定著令。"至孝惠、高后时，封芮庶子二人为列侯，传国数世绝。赞曰……

赣江向北流

唯吴芮之起，不失正道，故能传号五世，以无嗣绝。庆流支庶，有以矣夫。
著于甲令而称忠也。

——《汉书·卷三十四·吴芮》

很多人疑惑，刘邦所封八个异姓王，七个死于非命，只有吴芮得以善终。
这里边有多少玄机呢？吴芮或许是一个爱家的男人，他爱妻子，妻子也爱他。
吴芮的妻子是个叫毛苹的女子，这个女子才华了得，她的诗足以融化铁石。

公元前202年，吴芮与爱妻毛苹泛舟湘江，庆祝自己四十岁生日。吴芮望
着远山，思念家乡瑶里。面对明月，毛苹吟咏：

> 上邪！我欲与君相知，长命无绝衰。山无陵，江水为竭，冬雷震震，
> 夏雨雪，天地合，乃敢与君绝。

吴芮听罢心潮澎湃。他对妻子说，我死了，就把我葬回故乡。封地终究是
别人的，而家才是自己的。吴芮的清醒和豁达救赎了自己，也让人看到了江西
老表的本分。

吴芮作为江西人，无疑是江西的骄傲。重修的滕王阁四楼陈列着江西省内
在历史上卓越成绩的伟大人物，吴芮当之无愧是排名第一的人物。

# 2

我不知道徐稚如何走进王勃的视野，五百多年前的一段过往——"徐孺下
陈蕃之榻"，在王勃汹涌的笔下如何就成了江西"人杰地灵"的标识？

公元147年（东汉建和元年）陈蕃出任豫章太守，陈蕃一向敬贤礼士，为
人方正，因得罪权贵，被排挤外放。陈蕃刚到南昌，想到在太学时相识相知的
徐稚，还未进公廨，直接去了徐稚家拜访，畅谈别后情谊，并礼请徐稚担任豫

章郡府功曹，徐稚辞谢不就。虽然如此，两个人交往频繁，陈蕃在太守官衙从不接待宾客，唯独对徐稚例外。徐稚是乡下人，陈蕃特在署内设置一榻，方便徐稚来往。两个曾经的同学或者说是一个太守和一个平头百姓的这一段往事，在王勃眼里自然是不平常的一段佳话。

而徐稚自然也不是一般人。徐稚字孺子，他的曾祖徐申言是一位饱学之士。徐家住在南昌郊外丰城，靠务农维持生计，家境贫寒，却知书达理。徐稚资质聪敏，幼年时即帮助父母从事稼穑，并在父母教导下刻苦学习，9岁时便能背诵《春秋经》和《公羊义例》，15岁奉父亲徐俭之命，在外祖父的资助下，去丰城梘山和智度寺就师于著名学者唐檀。史料记载，唐檀永建五年（公元130年）举为孝廉，官拜郎中。喜好灾异星占之学，尝借灾异之变抨击宦官、外戚专权。后弃官回家办私学，教授生徒，门下常有学生百余人。著有《唐子》28篇，是东汉江西著名学者。徐稚从老师那里学到了一肚子灾异星占之学，接着赴京师洛阳进入太学读书。徐稚在太学时获得与更多的当朝学者接触的机会，曾一度前往鲁阳向南阳大儒樊英请教，后来又慕江夏黄琼之名，负笈前往，使学问、德业大获进益。

徐稚的学识极为渊博，为人恭俭义让，却痛绝官场专权腐败。"大树将颠，非一绳所维，何为栖栖不遑宁处？"与其混迹于朋党，争斗于恶浊世道之中，不如隐居，洁身自好。曾经多次被察举、辟荐，徐稚一再委婉辞谢。公元159年（东汉延熹二年）陈蕃升任尚书令，骄横跋扈的大将军梁冀被诛，东汉政治似乎有望澄清，陈蕃遂会同仆射胡广等联名上疏桓帝，称徐稚"爰自江南卑薄之域，而角立杰出"，能"左右大业"，如若起用，必然"增光日月"。桓帝接受建议，可是徐稚仍然不肯应召。

徐稚字孺子，豫章南昌人也。家贫，常自耕稼，非其力不食。恭俭义让，所居服其德。屡辟公府，不起。时陈蕃为太守，以礼请署功曹，稚不

赣江向北流

免之，既谒而退。蕃在郡不接宾客，惟稚来特设一榻，去则县（悬）之。后举有道，家拜太原太守，皆不就。

延熹二年，尚书令陈蕃仆射胡广等上疏荐稚等曰："臣闻善人天地之纪，政之所由也。《诗》云：思皇多士，生此王国。天挺俊乂，为陛下出，当铺弼明时，左右大业者也。伏见处士豫章徐稚、彭城姜肱、汝南袁闳、京兆韦著、颍川李昙，德行纯备，著于人听。若使擢登三事，协亮天工，必能翼宣盛美，增光日月矣。"桓帝乃以安车玄纁，备礼征之，并不至。帝因问蕃曰："徐稚、袁闳、韦著谁为先后？"蕃对曰："闳生出公族，闻道渐训。著长于三辅，礼义之俗，所谓不扶自直，不镂自雕。至于稚者，爰自江南卑薄之域，而角立杰出，宜当为先。"

稚尝为太尉黄琼所辟，不就。及琼卒归葬，稚乃负粮徒步到江夏赴之，设鸡酒薄祭，哭毕而去，不告姓名。时会者四方名士郭林宗等数十人闻之，疑其稚也，乃选能言语生茅容轻骑追之。及于涂，容为设饭，共言稼穑之事。临诀去，谓容曰："为我谢郭林宗，大树将颠，非一绳所维，何为栖栖不遑宁处？"及林宗有母忧，稚往吊之，置生刍一束于庐前而去。众怪，不知其故。林宗曰："此必南州高士徐孺子也。《诗》不云乎，生刍一束，其人如玉。吾无德以堪之。"

灵帝初，欲蒲轮聘稚，会卒，时年七十二。

子胤字季登，笃行孝悌，亦隐居不仕。太守华歆礼请相见，固病不诣。汉末寇贼从横，皆敬胤礼行，转相约敕，不犯其闾。建安中卒。

——《后汉书·徐稚》

徐稚不仕，被世人称为"南州高士"。东汉那个时代隐士很多，与隐于乡野的袁京、严子陵不同，徐稚隐于市。他像风一样飘忽在南昌周边，宛如影子留驻南昌。南昌市区孺子路、孺子亭、孺子公园都是因为纪念徐稚而名。据说青山湖畔曾经有徐稚的故宅，曾巩曾在此修建徐孺子祠，北宋诗人黄庭坚游学南昌期间拜谒徐稚故居，留有一诗："乔木幽人三亩宅，生刍一束向谁论。藤萝得意干云日，箫鼓何心进酒樽。白屋可能无孺子，黄堂不是欠陈蕃。古人冷淡今人笑，湖水年年到旧痕。"据府志记载，明代万历年间徐孺子祠又被重修，并按照"祭孔"仪式凭吊、祭祀徐孺子。虽然这座祠堂不存在了，但是徐稚的精神品格却如年年长的湖水为人们所敬重。

丰城隐溪是徐氏老家，据说那里尚存一座徐孺子家祠，我在锦江尾闾曾动了前往拜谒的念头，可终是没有成行。

# 3

吴城水淹的时候只剩一座孤岛，外边的人进不去，里边的人出不来。我第一次去吴城，被水挡在了岛外，站在堤坝上，远远地眺望吴城。赣江和修河都没了界，鄱阳湖浩渺无边，葱茏一岛不知隐匿多少过往？

吴城古称吴山，清同治十年《新建县志》载："吴城楚尾也，而吴头枕此。两水夹流，一山峙立，乃西山逦迤北脉之归宿处也。"沿修河一侧有十八座断头山脉，传说是大禹治水时斩杀肆虐彭蠡的十八条虬龙的身子。山丘的四周有大片沙洲地，东汉末年，吴郡富春（今浙江富阳）富豪孙钟，雇了不少佃农种瓜收籽。后来他的儿子孙坚成为汉末割据一方的统帅。孙坚的儿子孙策兼并江东后，派大将太史慈任建昌都尉，治所海昏县城。太史慈以练水军为名，在吴山筑起一座土城，不断顺赣江向南威逼，迫使豫章（今南昌）太守华歆离去。公元 193 年（汉献帝四年），豫章郡归属东吴，太史慈离开吴山，所筑土城无人管理，瓜农用它来圈宿群牛，成为"牛栏埂"。

公元前 201 年（汉高帝六年）海昏县立，县治在吴城西北修河对岸的芦潭，管辖的范围包括永修、武宁、靖安、安义部分地区。清乾隆年间叶一栋在《重修望湖亭记》中记述："且稽此地，固汉海昏仓廒所也"吴山是高地，作为海昏粮仓倒是理想之地。公元 280 年（晋太康元年）三国统一时，吴城北山头建有"神慧庙"，庙前盖了"经堂寺"，庙后构筑望湖亭，以供游览。庙南一带逐渐修建了一些民房和商铺，来往船只停泊和游人增多，开始有了买卖。

公元前 63 年（西汉元康三年）汉宣帝封刘贺为海昏侯。四月，刘贺前往豫章郡海昏县就国。作为汉武帝的孙子，刘贺曾经君临天下，成为西汉第九位皇帝，可是在位不足一个月。一切都是那么匆匆，刘贺到封国也不过短短几年，公元前 59 年（西汉神爵三年）便去世。公元 2011 年，在距离吴城数十里，位于南昌市新建区大塘坪乡观西村发掘了海昏侯墓，出土文物 2000 多件，这是迄今发现的面积最大、保存最好、内涵最丰富的汉代列侯等级墓葬，2015 年入选"中国十大考古新发现"。

江西人对此非常兴奋，如此等级之高的墓葬江西罕见，它或许可以作为江西文化自信的某些表达。而这种意义则远远超出了墓葬本身。海昏消失了，汪洋泽国中曾经的辉煌早已淡出了人们的视野，实际上人们对于突然冒出来的海昏，表现出来一种新奇和兴奋是可以理解的。

鄱阳湖古称彭蠡泽，处于九江和湖北黄梅、望江一带的凹陷地。由于长江主泓道不断南移，赣江原来在彭泽流入长江，改为从吴城进入鄱阳湖盆地后由湖口入长江。当时长江巨大的水体阻碍了赣江泄水，使湖水迅速南扩。而公元 318 年豫章郡发生的那一次大地震，则直接导致了这一区间的鄡阳、海昏等豫章古县淹没到鄱阳湖中。

吴城芦潭崩塌的河岸因湖水干枯露出的许多排列规则的木桩、柱石，被民间普遍认为是海昏县城墙的残余，也有说是粮仓的木柱。鄱阳湖一带考古发现的汉代古城墙、宅基、汉墓群、古陶器，以及芦潭地界发现的古残砖碎瓦、陶瓷和炭化的谷壳，无一不在说明海昏的过往。更有意思的是，有人曾拾到西汉的铜钱和刻有"海昏县地界"的石牌，在湖滩的泥泞中踩到平整的石板路。2007 年南昌青云谱八大山人梅湖景区工地挖出了一座东晋合葬古墓，出土的木制"名刺"记载了墓主豫章郡海昏县骑都尉的身份，沉没在湖底的海昏古城依稀可见。

海昏沉没，吴城崛起。《建昌乡土志》载：海昏古城在芦潭西北二里，春泓万顷，冬则水净潭深，城址微观。海昏淹没后，属地划归建昌县，县治迁往修河下游艾城。《太平寰宇记》记载：宋元嘉二年，废海昏，移建昌居之。部分居民和商户就近迁徙，吴山人口骤然增加，商业也随之繁荣，逐步发展成一个码头转运及手工业加工的大集镇，吴山因此易名吴城。民间至今流传"血洗基子殿，火烧泽泉街。沉掉海昏县，立起吴城来"的歌谣。初唐韦庄有诗《建昌晚渡》，描绘了吴城一带那个时期百姓的生活图景。


晚照临官渡，乡情独浩然。

鸟栖彭蠡树，月上建昌船。

市散渔翁醉，楼深贾客眠。

隔江何处笛？吹断绿杨烟。


人们感叹沧海桑田世事变迁的同时，是否还能感知这块土地的深沉？

# 4

望湖亭耸立在赣江和修河的交汇口，我第二次去吴城，新修的望湖亭已向游人开放。站在望湖亭上极目远眺，鄱阳湖西岸的风物尽收眼底，水和天宛如两个纯净的平面无限延伸，辽阔湖天空无一物，只有风从湖面吹来。西北望吴城，两江蜿蜒，吴城寂寥。我想，赣江从大山中走入真正的平原应该也是一种彻底的释放。

吴城的特殊位置，使之毫无悬念成为赣江下游鄱阳湖西部的重要港口。隋唐时期随着大运河的开通，以及大庾岭的开凿，赣江的通航能力切实加强，到

◎ 望湖亭

了宋朝吴城"有人口五七百烟"。元末，陈友谅驻水军于吴城，使之成为鄱阳湖西岸的军事重镇。明代吴城商业开始兴起，清代进入鼎盛时期。这时镇上有居民7万余人，流动人口2万余人。嘉庆至道光，一首民谣"嘉庆到道光，家家喝蜜糖。狗不吃红米饭，十八年洪水未上墈"唱响吴城。

走在吴城新修的沿江路上，我希望看到当年商贾如云的印记。赣江西北岸是当年商会集中的地方，或许是因为洪水侵蚀，老建筑凤毛麟角，有些房屋已经破败得厉害，吉安会馆也只留下一个前厅，后面的建筑荡然无存。但这座建筑的正面保留完好，褐色的墙壁上雕饰繁复，门额上刻着"理学名宗"四个字，似乎强调这个商会的地方文化属性。

◎ 吉安会馆　　　　　　　　　　　◎ 吉安会馆戏台

　　清代中叶全国各地来吴城镇经商者数以万计，四方商货齐集吴城，木材、粮、糖、麻、纸、盐各种货物堆积如山，吴城镇上商店罗列，甚为热闹。镇内有"六坊、八码头、九垅、十八巷"，商近千家，经营布匹、百货、南杂货、粮食、竹木、茶叶、苎麻等商货，俗称"茶商、木客、盐贩子、纸栈、麻庄堆如山"。吴城镇的商货远销广东、福建、山西、河南等地。

　　官方文献记载："江西土产米谷杂粮，南边所出，大略相同。所有瓷器、葛布、夏布、棉花、表芯纸、花尖纸、锡箔、磨盘纸、草纸、木炭、兰花、茶油、桐油、皮油、苎麻、樟木、杉木、红曲、生姜、菜油、竹子、芦席、柑子、甘蔗、红白糖、茶叶、花猪、火腿、山粉、即粉、豆粉、豆豉、棕箱、笋子、雨伞、烟叶、竹木漆器、药材等类，各处运省城（今南昌市）并吴城发贩。"所以民间才有"装不尽的吴城，卸不完的汉口"

的说法。其繁荣景象如清代笔记所记："吴城五方杂处，千家烟火，一巨镇也。其去来帆樯，如梭走锦，眩人目睫，贾船官舰，络绎不绝。"各地来的商帮贾客，为了集会、寄宿、接洽生意和解决纠纷的需要，都在吴城镇建有自己的会馆。外省的有全楚会馆、山西会馆、广东会馆、浙宁会馆、湖南会馆、徽州会馆、潮州会馆、麻城会馆等，再加本省各地的会馆在内共有48所。吴城镇还有各种行会、地方势力产生的各种帮会，如瑞州帮，宁都帮，吉安帮，抚州帮，修、武、铜帮，广信帮，五县麻雀帮，武昌帮，等等。据说广东的商帮要在吴城镇建会馆时，当地的封建势力禁止他们动用本地的一砖一瓦。广东商人于是在粤糖运赣的船中，每袋糖中夹带一块砖瓦，仅在一二年内便建成了一座规模较为宏敞的广东会馆。

江西盛产木材，吴城是著名的木材集散地。山区的木材先由附近河流放运到吴城镇集中，再在这里改扎"过江排"，然后通过鄱阳湖沿长江东下。清时吴城有木材牙行6家，代各地前来采购木材的木材商人办理扎排业务。其中最大的一家"公成木号"每年成交杉木出江外运约有2万码两。赣江水面宽阔平缓，可常年通航。修河自西而来，虽然河窄水浅，但在近代九江口岸形成之前，每年都有数以千万计的木材和毛竹，从上游顺着水流源源不断地汇聚到吴城。有首武宁民歌唱道："坐个竹排荡轻轻，一夜山歌到吴城。两岸风光观不尽，买了盐巴赶回程。"

小木排到吴城重新扎制成出江的大排，又称"江把子"。扎排工将无数小排拆开，重新扎成大排才能过湖口进入长江。每块大排有四五千立方米，否则经不起鄱阳湖和长江的大风大浪。扎排可是个技术活，多少立方米扎多大的排，长、宽、高的尺码，如何留档做眼，如何用筏篾把木排扎牢，都是技术层面的问题。扎成的木排由拖头公司的"拖头"（轮船）送入长江，销往南京、常州、上海等地。"百里修江赛画图，跃过吴城望国庐。号声惹得人心醉，笑看排帮出鄱湖。"送排的航程亦十分壮观。

◎ 章宅

　　豆豉街所处地势很低，可能是江水侵蚀的原因，现在这条街的建筑几乎都受到了破坏，这几年吴城也拆了不少。章亚若故居处在较高位置，虽然墙面斑驳，但总体保留完好。这是一栋两层砖木结构的老式住宅，门前放置一对石狮，目前仅存一个耳房，前后两个厢房。章亚若祖父章伯昌豪气满腔，聪颖过人，经营有方，逐渐成为富商，父亲章贡涛是吴城地区清末最后一位秀才，做过遂川县县长，后在南昌右营街当律师。章亚若长相清秀，才艺出众，1939年因躲避战乱，在赣州与蒋经国相遇、相识、相知、相爱，并担任蒋经国的秘书，1942年在桂林医院产下一对双胞胎男孩后离奇死亡。蒋介石为这两个男孩取名为孝严、孝慈。

在吴城我听到太多的故事，这些故事给了我太多的怀想。赣江到这里应该是一个完美的结局。

# 5

临近小雪，我再一次前往吴城，专程观赏鄱阳湖西岸候鸟归来的盛景。

在我心里，候鸟钟情的这一方水土必定有一番厚重的人文情结。而我希望看到的自然是数不尽的大雁、天鹅和白鹤在鄱阳湖蓝蓝的天空展翅飞翔，在明净的湖水上嬉水逐浪。

鄱阳湖西岸一望无际的草洲湖滩似乎要挡住我的去路，青幽幽的水草在河风中轻轻摇曳，像是招呼远道而来的客人。

此刻，草甸上只有我和我们，似乎我还是来早了。可王勃来得比我还早，他是重阳节前到的吴城，怎么就看到了"雁阵惊寒，声断衡阳之浦"的景况？《吕氏春秋》载："孟秋之月鸿雁来，孟春之月雁北归。"孟秋即农历九月，孟春即农历三月。按照这个记载，重阳节也正是候鸟归来的时候。宋之问《题大庾岭北驿》诗曰："阳月雁南飞，传闻至此回。"自古以来，候鸟就在鄱阳湖越冬至翌年三月飞往北方繁育后代。或许是气候的问题？物换星移，毕竟王勃的时代距今一千三百多年了。

鄱阳湖是中国第一大淡水湖，面积 3944 平方公里，纵横 100 多公里的湖区气候温润、水草肥美、冬不结冰。据调查，湖区水生植物 98 种，其中浮叶、沉水植物等 6 个群丛中的马来眼子菜、苦草丛群，分布在鄱阳湖候鸟保护区 9 个子湖泊及整个鄱阳湖深水区域，常见的还有黑藻，大、小茨藻，荇菜，菹菜，金鱼藻等。而遍及湖边的鱼虾更是候鸟的美食。

吴城人爱鸟护鸟，崇尚仙鹤，喜好义雁，称白鹤为"灵鸡""仙鹤"。在中国传统文化中，白鹤是吉祥、长寿、高雅、华贵的象征。而雁则是诗词中的灵物，李白说"长风万里送秋雁，对此可以酣高楼"，高适说"巫峡啼猿数行泪，衡阳归雁几封书"，卢纶说"露如轻雨月如霜，不见星河见雁行"。在吴城这个四方商贾集聚之地，鸿雁传书是多么可贵。"夜闻啼雁生乡思，病入新年感物华"，那就让这寄托相思、表达孤独的灵物在吴城的天空群聚飞翔吧。

我来得匆匆，去也匆匆。我可能没有目睹候鸟归来的眼福了。在吴城候鸟保护站我了解到，每年从西伯利亚、蒙古国及我国东北等地飞来鄱阳湖西岸大小湖泊越冬的鸿雁有百万只，占世界总数 1/2 以上，白枕鹤超过 2500 只，占世界总数 60%，东方白鹳 2000 只，占世界总数 80%。保护区鸟类中属国家一级保护的有白鹤、白枕鹤、大鸨、白鹳、黑鹳、金雕、白肩雕、白尾海雕、丹顶鹤等 10 余种，二级保护的有天鹅、白额雁、中华秋沙鸭、鸳鸯、白冠长尾雉、白鹇等 40 余种。其中白鹤是世界珍禽，野生数量极少，寿命可达 60 年，现已列为严重濒危物种。因此鄱阳湖已被联合国列为 A 级自然保护区，世界最大候鸟越冬地。

每年十一月中下旬是观赏候鸟的最佳季节，这段时间秋高气爽，鸟儿聚群，场面壮观。数以万计的珍禽候鸟觅食、嬉戏于湖周浅水地带，日出日落之时，"旷野看人小，长空共鸟齐"。庞大的鸟群在天空飞翔鸣叫，来往于觅食地和栖息地之间。游客来到吴城登观鸟台远眺，或草洲观鹤，或从高倍望远镜里观看，白鹤展翅起舞，雁鸭踏波击浪，群鸥凌空飞翔，意趣盎然，流连忘返。

上世纪 80 年代末，驱牛车、蹲掩体、踏沼泽、伏草丛、霜打雨淋、倍感艰辛的中国著名摄影家游云谷在《鄱阳湖拍摄札记》中写道：

我连续八年二十一次去鄱阳湖鹤乡摄影，白鹤集中栖息在永修县吴城镇附近的大湖池、蚌湖等沼泽湿地。这些茫茫大湖是白鹤迁徙、觅食、嬉戏的乐园。我在高倍望远镜里，第一次看到大湖池中心的白鹤群，那洁白的羽毛，在阳光照耀下银光闪闪，仿佛碧波中撒落的珍珠。天鹅、大雁和野鸭云集相伴，它们和谐相处，竞相鸣叫，声传数里。这样热闹非凡的水

赣江向北流

禽世界，确实罕见，令人激动不已。

　　或许我只能从几案上看到候鸟归来，看到越来越多的人为保护候鸟做出的种种努力。其实历朝历代都有捕杀候鸟的现象。1970年代防治血吸虫病，飞机撒药消灭钉螺，湖区鱼虾、螺蚌大量减少，候鸟食饵不足，还有不少被毒死。1980年代初，禁止用毒药消灭钉螺，候鸟又陆续来到阳湖越冬。1980年中国科学院动物研究所专家来吴城考察，在大湖池山崖边发现数以千计的大雁、野鸭、天鹅，还有濒于灭绝的国家一级保护动物——白鹤91只，占世界发现总量的二分之一，宣布鄱阳湖是世界珍禽鹤类越冬的最大栖息地，引起海内外大轰动。1985年1月国际鹤类基金会主席阿其波博士一行来到吴城，目睹了成千上万翱翔蓝天、声鸣长空的庞大鹤群后啧啧称赞，惊呼其为中国"第二长城"。英国菲利普亲王、丹麦亨里克亲王也先后到吴城考察、访问，称其为"仙境般的地方"。此后，每年来吴城考察、观鸟的专家和学者络绎不绝。1983年我省设立鄱阳湖候鸟保护区；1985年鄱阳湖国家级自然保护区在吴城镇挂牌成立；吴城确定每年4月1日至7日为"爱鸟周"。保护工作科学展开，百鸟翔集的湖滨平静安宁。

　　2011年春夏连旱，冬季枯水期提前，对越冬候鸟食物产生不利影响。为了防止候鸟春节期间"断粮"，候鸟保护区管理人员将稻谷、玉米和小鱼虾用巡护车运至大湖池，然后肩挑、手提共计20余吨撒向众多候鸟经常活动的地方。2013年元月上旬，几场大雪铺满湖洲草地，候鸟取食困难，保护区管理人员同样将稻谷、小鱼虾撒向候鸟集中生活的地域，从而确保了候鸟在湖畔安全越冬。

　　鄱湖鸟，知多少？飞时遮尽云和月，落时不见湖边草。

# 行走江湖

我用了几年的休息时间，行程数万公里，跑遍了赣江一级支流。有些江河我甚至去了两次、三次。有些我认为是重要的节点，由于种种原因，不得不反复求证，重走重访。这样的行走的确磨人，但我的心情始终是兴奋的。每一次新的出发都是我结论的发端，而每一个新的发现都让我在写作的困境中挥洒豪情。我对赣江文明确切的认知，坚定了我的努力，我有理由好好地完成我的写作。

我在一种超乎常态的写作中完成《赣江向北流》的创作。山川给予我的永远是纯粹的美，山是河的母亲，而河则是连接大山的通途。罗霄山、武功山、九岭山、武夷山、雩山，太多的山脉维系我的思维，章江、贡江、遂川江、蜀水、禾江、泷江、乌江、袁江、锦江，太多的河流抓着我的神经，让我在这山川之间无法停脚。我在车上用手机书写我看到的山川，我在隔断的时空中连接时空，我在丰沛的夜空中手书伟岸的江河。无论我在哪里，无论我干着什么，江河都仿佛是我周身畅流的血脉。

最后我希望看到候鸟归来。我一而再，再而三前往吴城，可我最终都是无功而返。我没有看到候鸟飞临，但我的思想却在历史的时空中高飞。作为这本书的结尾，我期待候鸟圆我的心结。候鸟归来的地方正是赣江入湖处，是一个南北相通相生的世界，正如春夏和秋冬，永远踩着自然的节拍向前。

现在我的这本书终于完成了，但是我似乎还有很多的话要说。

# 1

江西是个好地方，先民创造了无比灿烂的文化。但是皇皇江西文化史怎么就被缩写成了宋代之后的历史，这是令人痛心的。

其实，江西有一部大书，说它是鸿篇巨制或许一点也不过分。但是，我想大部分江西人没有真正读过它，不然，怎么有太多的江西人甚至是很高级别的官员说到江西文化时，总感觉自己是"小婆养的"？

从2012年开始，我的创作没有离开过江西地方文化的书写，我先后出版了《赣江十八滩》《赣江边的中国》《天下良知》《小民家国》。2013年我在创作《赣江边的中国》时，专门写了一个篇章《赣江向北流》，概念性地书写赣江文明，这之后我一直放不下这个选题。作为赣江系列，我感到我有必要专著《赣江向北流》。我希望通过我的努力，激发人们对于江西至少是中古以来的文化怀想。

先秦以前的历史对于江西的确是一个荒漠的时空，在这个时空里见诸文字记载的历史寥寥无几，而大洋洲大墓的发掘揭开了江西商周文化的篇章。大洋洲是生我养我的地方，我凭据发掘的具有地方个性的十几件文物，创作了《赣江边的中国》。隋唐时期随着大运河和大庾岭的开凿，赣江的通航能力得到极大加强，赣江逐渐成为国家经济的重要命脉。而赣江十八滩由于独特的地理条件，成为南北大运河的咽喉，太多的过往留驻在了这个让人们惶恐不安的历史时空。我在万安工作，对赣江十八滩有着太多深刻的了解，因此我创作了《赣江十八滩》。但是我始终感到我的努力远远不够，赣江作为江西的母亲河，她奔流不息，而文化的创造同样婀娜多姿。秦汉时期江西的奋起与北方遥相呼应，而宋之后的历史自然是摇曳多姿，江南西道独领风骚，一枝独秀。赣江向北流，流的不仅是米粮，更是国家的栋梁。这是我写作《赣江向北流》的真实动因。

在艰辛的创作中，赣江沿线县市的志书无疑是我的工具，而江西的那本大书更是帮了我大忙。在我迷茫的时候，他总是像一个睿智的老人给我向导，而在思绪枯涩的时候，他总是像一座历史的钟敲击我，让我始终在一种不倦的兴奋中完成一个个章节。现在我可以告诉读者，江西的这部大书就是《江西通史》（江西人民出版社 2008 年出版）。这是一部可以让江西人对自己的文化充满自信的书。

在我看来，书写历史即是诉说乡愁。乡愁其实是一种觉悟。它不仅是对于家乡的生存怀念，更是一种痛彻心扉的文化认知。

# 2

赣江有太多支流，而支流又有太多涧流。假如章贡两水不合流，赣石三百里又何以被冲破？假如没有众多支流汇入，赣江岂不干枯？

从地理上讲，赣江是一个流域的总和。我写赣江必然是全流域。从人文上讲，赣江亦是全流域人文的总和，我写赣江自然是全方位。但是赣江有太多支流，其文化色彩斑斓，我不能面面俱到，对支流少或较为单一的江，我采取提纲挈领式的概述，在开头部分叙述特质，不再细致描述。

赣江源头无疑是章贡两江的源头。事实上赣州对于赣江源的理解并不统一。我的看法是，赣江源是赣江最远的发端，它可能是一个，也可能是多个。赣州市总面积 39379.64 平方公里，占江西省总面积的 23.6%。全市有武夷山、雩山、诸广山，及连接南岭的九连山、大庾岭等诸多山脉，众多的山脉及其余脉向中部及北部逶迤伸展，形成周高中低、南高北低的地势。千余条支流汇成上犹江、章水、梅江、琴江、绵江、湘江、濂江、平江、桃江等 9 条较大支流。其中由上犹江、章水汇成章江，其余 7 条支流汇成贡江，章贡两江在赣州城下龟角尾合流形成赣江。赣江的源头怎么可能是一个呢？在我看来赣江的源头无疑是全赣州。

江河是山脉连通的渠道。村镇依着江河分布，文化自然绽放江河。无数江河穿越东西或西东，而赣江则是贯通南北的大通道。顺着江河行走必定是鸡犬相闻，牛哞犬吠，龙吟虎啸，瓜果飘香。

我生长在赣江边，赣江是我生命中最熟悉的元素。从我生命的发端新干溯江而上至赣州，顺江而下至南昌，哪一段江河都烙印在我心里。但是从临江至萍乡两百公里袁江上，从厚田至万载两百公里锦江上，在很多的支流上，甚至南昌至赣江入湖口，我仍然还很陌生。我需要行走去认识它们发现它们，让它们的文化精神走进我的精神世界。

不记得这样的行走始于何年。没有仪式，甚至连出发都可能是临时的动议，也或许是顺道的一种延伸的举动。但是我记得最近的几年，我把重要节假日的时间都投入到了这样的行走。我乐此不疲地行走只想发现一个遥远的赣江，一个把诗和远方浇筑在历史时空中的赣江。

# 3

除了赣江系列，我还出版了《天下良知》，是一部以王阳明为线索表现庐陵文化的著作。此外，我去年出版了《小民家国》，这本书的副标题即是"赣鄱古村落的文化表达"。在这本书中有沂江边的湖边古村，有富水边的渼陂古村，有乌江边的流坑古村。而陂下古村则写进了《天下良知》。创作《赣江向北流》，我定了一个原则，曾经表达过的不再重复。按照这个原则，除了上述江河本书没有涉及之外，还有我在《赣江边的中国》已经表达过的商代大洋洲大墓。但是仍然还有一些江河如吉水的同江、新干的溧江、樟树的肖江等没有写。在此我有必要介绍肖江和同江。

肖江发源于高安，主河道才几十公里，但是肖江流域三千年前就已经车马喧器，好不热闹。1973 年吴城遗址惊现于世，考古发现吴城是中国南方一处规模较大的商代中晚期都邑遗址，总面积约 4 平方公里。经过九次大规模的发掘和整理，揭露面积 6000 余平方米，清理房基 3 座、陶窑 12 座、灰坑和窑穴 92 个、墓葬 20 座、水井 2 口、铸铜遗迹一处、道路 1 条以及完整而宏大的宗教祭祀场所，出土了较完整的石器、陶器、原始瓷器、青铜器、玉器、牙雕等 1100 余件。吴城遗址中陶文、原始瓷、铸铜遗迹、龙窑的发现为江西省考古史上重大发现，标志着吴城地区早在 3500 多年前已进入了人类的文明时代，否定了"青铜不过长江"的论断。

吴城都邑何时消失不得而知，但与吴城隔江相望的大洋洲牛头城都邑差不多在同时代兴起。不知道先有吴城还是先有牛头城，但这两座都邑必定有着先

260

赣江向北流

后的逻辑关系。大洋洲商代大墓发现足以证明这个区间存在着一个国家性质的政权。吴城遗址和大洋洲大墓的发掘，表明中国在青铜文明以前同样存在一个漫长的红铜文明。中国红铜文明始于何时，还有待于考古发掘新的发现。但是两处遗址出土铜器测试表明，赣江流域的古代先民从商晚到西周中期，保留了用红铜铸器的原始工艺，这表明中国红铜文明的肇始比商周时期还要早很多。如此惊天发现没有见诸史籍，可它却切实停留在了赣中的远古时空。这样的发现难道不值得我们遥想吗？

同江发源于分宜钤山镇甑盖埚，主河道也不过百十公里，但这条江人文丰厚，引人注目。明代状元罗洪先就出生在这条河流上，他弃官归隐同江边的莲花洞，潜心著述，终成一代著名理学家、地理学家。同江经过的枫江，哺育了明代探花刘应秋，其子刘同升为明崇祯十年状元。同江边油田鹤洲村王赠芳，是嘉庆十六年（公元 1811 年）进士，任职云南盐法道期间，看到盐场兵役借口缉私而扰民，认为"民便则销必畅，销畅则课自充，不在缉私也"。遂令各井官恤灶督煎，平抑盐价，官民称便。如此廉官令人感佩。

同江汇入赣江穿过谷村，我的祖先即从谷村分出。谷村人口过万，是江西人口最多的古村落。从谷村分出的人口遍及大江南北，作为唐朝西平王的后代，谷村肇基于唐僖宗时期，宋至清千年光阴，李氏哺育进士 48 人、举人 115 人，宋朝天才神童李献可，明朝兵、工部尚书李邦华、李日宣和清朝历任工、刑、户、礼四部尚书的李振裕都出自谷村。公元 1670 年（清康熙九年），李鹤鸣、李次莲、李振裕兄弟同中进士。作为耕读传家的典范，谷村有书院 11 座。我多次去过谷村，叩拜我的肇基祖李祖尧，在我心里谷村是我的灵魂皈依。

# 4

我对赣州客家文化的定性向来不太赞同,其理由我在书中多个章节都有提及。而我最恨的是将客家文化排斥于赣文化之外,似乎赣州孤悬于赣鄱之外。

在寻遍赣州的过程中,我跟很多人谈过我的看法和担忧,不少赣州人同意我的文化观。尽管赣州人当中不少是曾经的北人,但赣州始终是江西版图的一部分,按照文化生成的基本规律,历经千百年赣州文化与江西母文化大体上也应该同化了。如若不然,江西其他地方南迁落户的北人,是否也应该弄出一个什么文化呢?

赣州市博物馆万幼楠馆长是江西文博界知名的专家,他出版过《赣南传统建筑与文化》等许多专著。我在赣州拜访他,他跟我谈起吉安文化对赣州的影响,说到章江流域的传统建筑很多都有吉安的影子。从赣南万寿宫说到赣商,从根子上说赣州商人就是赣商,这不是从地域上讲,而是文化认同。万寿宫是赣商的旗帜,赣州商人认同,所以赣州商人不是客家商人。应该承认客家人有一些独特的文化认同,就如不同的家庭坚守不同的传家治家之道一样。

万幼楠祖籍南昌,生长在赣州,工作在赣州,退休以后还在赣州,他融入了赣州,但同时也融入了江西。在与万幼楠交谈中,我也感到融入了赣州。

在行走江湖的日子里,我接触到很多人,这些人当中多数是热爱当地文化且有一定了解的人,他们在我的寻访中给我向导,给我留下了深刻的印象。

遂川县住建局李晖是一个充满朝气、富有爱心的年轻人,二十年来,他对遂川文化不舍求索。他常常是不辞辛苦骑车下乡,在他的努力下,遂川被拆的

赣江向北流

老建筑都留在了他的相册里。他在微信中常以"木子轶说"发布文章，记录遂川文化的种种形态。他的努力让人感佩。

我去卢家洲的时候，没带向导。在卢达中老夫妻住的老屋里，我认识了卢达中老人，他已经83岁高龄，但身体还很硬朗。他告诉我，孩子们都从老屋搬走了，他不愿意搬，老屋没人气很快就会倒。我注意到卢达中的老屋比那些关门闭户的老屋要好很多，这才搬走多少年了，老屋就破败不堪了。老人很热心，他带我看卢家大祠堂、进士墓、禾河斜塔。老人对村庄刻骨的理解，让我有理由相信文化的永恒魅力，以及人们对文化的向往。

我去了两次万载，第一次去，车在沪昆高速追尾，费了一些周折，约好十点半到万载，结果到万载直接吃饭。席间朋友提到万载作协徐小明主席，我要求见见徐主席，朋友答应联系。正值国庆大休，人家随便找个理由就可以推托了。我到万载古城时，没想到小明主席就来了，还带了一本《万载古城》给我，我真的很高兴。他很朴实，说话平实，给我的印象是一个老实文人的样子。

我第二次去万载，绕萍乡北上，然后经昌栗高速到慈化，到万载时已近黄昏。小明在古城等候我多时，他告诉我，他在宜春联系杂志出刊事宜，接到我电话就往万载赶，能接待我很高兴。故地重游自然是多了一些话题，对于不同姓氏祠堂聚集县城，我们有太多一致的看法。原本我安排在宜春吃饭，可小明死活不依，他说我难得来，一定要让他尽地主之谊。我们吃得很简单，但是我真的很感动。

# 5

江西文化像个万花筒，这个万花筒在我看来不是文化的内涵，而是文化的名称。

吉安人说自己的文化是庐陵文化，抚州人说自己的文化是临川文化，上饶人说自己的文化是饶州文化，南昌人说自己的文化是豫章文化，赣州人说自己的文化是客家文化，还有宜春人、新余人、萍乡人、鹰潭人、景德镇人，甚至还有更小地方的人，他们都要说自己的文化。这或许已成习惯，似乎是热爱自己的文化，但大家都这么说，其实是把江西文化碎片化了。

文化碎片化实质是文化不自信的表现，吉安人说庐陵文化，津津乐道的是宋以后的文化，那么宋之前呢？抚州人总结临川文化同样有此弊端。为什么要这样做？因为宋以后庐陵和临川出了很多人物，把最光鲜的东西示人似乎无可非议，但文化的真正意义绝非如此。从做学问的角度看，这是一种取巧的办法，并非真正意义上的文化研究。文化是群体意识，是一个地方人们普遍遵循的价值选择。文化不是几个文人的事情，更不是几首诗的事情，作为一个社会学的范畴，我们应该把眼光聚焦人民。

江西有自己的文化，古人称之为江右文化。江右人做人的品格、处事的风格、生活的喜好乃至价值选择，都应该是江西文化关注的焦点。

历史在赣江上徐徐展开，我希望呈现在人们面前的是一幅色彩斑斓、摇曳多姿的宏阔画卷。

2021 年 12 月 7 日初稿于周斋

2022 年 2 月 24 日定稿于周斋

赣江向北流